Andreas Wagner

Hochzeitswein

Ein Krimi

Die Handlung und alle Personen sind völlig frei erfunden;
Ähnlichkeiten wären rein zufällig.

© Leinpfad Verlag
Herbst 2011

Alle Rechte, auch diejenigen der Übersetzung, vorbehalten.
Kein Teil dieses Buches darf in irgendeiner Form (Druck, Fotokopie,
Mikrofilm oder ein anderes Verfahren) ohne die schriftliche Genehmigung des Leinpfad Verlages reproduziert oder unter Verwendung
elektronischer Systeme verarbeitet, vervielfältigt oder verbreitet werden.

Umschlag: kosa-design, Ingelheim
Lektorat: Angelika Schulz-Parthu, Frauke Itzerott
Layout: Leinpfad Verlag, Ingelheim
Druck: TZ Verlag & Print GmbH, Roßdorf

Leinpfad Verlag, Leinpfad 5, 55218 Ingelheim,
Tel. 06132/8369, Fax: 896951
E-Mail: info@leinpfadverlag.de
www.leinpfadverlag.com

ISBN 978-3-942291-21-7

1.

Das leise Knacken eines Astes hatte sie aus dem Schlaf gerissen. Ein leichter Schlaf nur in dumpfer Dunkelheit, der sich wenig vom Wachzustand unterschied. Ganz vorsichtig öffnete sie ihre brennenden Augenlider. Der Schmerz erzeugte Licht in ihren Augen. Ein greller Blitz, der das Gefühl der Blindheit noch verstärkte, bis er nur einen Moment später erlosch. Es war jedes Mal wieder ein wenig Hoffnung da, bei jedem Erwachen auch nach so langer Zeit noch. Der zarte Hoffnungschimmer, aus diesem grauenhaften Alptraum zu erwachen. Ein ewiger Schlaf, der sie in diese Dunkelheit gezwungen hatte und aus dem sie dann endlich befreit werden würde.

Schnell bewegte sie ihre Augenlider auf und zu. Mit den rauen Händen rieb sie zusätzlich über die schmerzenden Augen. So ließ sich dieser kurze Moment der wärmenden Helligkeit ein wenig verlängern. Kleine leuchtende Sterne auf ihrer Netzhaut, die sofort von der quälenden Schwärze wieder geschluckt wurden. Fest drückte sie ihre Augen wieder zu, um zurück in den leichten Schlaf zu gleiten. Bloß nicht wach liegen. Der Schlaf war eine zarte Hülle, die sie umgab und vor dem Grauen um sie herum schützte. Dem rauen Beton, der Enge, der Angst und dem schmerzenden Hunger in ihrem Gefängnis. Glatte Kanten und der nackte Boden, auf dem sie lag, schlief, saß und dessen Oberfläche sie zwischen ihren Fingern zerrieb, um den Staub mit etwas Spucke anzufeuchten. Der hilflose Versuch, das Loch in ihrem Magen zu füllen. Der Hunger, der brennend in ihr fraß. Wie ein nimmersattes Ungeheuer quälte er sie mit Krämpfen und Übelkeit. Sie wälzte sich dann hin und her, gekrümmt und heiser schreiend. Raue, unwirkliche Laute, die tief aus ihr kamen und gar nicht mehr an einen Menschen erinnerten. Ein leidendes Tier, weggeworfen, in ein Loch tief in der Erde. Nur der Schlaf schützte für einige Zeit vor all dem. Vor dem Grauen, den dumpfen Gedanken in ihrem Kopf, der rasenden Angst und dem Schmerz, der sie um Erlösung betteln ließ.

Warum durfte sie nicht endlich sterben!

2.
Ein paar Tage zuvor

„Paul, kannst du mir mal kurz helfen?"

Klaras Stimme kam aus dem Bad. Sie war deutlich zu hören, weil die Tür offen stand und er nur wenige Meter entfernt auf dem Sofa saß, in die Wochenendausgabe der Mainzer Zeitung vertieft. Seit mehr als einer halben Stunde ging das schon so, wenn ihn sein Zeitgefühl nicht vollkommen im Stich gelassen hatte. Paul Kendzierski war pünktlich bei Klara gewesen, um sie nicht unnötig warten zu lassen. Sichtlich nervös und angespannt hatte sie ihn in den zurückliegenden Tagen immer wieder darauf hingewiesen: einer der wichtigsten Tage in ihrem bisherigen Leben, von ganz großer Bedeutung für sie. Die Hochzeit ihrer besten Freundin aus Kindergartenzeiten. Für etliche Jahre hatten sie sich durch das Studium aus den Augen verloren und dann wieder neu entdeckt. Erst über das Internet aus Neugier. Was macht sie bloß? Was ist aus ihr geworden? Und wie sieht sie aus? Das zoologische Interesse war geweckt. Wie hat sie sich verändert in all den Jahren, die wir uns nicht gesehen haben, seit sie von zu Hause weg musste? Der Stress damals in der Schule, der Wechsel in das Internat, Studium und aus den Augen.

Vor einem halben Jahr war Kendzierski beim großen Wiedersehen dabei gewesen. Simone war wieder hierhergezogen, zurück in die alte Heimat. Klara hatte sich zum ersten Treffen nach so langer Zeit nicht alleine getraut. Wenn wir nicht wissen, was wir uns zu erzählen haben, dann brauche ich dich.

Sie hatten ihn nicht gebraucht. Den ganzen Abend nicht, den sie beim alten Grass am offenen Kamin gesessen haben. Er mit den zwei Frauen, die zwanzig Jahre nachzuholen hatten und sich köstlich darüber amüsierten, wie ihm bei der Hitze des knisternden Feuers und den schnellen Geschichten die Augen zufielen. Gegen zehn hatte er sich mit einer ganzen Ladung Notlügen aus dem Staub gemacht. Der harte Arbeitstag, auch morgen wieder. Die Akten, die noch auf dem Schreibtisch warteten und seine Anwesenheit im Büro auch am Samstagvormittag nötig machten. Ärger mit der Sperrung und den Ampeln an einer Landstraße. Und so weiter.

Seit diesem Abend war Simone fester Bestandteil in Klaras Leben geworden und damit auch irgendwie in seinem. Ein ungewohntes Gefühl für ihn, Klara zu teilen. Das war ganz sicher keine Eifersucht, aber eine Situation, an die er sich erst einmal gewöhnen musste. Es machte keinen Sinn, wenn er mit beiden unterwegs war. Es ging doch immer nur um alte Geschichten, Erlebnisse aus der Schulzeit und Menschen, die er sowieso nicht kannte. Für Klara war das schwer zu verstehen. Was hast du gegen Simone? Nichts, gar nichts! Aber sie ist eben *deine* Freundin.

So hatten sie es dann auch gehalten in den letzten Monaten. Sie hatte sich immer mal wieder mit Simone getroffen und nur zaghaft angedeutet, dass er durchaus nicht stören würde.

„Paul!"

Der Ton in Klaras Stimme ließ keine Ausreden mehr zu. Er faltete den Sportteil der Zeitung zusammen und legte ihn neben sich auf das Sofa. Langsam und ein wenig schwermütig erhob er sich aus dem tiefen Polster von Klaras dunkelroter Couch. Mit beiden Händen strich er sich die beigen Hosenbeine glatt. Der Stoff kratzte an seinen Oberschenkeln, so wie er es geahnt hatte. Aber davon hatten sie ja nichts wissen wollen. Klara und der Verkäufer in der Herrenabteilung des Mainzer Bekleidungsgeschäftes waren so beglückt von seinem Anblick gewesen, als er sich aus der Kabine schob, dass er schon in diesem Moment wusste, Widerstand würde an ihrer Entschlossenheit abprallen.

Paul, traumhaft! Das helle, feine Leinen steht dir so gut und ist genau richtig für eine Dorfhochzeit.

Gnädige Frau, ich kann Ihnen da nur zustimmen. Der Verkäufer näselte. Und das zarte Azur des Hemdes markiert einen schönen Kontrast. Ich habe da auch schon eine Krawatte im Sinn – einen Moment. Purpurrot mit zarten Nadelstreifen in Altgold. Als Krawatte oder als Fliege, wie es dem Herren gefällt. Dabei sah er weiter nur Klara an. Die hatte zustimmend genickt. Die gesamte Unterhaltung war sowieso vollkommen ohne seine Beteiligung geführt worden. Er hatte die ganze Zeit nur dagestanden vor der stickig engen Umkleidekabine wie eine vergessene Schaufensterpuppe. Ohne Schuhe, halb fertig gemacht.

Sein einziger ernsthafter Versuch der Gegenwehr war mit einem sanften Lächeln beiseitegeschoben worden. Die Hosenbeine zu lang? Darum kümmert sich unsere Schneiderin sofort. Der Verkäufer hatte dabei so langsam und betont durch die Nase gesprochen, als ob er einem Kleinkind gegenüberstand, dem er das Wahlrecht der USA zu erläutern versuchte. Danach hatte er sich umgehend wieder Klara zugewandt, um ihr den Seidenanteil der vorausgewählten Krawatten und Querschleifen zu erläutern.

So stand er nun da. Im hellen Sommeranzug aus feinem Leinenstoff, leicht tailliert. Der aktuelle Schnitt der Saison, voll im Trend und irgendwie doch zeitlos. Das hellblaue Hemd und die rote Krawatte, eine Kombination, die so auch für die nächsten Jahre tauge. Er hatte sofort wieder den näselnden Singsang des durchgestylten Verkäufers im Ohr. Die Sakkos und Hosen der gewählten Marke hätten sogar die nötigen Reserven, um kleine Änderungen vornehmen zu können, die einer sich wandelnden Statur ihres Besitzers Rechnung trügen. Dabei hatte sich der Verkäufer leicht geräuspert und die Augen verschämt in Richtung Fußboden gesenkt.

„Paul, wo bist du denn?" Klaras Stimme beendete endlich seine wirren Gedanken. Er machte sich auf den Weg in Richtung Badezimmer.

Ein leichtes Unbehagen in seinem Magen signalisierte ihm, dass auch dort nicht die rechte Begeisterung für das aufkam, was ihn heute bis tief in die Nacht erwartete. Dabei war sein Magen sicher der, der heute noch am ehesten auf seine Kosten kommen sollte. Vielleicht waren seine Laute mehr eine Vorfreude auf die zu erwartenden meterlangen Essenstafeln, die zu jeder ordentlichen Hochzeit dazugehörten. Und das ganz besonders, wenn es sich um eine richtige Dorfhochzeit handelte, wie ihm Klara mit leuchtenden Augen berichtet hatte: das Sammeln im Hof der Braut. Gemeinsam wartete man bei einem Glas Wein, bis sie erschien und man ihr applaudieren konnte. Danach im langen Zug durchs Dorf zur Kirche, paarweise schreitend hinter Braut und Bräutigam. Die Straßen gesäumt von staunenden Zuschauern.

Ausschließlich Frauen, in jedem Alter. Bewundernde Blicke für die Braut, ein wenig Neid wäre in manchem Gesicht abzulesen. Die vielen Menschen später bei der Feier in der großen Festscheune der Waldgaststätte, das war sein Problem. Die Enge, die Blicke und die blöden Kommentare, die er mittlerweile mitsprechen konnte, und das sogar im richtigen Tonfall des Dialekts. Was macht donn de Verdelsbutze hier? Iss was passiert? Wo der iss, passiert meistens erst ebbes! Also, hall dich fern!

Das ungute Gefühl in seiner Magengegend verstärkte sich bei dem Gedanken an das, was dann noch kommen würde. Klaras großer Auftritt, der auch irgendwie seiner war. Sofort nachdem sie ihm mit strahlenden Augen von der bevorstehenden Hochzeit erzählt hatte. Ein fast verklärtes Lächeln für einen Moment, das ihm Angst gemacht hatte. Und dann die Planungen. Paul, wir müssen da unbedingt etwas machen. Er hatte dabei an ein schönes Geschenk gedacht und sich noch irgendwie sicher gefühlt. Klara kannte ihre Freundin und würde schon für das Nötige sorgen. Zur Not gab es ja immer noch die praktischen Geschenketische bei einem großen Kaufhaus, die zur Versorgung der Ideenlosen bereitgehalten wurden. Eine praktische Einrichtung, wie er fand. Klara hatte aber an ganz andere Dinge gedacht und immer war von „wir" die Rede. Wir müssen da etwas machen, Paul. Als sie den Satz vielsagend mehrmals wiederholte, dämmerte ihm ganz sachte schon, dass auch er damit gemeint war. Ein Beitrag, Paul. Etwas für die lustige Abendgestaltung. Es ist schließlich die Freundin, die ich am längsten kenne. Seinen Widerstand hatte sie mit einer kurzen Bewegung und einem einzigen Satz hinweggefegt. Du kannst mich doch nicht im Stich lassen! Und wir als ihre alten Freunde können uns da auf gar keinen Fall verstecken. Es kommen ja ansonsten fast nur Leute, die sie vom Studium kennt. Da müssen wir die Fahne der Eingeborenen hochhalten. Klara hatte ihn dabei auffordernd angesehen, so als ob sie einen ersten schnellen Vorschlag von ihm erwartete. In seinem Kopf rasten sofort die wildesten Bilder. Er mit Mikrofon auf der Bühne, in schiefen Tönen singend, schlechte Reime zu verschwommenen Dias, die Klara auf ein notdürftig an der Wand befestigtes Betttuch projizierte. Er als Moderator für die humorvolle Zwischeneinlage. 300 Augen auf ihn gerichtet. Das Standardrepertoire: Wie gut kennt sie ihn und umgekehrt. Behaarte, nackte Männerbeine, die sie mit verbundenen Augen abtasten musste. Spitze Schreie aus dem Publikum.

Angstschweiß war ihm auf die Stirn getreten, eisig kalt, und sicher war er auch gleichzeitig blass geworden. Klara hatte das aber nicht davon abgehalten, ihn weiterhin miteinzubeziehen in ihre Planungen. Ihm war jetzt schon schlecht bei dem Gedanken an das, was ihn nach dem Abendessen und vor der Hochzeitstorte erwartete.

„Paul! So kommen wir ganz bestimmt zu spät!"

Klara stand vor dem Spiegel und drehte sich nicht zu ihm um, als er im Türrahmen erschien. „Kannst du mir die Kette hinten zumachen? Ich schaff das heute einfach nicht. Meine Hände zittern zu sehr. Die Aufregung."

Sie hielt ihm die Kette hin und drehte sich sofort wieder in Richtung Spiegel, nachdem er sie ihr abgenommen hatte. Weiße Perlen in einer Reihe, ein golden schimmernder klitzekleiner Verschluss. Klara war konzentriert damit beschäftigt, Puder im Farbton ihrer Haut auf ihr Gesicht aufzutragen. Ihr Gesichtsausdruck verriet, dass es besser war, keinen unpassenden Kommentar zu äußern. Wir gehen doch nicht zu einer Fastnachtssitzung. Bloß nicht!

Vorsichtig legte er ihr die Kette um und machte sich unbeholfen an dem Verschluss zu schaffen. Warum mussten diese Dinger so klein sein, wenn sie ohnehin im Nacken hingen und daher gar nicht richtig zu sehen waren? Zumindest dann nicht, wenn man der Person gegenüberstand. Eine totale Fehlkonstruktion. Der Bügel schnappte immer wieder zu, noch bevor er den Ring der Gegenseite einhängen konnte. Seine Fingerspitzen waren zu groß, zu unkoordiniert und zu feucht, um die beiden Enden irgendwie sinnvoll zusammenzubringen. Sein wachsender Unmut verbesserte seine Fingerfertigkeit nicht unbedingt. Jetzt, endlich! Klaras Grinsen war im Spiegel zu sehen. Ein zartes Lächeln, das ihn von innen wärmte. Sie drehte sich um. Das dunkelrote Kleid, das sie sich für die Hochzeit angeschafft hatte, knisterte. Ganz zart küsste sie ihn auf den Mund. Für einen kurzen Moment konnte er den feinen Geruch des Puders riechen.

„Ach, Paul, wenn das meine Hochzeit wäre – ich würde sterben vor Aufregung."

3.

„Ich weiß nicht mal mehr, ob er der richtige ist, und Claudia ist immer noch nicht da!"

Schon heute Morgen wollte ihre beste Freundin aus dem gemeinsamen Studium und heute ihre Trauzeugin vorbeikommen, um ihr beim Frisieren, Anziehen und Schminken Gesellschaft zu leisten. Sie war schon vor drei Tagen aus Berlin angereist und hatte sich in einer Pension im Dorf ein Zimmer gemietet. Zusammengesunken saß Simone auf dem Hocker, der auf den dunklen alten Holzdielen inmitten des

Raumes stand. Um sie herum lagen offene Schachteln, die dazugehörigen Deckel und zerrissene Klarsichtfolien waren verstreut. Die Trümmer der mehrstündigen Vorbereitungen, die sie hatte über sich ergehen lassen.

Alles hatte mit einem Glas Sekt nach dem späten Frühstück angefangen. Da war sie aber schon so viele Stunden wach gewesen, hatte sich in ihrem Bett gewälzt. An Schlaf war die ganze Nacht eigentlich nicht zu denken gewesen. Höchstens ein unruhiger Halbschlaf war das gewesen, was sie in den dunkelsten Stunden dieser heißen Augustnacht übermannte. Jede Bewegung ließ sie wieder die Augen öffnen und ihren Puls rasen. Die Aufregung vor dem, was sie erwartete. Die vielen Menschen, die ihretwegen kamen. Der Zauber dieses Moments, in dem sie nur ganz schwer ein Wort herausbekommen würde. Die Angst vor all dem und der leichte Zweifel, der mit jeder Minute zu wachsen schien, die sie dem entscheidenden Moment näher kam. Zu viele Gedanken schossen durch ihren Kopf. Neue und alte, die sie längst verdrängt und ganz vergessen geglaubt hatte. So lange her, aber doch wieder ganz wach waren die Erinnerungen. Die Enge des Moments, der keinen Ausweg zuließ. Der Geruch, der in diesen Räumen noch immer hing und der der Geruch von damals war. Zumindest in ihrem Kopf war er es und in ihrer Nase. Auch er wurde stärker. Sie schnaufte durch die Nase aus, sog ihn aber sofort wieder in sich hinein. Klarer und durchdringender als noch davor. Ohne einen wirklichen Grund strich sie sich mit der rechten Hand über die Falten des cremefarbenen Hochzeitskleides, so als ob sich damit alles beiseiteschieben ließe.

Vielleicht ging das alles viel zu schnell. Er wollte und ich war verzaubert von dem Gedanken. Jetzt weiß ich nicht, ob es besser gewesen wäre, ein paar Monate zu warten. Ein

Jahr noch. Erst einmal zusammenzuziehen, um sich besser kennenzulernen. Mit traurigen Augen sah sie in das Gesicht ihrer Mutter. Ein Gesicht, das vom Alter gezeichnet und von reichlich grauen Haaren eingerahmt wurde. Sie war sichtbar älter geworden in den letzten Monaten, zumindest grauer. Nur noch wenige Strähnen erinnerten an ihre alte Haarfarbe, ein dunkles Braun. Ihre Mutter schob mit einem Fuß eine der Schachteln zur Seite und zog sich den Stuhl näher heran, den die Friseurin für ihre ausgedehnten Arbeiten an der Hochzeitsfrisur gebraucht hatte.

„Ach Kind, ich habe deinen Vater praktisch gar nicht gekannt!"

Sie seufzte und griff nach den Händen ihrer Tochter, die weiter versucht hatte, den Stoff glatt zu streichen. „Unsere Eltern haben damals die Verbindung eingeleitet. Alles abgesprochen, noch bevor wir davon erfahren haben." Sie lächelte und drückte die Hände ihrer Tochter etwas fester. „Und wir waren noch so viel jünger, als ihr das seid. Keine Ahnung hatten wir vom Leben und nicht von der Liebe. Die kam erst so viel später."

Sie sah an ihr vorbei. An den dünnen roten Streifen der frischen Tapete blieben ihre Augen hängen. Mit ihren Gedanken war sie aber schon weiter. „Ihr habt studiert und schon gearbeitet. Ihr seid beide dreißig. Ich weiß noch, wie meine Mutter mich an den Händen genommen hat. Da war ich gerade neunzehn. Ich kann dir die Farben beschreiben, bei uns damals hinten im Garten an genau diesem Tag. Der Flieder stand in voller Blüte. Sie hat mir in die Augen gesehen und mir gesagt, dass er mich heiraten möchte. Das passt so gut! Genau das hat sie gesagt. Das passt so gut. Dabei hat sie aber nicht an uns gedacht, sondern an die Äcker und Weinberge, die damit zusammenkamen. Wir beide, die einzigen Kinder, mit einem ordentlichen Besitz in der Familie. Das passte für unsere Eltern bestens zusammen." Sie seufzte. „Das waren andere Zeiten damals. Da ist genau darauf geachtet worden, wen man heiratet. Passen sollte es schon, zumindest sollte es kein Abstieg sein." Sie drückte die Hände ihrer Tochter aufmunternd fest. „Da habt ihr es heute wirklich besser. Ihr seid nicht mehr so naiv wie wir. Habt ganz andere Erfahrungen und wisst, worauf ihr euch einlasst. Meine erste Nacht mit deinem Vater war unsere Hochzeitsnacht." Sie hielt einen kurzen Moment inne. Der Druck auf die Hände ihrer Tochter ließ nach. „Es ist schade, dass er nicht mehr da ist und dass er dich so nicht sehen kann. Er hätte sich auch gefreut." Sie sah ihr wieder direkt in die Augen. Ihre Hände zitterten und Tränen liefen ihr über die faltigen Wangen.

„Ich bin froh, dass er nicht mehr lebt, und das weißt du ganz genau. Ich wäre sonst nie wieder in dieses Haus zurückgekommen." Die Tochter zog ihre Hände aus der Umklammerung zurück und setzte sich gerade. „Bitte lass uns nicht über ihn reden und nicht streiten, nicht heute an diesem Tag."

Sie bückte sich nach der Packung Taschentücher, die neben ihr auf dem Boden lag, und hielt sie ihrer Mutter hin. Die ersten Stimmen waren schon unten im Hof zu hören. Durch den Vorhang würden sie das Treiben dort unten beobachten können, ohne dass man sie selbst sah. Wenn alle da waren, würde Claudia sie rufen. Zusammen mit ihrer Mutter konnte sie dann die alte Marmortreppe hinunterschreiten, um unten unter dem Applaus der Gäste dem wartenden Bräutigam entgegenzutreten. Danach würde der Zug der Hochzeitsgäste hinter ihnen Aufstellung nehmen und sich in Bewegung setzen. Zwanzig Minuten für die drei

Straßen bis zum Kirchplatz, wo das ganze Dorf versammelt stehen würde, um sie und ihr Kleid zu bestaunen. Alles war genau durchgeplant und ganz traditionell, so wie sie es sich gewünscht hatte. Keine Kutsche, kein Oldtimer für die kurze Strecke. Ein Hochzeitszug, wie ihn schon ihre Mutter erlebt hatte. Jörg und sie voran, Einzelkinder mit ordentlich Äckern und Weinbergen, die nun zusammenkamen. Sie hätte jetzt gerne gegrinst, aber das flaue Gefühl in ihrem Magen ließ es nicht zu. Und das Klopfen an der Tür. Durch einen Spalt sah Claudia herein und grinste entschuldigend mit roten Backen.

„Es kann los gehen. Alle warten wieder mal nur auf dich!"

4.

Kendzierski kam sich vor wie bei einem Fastnachtsumzug. Vier Jahre lebte er jetzt hier in Rheinhessen, in Nieder-Olm, der vor Kurzem zur Stadt geadelten Ortschaft im Selztal. Im Vergleich zu seiner alten Heimat Dortmund und dem Ruhrgebiet war Nieder-Olm nur schwer als Stadt wahrzunehmen. Ein ordentliches Dorf eben, aber nicht viel mehr. Das ausgedehnte Gewerbegebiet und die Neubausiedlungen in den Weinbergen zeigten, dass Nieder-Olm verkehrsgünstig und zwischen reichlich Reben im Hügelland auch ganz schön dalag. Zwei Kirchtürme markierten den Ortsmittelpunkt und am Fastnachtsdienstag schlängelte sich ein ansehnlicher Umzug durch die Straßen. Da er als Bezirkspolizist für die Sperrung der Zufahrtsstraßen, die Parkplatzregelungen und das Abschleppen von Fahrzeugen vor den Feuerwehrzufahrten zuständig war, hatte er bisher keinen Nieder-Olmer Fastnachtsumzug verpasst.

Das, woran er heute hier teilnahm, ähnelte dem wichtigsten wiederkehrenden Ereignis Nieder-Olms doch sehr. Es fehlten nur die Stimmungsschlager von Ernst Neger und Margit Sponheimer, die geschleuderten harten Bonbons und das gegrölte Helau. Dann wäre auch der Hochzeitsumzug mit seinen irgendwie verkleidet wirkenden Teilnehmern als Fastnachtsumzug durchgegangen. Einzig der Blickwinkel war ein neuer für ihn. Zum ersten Mal lief er selbst im Umzug mit und wurde von allen angestarrt.

Schon mit den ersten Schritten, die sie aus dem überfüllten Innenhof von Klaras Freundin Simone traten, war das Ausmaß dieser Dorfhochzeit zu erahnen. Wie ein Lindwurm schlängelte sich der Hochzeitszug voran. Die Autos blieben stehen. Ihre Fahrer starrten genauso gespannt auf das, was sich hier abspielte, wie die vielen Zuschauer entlang der Straße. Dicht gedrängt standen sie auf den Bürgersteigen. Die Älteren lehnten sich aus den Fenstern, Sofakissen als Polster unter den fleischigen Ellbogen. Es wurde anerkennend genickt und gewunken, getuschelt und leise gekichert. Aber alles in einer gedämpften Lautstärke, die dem feierlichen Anlass gut stand. Ein Fastnachtsumzug, dem der Ton abhandengekommen war.

Bis auf einzelne halblaute Zwischenrufe. Oh, unsern Sherriff iss aach mit dabei! Hot der schon eingeheiratet? Ja, guck, die Kloo aus em Bauamt.

Als er in die Richtung blickte, aus der er die Worte vernommen hatte, sah er in schweigende Gesichter. Nur Klara lächelte ihn an. Die ganze Zeit schon, wenn er sich recht erinnerte. Das Treiben um ihn herum hatte ihn davon abgelenkt und ihn auf andere Gedanken gebracht. Während sie in Richtung Kirche gingen, sah sie ihn die ganze Zeit an, leicht verklärt lächelnd.

Kendzierski musste an ihre Worte von vorhin denken. Im Türrahmen ihres Badezimmers hatte er gestanden, dann hinter ihr, um die Kette zu schließen. Wenn das meine Hochzeit wäre. Ich würde sterben vor Aufregung. Klara sah ihn weiter an, etwas Fragendes glaubte er aus den Augenwinkeln in ihrem Gesicht zu erkennen. Konnte sie seine Gedanken lesen? Sie wohnten doch noch nicht einmal zusammen. Beide getrennt in ihren Wohnungen, beide in Nieder-Olm, nicht so sehr weit voneinander entfernt, dass man es nicht auch dabei belassen konnte. Vor ein paar Wochen hatten sie beim gemeinsamen Frühstück am Samstagmorgen mehr aus Spaß den Immobilienteil durchgeblättert. Klara hatte das gemacht und ihm vorgelesen. Die hier würde doch ganz gut für uns beide passen. Vier Zimmer, Küche, Bad. Das wäre ein Wohnzimmer, ein Schlafzimmer, ein Büro und ein Zimmer für alle Fälle. Welche Fälle? Sie hatten da beide herzhaft drüber gelacht. Hatte Klara auch gelacht? Er war sich da nicht mehr so sicher. Sie waren doch erst ein Jahr zusammen, offiziell. Davor ein gutes Jahr mehr im Verborgenen, weil sie sich nicht zum Traumpaar der Verbandsgemeinde ausrufen lassen wollten. Irgendwann war das aber nicht mehr zu verheimlichen gewesen. Und allzu viele dumme Bemerkungen hatte es auch gar nicht gegeben. Aber musste man dann gleich zusammenziehen und dies so überstürzt? Klara lächelte ihn weiter von der Seite an mit dieser Mischung aus Freude, Seligkeit und einem zarten Fragen, das er jetzt noch deutlicher zu erkennen glaubte, obwohl er starr nach vorne sah. Für sie war die gemeinsame Wohnung sicher der nächste Schritt und das schon bald. Wenn das meine Hochzeit wäre.

Kendzierski spürte, wie ihm etwas den Hals zuschnürte. Er liebte sie – natürlich – aber man musste ja nicht sofort heiraten. Er war doch erst Ende dreißig. Das hatte Zeit. Und Klara war erst seit fünf Jahren mit dem Studium fertig. Anfang dreißig. Da war noch viel mehr Zeit. Paul, bei mir tickt auch die Uhr. Irgendwann hatte sie das mal gesagt. Nebenbei in einer Unterhaltung. Nur so aus Spaß. Ein Spaß, den er gar nicht so richtig verstanden hatte. Nicht in diesem Moment, aber jetzt, plötzlich ganz klar. So klar, wie die Helligkeit dieses hitzigen Augusttages. Die Nachmittagssonne um kurz vor vier, die auf sie hinunterbrannte. Die trockene Wärme, die sich in der Schlucht aus gehauenem Bruchstein schon den ganzen Tag über staute und ihm erbarmungslos den Schweiß aus den Poren trieb. Kendzierski fühlte sich klatschnass. Es rann ihm jetzt in breiten Strömen den Rücken hinunter. Klara sah ihn weiter von der Seite an und er weiter starr nach vorne. Während sie langsam weiterliefen, küsste sie ihm ganz sachte auf die Wange und hauchte ihm ein „Ich liebe dich, Paul" ins Ohr. Er nickte nur ganz leicht dazu und versuchte zu schlucken.

5.

„Ein schönes Kleid, findest du nicht auch?"
„Vielleicht ein wenig offen an den Schultern und vorne."
„Wenn man es sich leisten kann. Und die Kleine von der Bamberger kann sich das leisten. Bei der Figur und der Farbe, die die hat. Schön hergerichtet!"
„Bei uns würde das nicht mehr so gut aussehen."

Die beiden alten Nachbarinnen mussten lachen. Die Braut war vorbei und der Rest des Zuges nicht mehr so interessant, dass man sich voll und ganz auf ihn hätte konzentrieren müssen.

„Aber früher hätten wir das auch gekonnt. Vor vierzig Jahren. Wir mussten uns doch auch nicht verstecken. Waren halt nur andere Zeiten damals. Da hat man so etwas nicht getragen. Die Schultern frei, der tiefe Ausschnitt vorne und hinten. Schön geschlossen war mein Kleid damals. Ich kann mich noch genau erinnern. Nach der Hochzeit hab ich es ändern und einfärben lassen und noch Jahre getragen. Wenn ich mit dem Heinrich tanzen gegangen bin."

„Der Scheppe-Hannes läuft ja auch mit. Wie gehört denn der dazu?"

„Der ist mit der alten Bamberger verwandt. Ihr Großcousin glaube ich. So viel Verwandtschaft haben die ja nicht, waren ja immer nur Einzelkinder. Da laden die dann jeden ein, den sie noch auftreiben können. Wenn wir das gemacht hätten, hätten wir die Turnhalle mieten müssen."

„Bei uns waren nicht einmal die Cousins und Cousinen eingeladen. Wir waren zu elft daheim. Und ich die Jüngste. Alle schon vor mir verheiratet und die Kinder dazu. Das waren schon mehr als genug Gäste bei der Hochzeit nur von meiner Seite. Und bei meinem Mann sah es ja auch nicht anders aus. Die waren zwar nur sechs. Zwei Brüder im Krieg gefallen, aber immer noch genug."

Schweigend sahen sie den letzten Resten des Hochzeitszuges nach.

„Das ist schon gut, wenn man eine große Familie hat." Beide nickten sie vor sich hin.

Die eine der beiden kam ein Stück näher an die andere, ganz nahe an ihr Ohr, um leise flüsternd weiterzureden.

„Dafür ist bei denen nie geteilt worden. Das hat auch seine Vorteile. Du feierst lieber kleiner und lädst den Großcousin ein, aber dafür bleibt alles beisammen. Das ist bei ihr so gewesen, der alten Bamberger, wie auch bei ihrem Mann. Da kommt einiges zusammen."

Beide nickten sie wieder vor sich hin.

„Und jetzt wieder." Flüsternd setzte die andere den Gedanken ihrer Stehplatznachbarin fort. „Drum prüfe, was sich ewig bindet, dass Hektar zu Hektar findet." Beide lachten sie kurz auf.

„Die Weinberge und die Äcker hatte der Faller-Jörg ja schon gepachtet seit ein paar Jahren. Und jetzt gehören sie ihm ganz. Nicht blöd der Junge, aus dem wird mal noch was. Wenn der so weitermacht."

„Gut heiraten kann er aber doch nur einmal. Das ist jetzt vorbei."

„Stimmt auch wieder."

Schweigen und nicken.

„Die war so lange weg."

„Die Simone."

„Und jetzt kommt sie wieder hierher und heiratet einen von hier. Die letzten fünfzehn Jahre wollte sie nichts von uns hier wissen und dann kommt sie zurück. Nur ein halbes Jahr nachdem der Vater unter der Erde ist. Das ist schon komisch."

„Na, genau deshalb."

„Wie?"

Ein fragender Blick.

„Die ist weg wegen dem Vater damals. Der alte Bamberger, das soll nicht ganz sauber gewesen sein. Das wird erzählt."

Sie beugte sich wieder näher zur anderen. Ein kaum hörbares Flüstern. „Das waren so Geschichten damals, schlimm."

Sie schüttelten beide den Kopf und sahen wieder nach vorne, die letzten Paare des Zuges begutachtend.
„Man kennt ja kaum einen von den jungen Leuten."
Nicken.
„Da, der! Ist das nicht der Verdelsbutze aus Nieder-Olm?"
„Stimmt. Die haben ja wirklich jeden eingeladen!"

6.

Kendzierski war unwohl. Vielleicht sogar übel. Ganz sicher war er sich noch nicht, aber die nächsten Minuten würden bestimmt dazu beitragen, seinem Magen die Richtung vorzugeben. Die Trauung hatte er heil überstanden, die Worte des Pfarrers, der große Moment mit dem „Ja". Die sich reckenden Hälse vor ihnen in den Reihen, um den Rücken der Braut im entscheidenden Moment zu sehen. Ein Rücken beim Ja sagen sah nicht anders aus als sonst auch. Der Kuss. Klaras Blick hing dabei mal nicht an ihm fest. Er nahm das erleichtert wahr und atmete innerlich tief durch. Sie hielt seine Hand fest gedrückt, die ganze Trauung hindurch, um in den wichtigen Momenten den Druck sanft zu erhöhen. Seither liefen ihr die Tränen über die gepuderten Wangen. Auch jetzt noch, obwohl sie schon seit mindestens zehn Minuten vor der Kirche im Schatten einer riesigen Trauerweide standen. Er hielt zwei Sektgläser verkrampft in der Hand, weil Klara damit beschäftigt war, sich die Tränen mit mehreren Taschentüchern zu trocknen. Fehl am Platz kam er sich vor, irgendwie schuldig unter den Blicken der vorbeiziehenden Hochzeitsgäste und sonstigen Schaulustigen. Er war doch nicht verantwortlich für ihre Tränen! Oder weinte Klara, weil sie ahnte, dass er nicht heiraten wollte? Nicht jetzt, hier, sofort. Frauen spürten so etwas, wahrscheinlich. Er stand betreten da und wusste wirklich nicht, was er sagen sollte. Das geht doch alles vorbei. War doch gar nicht so schlimm. Das wird schon wieder. Alles kaum treffende Bemerkungen in einer Situation, in der Kendzierski eigentlich mehr Angst um sich selbst hatte. Bitte, Paul, heirate mich. Ihm war immer noch heiß, trotz der kühlen Kirchenmauern, die sie gerade erst hinter sich gelassen hatten. Und mit den beiden Gläsern in der Hand konnte er sie nicht einmal in den Arm nehmen. Also stand er weiter unbeholfen herum und spürte, wie sich sein Magen immer mehr zusammenzog. Jetzt war ihm endgültig übel, aber so richtig. Kurz vor fünf und der Hunger kam noch dazu. Wahrscheinlich war der schuld an seinem Zustand. Ein spätes Frühstück heute Morgen alleine, weil Klara noch ein paar Utensilien für ihren gemeinsamen Auftritt brauchte, und kein Mittagessen. Das war verdammt lang her.

Mit dem Auto fuhren sie hupend in einer langen Schlange hintereinander die wenigen Kilometer von Essenheim zur Ober-Olmer Waldgaststätte, einem alten Gehöft, in dem schon Goethe übernachtet haben soll, während er aus sicherer Entfernung der Beschießung der Stadt Mainz durch die preußischen Truppen beiwohnte. Große Lettern in Stein gehauen klärten jeden darüber auf. Zu dem von hohen Mauern umgebenen Gehöft gehörte eine alte große Scheune, die in den Sommermonaten für Hochzeiten angemietet werden konnte. Während sie einen Parkplatz suchten und Klara sich mit Hilfe eines kleinen Spiegels, den sie aus ihrer ebenfalls sehr kleinen Handtasche hervorgeholt hatte, nachpuderte, ließen Kendzierski die Preußen nicht los. Irgendwie hatte er das Gefühl, heute selbst unter dauerndem Beschuss zu liegen. Zumindest die nächsten drei bis vier Stunden sollte er ausreichend Zeit zum Entspannen haben. Ruhe vor dem großen Auftritt, den ein nicht unbeträchtlicher Teil der sich vor dem geöffneten Scheunentor stauenden Hochzeitsgesellschaft, wahrscheinlich schon reichlich alkoholisiert, gar nicht mehr richtig wahrnehmen würde. Die Zeit arbeitete also eindeutig für ihn. Vielleicht gab es ja auch so viele Programmpunkte, dass man auf seinen und Klaras gut verzichten konnte. Eine zart keimende Hoffnung tief in ihm. Lass uns auf unseren Beitrag verzichten, es sind doch alle so schön am Feiern und Tanzen. Das unterbricht nur unnötig. Jetzt, wo die Stimmung so gut ist. Sein Schlachtplan für die nächsten Stunden schien Gestalt anzunehmen.

Mittlerweile waren sie beide nahe genug an die weiß verputzte Scheune mit ihrem dunklen mächtigen Tor herangekommen, um den Grund für die Stauung zu erkennen. Beide Flügel des Tores standen offen und ließen eigentlich genug Platz, um schnell ins Innere zu gelangen. Trotzdem hatte sich am linken Flügel eine große Menschentraube gebildet. Der Auslöser war das an dem Torflügel angeschlagene Plakat, dessen Bedeutung Kendzierski aus der Ferne nicht erkennen konnte. Klara steuerte ihn zielstrebig und mit dem nötigen Nachdruck darauf zu.

„Die Sitzordnung, Paul. Wir müssen doch erst mal nachsehen, wo überhaupt unsere Plätze sind."

Hochzeiten ohne ausgeklügelte Tischordnung gab es ja gar nicht mehr. Er hatte zwar noch nicht so viele mitgemacht, aber die wenige Erfahrung reichte ihm. Keine Hochzeit ohne Tischkärtchen, handgeschrieben in schnörkeliger Schrift, verziert im Stil der Tischdekoration.

„Simone hat sich dafür entschieden, die Paare zu trennen, damit man mal mit anderen ins Gespräch kommt. Das lockert die Stimmung. Alle lernen sich besser kennen. Gleich am Anfang. Eine schöne Idee. Das würde ich auch so machen."

Kendzierski sah Klara fassungslos an. Das war nicht wirklich ihr Ernst! Noch bevor er sich mehr Gedanken machen konnte über seinen Dauerbeschuss am heutigen Tag, auch ohne die Preußen und Goethe, standen sie schon vor dem riesigen Plakat. Kreisrunde Tische in mehreren Reihen, immer acht Namen in unterschiedlichen Farben. Rot, grün, blau, gelb. Verwandtschaft des Bräutigams, seine Freunde, ihre Verwandten, ihre Freunde aus dem Studium, ihre Freunde von hier. Ein ausgeklügelter Farbcode zur Einteilung der Menschenmassen. Schwarz die Namen des Brautpaares. Irgendwie fühlte sich Kendzierski in keiner der Kategorien aufgehoben. Freund einer Freundin von hier. Die Kategorie gab es nicht.

„Ich habe uns!" Ein freudiger Ausruf von Klara neben ihm. Wie beim Bingo nur ohne Gewinn.

„Da schau mal, wir sind an einem Tisch. Du neben Samanta und Onkel Hans. Ich neben Georg und Tante Helga."

Noch bevor er sich über die farbliche Einordnung seiner beiden Tischnachbarn informieren konnte, hatte ihn Klara schon fortgezogen. Hinein in die Scheune mit ihrem hellen Holzgebälk, über ausgetretene Pflastersteine, weiter nach rechts hinten in Richtung Buffet. Die silbernen Warmhaltebehälter standen dampfend bereit. Diese Kombination war doch gar nicht so schlecht. Nahe am Essen, die Wand im Rücken und weit von dem entfernt, was links als Bühne zu erkennen war.

„Hier sind wir richtig. Da schau, Paul. Du sitzt hier." Klara verabschiedete sich mit einem Klaps von ihm. „Vergiss unseren Auftritt nachher nicht." Wie konnte er das.

Langsam ließ er sich auf den mit einem weißen Stoff bis auf den Boden verkleideten Stuhl sinken. Wenn er eines hasste, dann das gruppendynamische Trennen von Paaren bei Hochzeiten. Als ob das die Atmosphäre lockerte und die Stimmung förderte, wenn man wildfremde Menschen, die nichts verband außer dem Zufall, bei der gleichen Hochzeit eingeladen zu sein, nebeneinander setzte. Das Resultat waren zähe Unterhaltungen und betretenes sich Anschweigen.

Und woher kennst du die Braut?
Gar nicht.
Ach, wie interessant. Ich auch nicht.

Klara war am großen runden Achter-Tisch ihm gegenüber platziert worden. So weit entfernt und durch eine Unzahl von Gläsern und Kerzenleuchtern, sonstigen Dekorationsartikeln, Einwegkameras, Menükarten, Glitzersteinen, Glasmurmeln und Blumenschmuck getrennt, dass sie sich unmöglich unterhalten konnten.

Rechts neben Kendzierski war gleichzeitig mit ihm Samanta zu sitzen gekommen. Ein Fleischberg von annähernd hundert Kilo, der in mehrere Schichten wallender Gewänder gehüllt war. Das Tischkärtchen wies sie als Studienfreundin der Braut aus, wenn er den Farbcode richtig in Erinnerung behalten hatte. Links neben ihm wartete schon ein hagerer Mann von mindestens sechzig Jahren. Er hing mehr schräg auf seinem Stuhl, aber zum Glück in die Kendzierski abgewandte Richtung. Sicher war das bei der Tischordnung mit bedacht worden. Ansonsten wäre er zwischen der dicken Samanta und dem Schrägen eingekeilt gewesen. Sein Schild ordnete ihn der Gruppe grün zu, Verwandtschaft der Braut, und gab ihm den Namen Onkel Hans. Kendzierski wurde das dumpfe Gefühl nicht los, dass er und Klara irgendwie am Restetisch gelandet waren. Den musste es ja zwangsläufig bei jeder großen Hochzeit geben. Gäste, die man einladen musste, weil es Zwänge gab, aus denen man sich nicht befreien konnte. Deinen Freund lass doch zu Hause. Den schrägen Onkel Hans will ich nicht einladen. Der gehört aber dazu, basta. Wir waren damals auch auf seiner Hochzeit. Wahrscheinlich hatte ihn genau dieser Zufall mit dem schrägen Hans zusammengeführt. Eine gute Voraussetzung für einen gelungenen Abend.

Das Knurren seines Magens riss ihn aus den wirren Gedanken. Samanta lächelte ihn freundlich musternd von der Seite an. Prüfend unterzog sie auch sein Tischkärtchen einer genauen Beobachtung. Wahrscheinlich entschied sie gerade für sich, ob er noch ledig war und in ihr Beuteschema passte. Süßer Typ, der Kleine. Bitte nicht!

„Hallo Paul, ich bin Samanta."

Eine dunkle, rauchige Stimme, die zur Masse, aber nicht recht zum Geschlecht passte. Kendzierski nickte und brummelte etwas vor sich hin, was entfernt an ein Hallo erinnerte. Das Klingeln einer Tischglocke erlöste ihn aus diesem Gespräch. Er schien Samanta zu gefallen. Ihre linke Hand ruhte leicht auf seinem rechten Arm. „Wir können gleich noch ein wenig reden. Der Abend ist ja lang."

Ein trockenes bellendes Lachen war vom schrägen Hans zu hören, der sich mit der schüchternen jungen Frau links neben ihm trefflich zu verstehen schien. Die Arme hatte seinen Kopf direkt an ihrem Ohr. Da hatte er es mit Samanta vielleicht doch nicht so schlecht getroffen. Wieder knurrte sein Magen. Von irgendwoher drangen Worte an sein Ohr.

Freue ich mich als der Vater des Bräutigams, dass ihr alle hierhergekommen seid, – will ich nur kurz – ein paar Worte – als Jörg damals zur Welt kam – ein eisiger Winterabend – die Wehen – der viele Schnee.

Kendzierskis Magen rumorte in einer Lautstärke, die ihm selbst peinlich war und auch seinen Tischnachbarn nicht verborgen blieb, unnatürlich laut. Kein Wunder wenn man direkt an dampfenden Warmhaltebehältern saß. Der Geruch der vor sich hin köchelnden Grillspieße mit Apfelsinenspalten und roten Zwiebeln, die die Menükarte vor ihm ankündigte. Vom Koch mit Hingabe und für diesen feierlichen Anlass auf den Punkt genau gegart, die nun langsam austrockneten, zäh wurden. Der Gedanke daran ließ Kendzierskis Magen mit neuen Klangfarben experimentieren und grummeln. Klara, die ihm gegenüber saß, schickte einen strafenden Blick in seine Richtung. Wenn man das schon bis dahin hörte. Was mussten die auch so lange reden. Die Stimme war aber jetzt nach zehn Minuten eine andere. Der Patenonkel der Braut. Auch nur kurz, ein paar Worte.

Hiermit ist das Buffet eröffnet.

Ohne nachzudenken und nur seinem Magen gehorchend erhob sich Kendzierski wie auf Befehl. Ein Blick in Klaras Gesicht verriet ihm unzweideutig, dass das eine unpassende Reaktion gewesen war. Um ihn herum offene Augen, die für einen Moment auf ihn fixiert waren. Einige lachten und tuschelten miteinander. De Verdelsbutze hat Appetit.

Dann standen auch die nächsten auf. Für einen Rückzieher war es jetzt zu spät und das Essen zu nahe.

Nur Samanta blieb ihm auf den Fersen. In Richtung Hauptgericht. Die Vorspeisen konnte man auch getrost hinterher aufladen, wenn sich dort die Reihen gelichtet hatten. Kendzierskis antizyklische Buffetstrategie, bewährt über die

Jahre. Die ganz Konsequenten begannen sogar mit dem Dessert. Das hatte er auch schon miterlebt, aber so weit war er selbst noch nicht. Die Spieße sahen gut aus und auch die als Torpedos angekündigten Kartoffeln, aus denen eine Scheibe Schinken und ein Salbeiblatt herauslugte. Kendzierski lief das Wasser im Mund zusammen. Er musste sich bremsen, um seinen Teller nicht über das zulässige Gesamtgewicht hinaus zu beladen. Mit Samanta im Schlepptau kam er an seinem Platz an, als Klara sich gerade auf den Weg machte.

„Du scheinst ja ausgehungert zu sein!"

Im Gedränge vor dem Buffet wurde sie weitergeschoben, noch bevor er antworten konnte. Das war ganz sicher auch besser so. Ein Blick auf Samantas Teller ließ seine eigene Portion nach Diätverpflegung aussehen. Sie sah ihn leicht verlegen an und nuschelte etwas von zu beschwerlich mehrmals zu gehen und der Abend brauche ja eine gute Grundlage.

Kendzierski hatte sich gerade hingesetzt und seine Gabel mit der Linken gepackt, als ihn ein spitzer Schrei zusammenzucken ließ.

„Hilfe, die Braut ist entführt worden!"

Wie von einer unsichtbaren Hand geführt, sprang Kendzierski wieder auf. Der Schwung ließ seinen Stuhl nach hinten umfallen. Das Krachen hörte er nicht. Er spürte, dass alle Augen in diesem einen Moment hilfesuchend auf ihn gerichtet waren.

7.

Das Wasser schoss in einem gleichmäßig festen Strahl heraus. Zuerst lauwarm für ein paar Sekunden, dann endlich erfrischend kalt, fast eisig. Das war der Temperaturunterschied, der es so eisig wirken ließ, so angenehm kühl. Die feinen blonden Härchen auf ihren Unterarmen richteten sich auf. Pflanzen gleich, die unter der Trockenheit gelitten hatten und sich nun in Vorfreude auf den ersten Schauer mit letzter Kraft reckten und erhoben. Dem Nass entgegen, lechzend nach den ersten stärkenden Tropfen. Einfach hier so stehen bleiben. Besser noch, den Wasserhahn gegen die Brause einer Dusche austauschen. Die Kleider vom Leib und frierend unter dem plätschernden Strahl ausharren. Auskühlend, bis es unter der Haut schmerzte, stach, die Fingerspitzen taub wurden vom eisigen Regen, der über ihren Kopf, die Schultern und den Rest ihres Körpers rann, sich seinen Weg nach unten suchte. Sie wäre bereit, fast alles dafür zu geben. Für ein wenig Abkühlung und einen Weg hier hinaus.

Unter dem Wasserstrahl rieb sie die Hände und sammelte dann Wasser in den Handflächen, um damit ihre erhitzten Wangen zu erfrischen. Die Hitze hier war unerträglich. Große runde Flecken unter ihren Achseln. Durch die Blumen auf ihrem Kleid fielen sie zum Glück nicht sonderlich auf. Aber wenn man genau hinsah, war es doch zu erkennen. Kein schöner Anblick. Aber hier musste sie ja doch keinem gefallen. Es war nicht wirklich jemand dabei gewesen, der irgendwie ihr Interesse geweckt hätte, und schon gar nicht an ihrem Tisch. Der Vater des Bräutigams passte gut zu seinem Sohn. Sie hatte nicht den Schimmer einer Ahnung, warum Simone sich den geangelt hatte. Sie war so anders, seit sie aus Berlin weg war. Wie war es möglich, dass ein halbes Jahr ausreichte, um einen Menschen so zu verändern? Sie war ihr richtig fremd geworden. Eine Unbekannte, die ihrer besten Freundin Simone nur noch äußerlich ähnelte. Aber ansonsten kaum mehr etwas mit ihr gemein hatte. Nicht mehr viel erinnerte an die Freundin aus Berliner Studienzeiten, die sie schon im ersten Journalistik-Seminar kennengelernt hatte.

Eigentlich war genau das eingetreten, was sie ihr vorausgesagt hatte. Wenn du zurück in dieses Dorf gehst, dann wirst du auch wieder das Landei, das du früher warst. Dann holt dich das alles wieder ein. Die Enge, der Mief und das Grauen von damals. Schlimm war nur, dass sie das nicht ernst gemeint hatte. Darüber gelacht hatten sie beide. Ein Spaß bei ihrer Abschiedsfeier in Berlin im letzten Winter. Zwischen den gepackten Kisten und den vielen leeren Bierflaschen, irgendwann spät in der Nacht, fast am Morgen.

Und dann auch noch diese Hochzeit. Vollkommen überstürzt. Sie heiratet, damit sie nicht jeden Abend mit ihrer Mutter alleine dasitzt. Das war ihr erster Gedanke gewesen, als plötzlich die Einladung kam. Wie aus heiterem Himmel. Die Hochzeit gegen die Einsamkeit und die Langeweile. Und sie die Trauzeugin dazu.

Sie senkte ihren Kopf in die Handflächen mit dem kalten Wasser, Kühlung für die glühenden Wangen. Die leuchteten, als ob sie sich in der Sonne mächtig verbrannt hätte. Aber das war immer so, wenn sie aufgeregt oder angespannt war. Und heute war sie beides. Wenn nur diese Hochzeit schon vorbei wäre und sie sich auf das konzentrieren könnte, was sie eigentlich bewogen hatte, hierherzukommen. Es war ungerecht, das wusste sie, aber für die Hochzeit von Simone hätte sie sich nicht schon drei Tage früher hier in diesem Nest einquartiert. Nur für die Recherchen heute früh hatte sich die Reise gelohnt. Das war ein richtiger Knaller, wenn es stimmte, was ihr der Informant erzählt hatte. Ein absoluter Kracher und ein ganz großes Ding. Noch einmal ließ sie kaltes Wasser in ihre Hände laufen, um sich damit das Gesicht zu kühlen. So angenehm für einen kurzen Moment, bis die Tür aufgestoßen wurde.

„Wo warst du heute Morgen?"

Schon mit dem Geräusch, das dem Aufstoßen der Tür folgte, war ihr klar gewesen, was kommen würde. Simones Kleid knisterte. Der aufgebauschte Stoff in hellem Creme, der von einem Reifrock in die Breite gedrückt wurde. Es rauschte fast ein wenig, wenn sie lief.

„Ich hätte dich gebraucht heute früh und du hast mich sitzen gelassen!"

Ein einziger Vorwurf ihre Stimme, auch ohne die Worte. Und sie verspürte keine Lust, sich zu entschuldigen. Sich zu verstellen, um eine schlechte Ausrede ringend, die ihr Simone doch nur deswegen abnehmen würde, weil sie sich diesen Tag nicht versauen wollte. Sie hatte sogar mächtig Lust ihr alles an den Kopf zu werfen. Hier in dieser stickigen Toilette, in die sie sich geflüchtet hatte. Auf der Suche nach Ruhe vor diesen beiden Idioten, die der Meinung waren, dass es zu einer richtigen Hochzeit dazu gehörte, wenn man die Braut entführte. Sie hätte sie machen lassen sollen, die beiden bescheuerten Freunde des Bräutigams, Stefan und Holger, und nicht mitkommen sollen. Aus Sentimentalität, um das alles zu retten, hatte sie sich von Simone bequatschen lassen. Komm mit, bitte, bitte. Du bist doch meine Trauzeugin und das wird bestimmt lustig mit Holger. Der ist wahrscheinlich eifersüchtig, weil ich nicht ihn geheiratet habe. Der hat mir schon im Kindergarten einen Antrag gemacht. Simone hatte vielsagend gegrinst und sie nachgegeben.

„Du weißt doch genau, wie es mir in diesem Haus geht. Alles stürzt da über mir zusammen, es ist noch alles so wach!"

Sie sah, dass sich Simones Augen mit Tränen füllten.

„Heiratest du deswegen?"

Sie bereute das, was sie gesagt hatte, schon beim ersten Wort, das über ihre Lippen gekommen war. Aber doch nur für einen kurzen Moment. Nicht jetzt, aber irgendwann musste es ohnehin raus.

„Du rennst weg, das ist eine Flucht, überstürzt. Glaubst du, dann ist das alles vorbei, wenn du mit deinem Jörg in dieses Haus ziehst? Alles schön renoviert. Frische Tapeten über das Grauen von damals. Das ist idiotisch. Das funktioniert nicht. Das kann nicht gut gehen, niemals!"

Eigentlich hatte sie die letzten Worte schreien wollen. Brüllen in dieses Gesicht, aus dem so viel Unverständnis sprach. Aber sie war ganz ruhig geblieben. Überlegte Worte, die klar aus ihrem Mund kamen.

„Wo warst du heute Morgen? Ich hätte dich so dringend gebraucht!"

Sie schrie sie an und schluchzte hinterher.

„Ab und zu muss ich mal etwas arbeiten. Ich habe noch keinen Mann gefunden, der mich ernährt, so wie du!"

Das war genug. Sie drückte sich an Simone vorbei und ließ deren Kleid knistern.

„Bringt euer Liebestheater doch allein zu Ende!"

Das hatte sie nur leise geflüstert, als die Tür der Damentoilette hinter ihr schon zugefallen war.

8.

Wie ein Film, der zu schnell abgespielt wurde, rasten die Bilder an seinen Augen vorbei. Und das, obwohl er seine Augen fest verschlossen hielt. Das Dröhnen in seinem Kopf, der Druck dort drinnen, der einen brummenden Schmerz erzeugte. Das hielt ihn davon ab, die Augen zu öffnen. Einfach nur wieder einschlafen, um diesen Zustand der Schmerzen dort oben in seinem Kopf zu überwinden. In einer Stunde war er vielleicht weg oder weniger heftig. Ganz vorsichtig blinzelte er mit seinem linken Auge in den hellen Tag. Der Wecker stand gut sichtbar auf dem Nachttisch. So gut sichtbar, dass auch mit einem blinzelnden linken Auge die Zeit gut abzulesen war. 11.44 Uhr. Wenigstens so weit war das alles in Ordnung und er hatte ausreichend Schlaf bekommen. Die Schmerzen in seinem Kopf, das hämmernde Dröhnen dort drinnen kam also nicht vom Schlafmangel, sondern von all dem anderen, was der gestrige Abend und die lange Nacht so mit sich gebracht hatten. Er drückte sein linkes Augenlied wieder fest zu, um sein Inneres vor dem grellen Licht des Tages zu schützen. An die Rollläden hatte er heute Morgen wieder einmal nicht gedacht. Immer dann, wenn es darauf ankam, vergaß er, sie runterzulassen.

Mit der Dunkelheit in seinem Kopf kamen die rasenden Bilder wieder, der Film des gestrigen Abends. Zwölf Stunden, abgespielt in hektischen Sequenzen, rennende Menschen und kurze Stopps. Standbilder, die den hetzenden Film unterbrachen. Verzogene Gesichter, Grimassen, offene Augen und breite Zahnreihen. Der blanke Wahnsinn, der mit der entführten Braut angefangen hatte. Und nicht enden wollte. Paul Kendzierski konnte sich selbst sehen. Festgehalten dieser eine Moment in seinem Kopf, obwohl er keinen Spiegel vor sich hatte. Aus allen Richtungen sah er sich. Für die Kameraeinstellung hatte sich der Regisseur einen Preis verdient. Sie fuhr um ihn herum. Den aufgeschreckten Bezirkspolizisten von allen Seiten im Bild einfangend. Seinen erstarrten Blick in diesem einen Moment. Die Fassungslosigkeit, zu der Entschlossenheit kam. Das Aufschlagen des Stuhles, den er durch sein schnelles Reagieren hinter sich schleuderte. Ein gedämpfter Hall, der, um mehrere spitze Schreie ergänzt, die Situation stimmungsvoll umrahmte. Das Grauen schwarzer kreischender Vogelmassen in der Manier Hitchcocks hätte nicht besser gepasst.

Die Schmerzen in seinem Kopf schienen in die Gesamtchoreographie dort oben eingebunden zu sein. Ein durchdringender Stich im Stirnbereich ließ ihn zusammenzucken. Die Erinnerung an Klaras entsetzten Blick und ihren weit offenen Mund kamen jetzt hinzu. Die langsame Bewegung ihres Kopfes hin und her. Nein, Paul, bitte nicht! Keine Worte, nur die Bewegung ihrer Lippen. Ein Öffnen und Schließen des Mundes, das keine Laute hervorbrachte. Keine, die bis an seine Ohren drangen. Zerrissen wurden sie schon in der Luft vom aufbrandenden Kreischen um ihn herum. Hässliche Fratzen rasten an ihm vorbei, an seinen geschlossenen Augen. Die fauligen Zähne des schrägen Onkel Hans direkt neben ihm. Die fette Samanta auf der anderen Seite, die sich den Bauch hielt. Der Schrei aus ihrem Mund hatte eine solche Wucht, dass er ein ordentliches Stück vom Kartoffeltorpedo quer über den Tisch schoss. Wie eine Welle breitete sich das Grauen aus und brandete als Schrei aus hundert Mündern zurück.

Dann ging alles ganz schnell. Viel zu schnell. Die Schreie der anderen, das lachende Kreischen und Klaras Augen, aus denen Tränen quollen. Der Riss in diesem Film in seinem Kopf genau in diesem Bild. Klara, die sich die Hände vors Gesicht hielt. Ihre tränenden Augen versteckte, während alle anderen um ihn herum schrien vor Lachen. De Verdelsbutze! Der holt die Braut zurück! De Schimanski muss sie finde!

Alles nur ein dummer Scherz, der zu jeder rheinhessischen Hochzeit gehörte. Die entführte Braut, die der Bräutigam dann suchen musste. Ein Unterfangen, das schon manche Hochzeit gesprengt hatte. Der schräge Onkel Hans hustete ihm die Erklärung in sein heißes linkes Ohr. Pochendes Blut in seinem Kopf, als er sich wieder hingesetzt hatte. Ein glühender Schädel. Aufmunterndes Klopfen auf seiner Schulter. Klasse Einsatz eben, Respekt! Onkel Hans hatte mal eine Hochzeit miterlebt, bei der die Entführung der Braut fast zum schnellen Ende der Ehe geführt hatte. Vor gut vierzig Jahren, lachendes heiseres Husten in Kendzierskis glühendem Ohr. Der Bräutigam hatte sich geweigert, die Braut zu suchen. Wenn die nicht von selbst wiederkommt, dann soll sie bleiben, wo der Pfeffer wächst. Dann braucht sie gar nicht erst wiederzukommen. Ich suche die nicht. Der Bräutigam hatte sich an diesem Abend betrunken und der Brautvater wollte ihm an die Wäsche. Du suchst meine Tochter oder ich nehme sie gleich wieder mit! Nimm sie doch mit. Kannst sie wieder haben!

Onkel Hans hustete heiser und trocken in sein Ohr. Wenigstens blieb sein Kartoffeltorpedo im Mund. Klara stierte ihn weiter fassungslos an. Ein glühendes Gesicht und rot unterlaufene Augen, aus denen sie sich die Tränen gewischt hatte. In diesem Moment war er froh gewesen, nicht direkt neben ihr zu sitzen. Der Abend war ja noch so lang. Zeit genug, damit sich ihre Stimmung wieder bessern konnte. Sie schwieg ihn an und ging ihm aus dem Weg, den Rest des ganzen Abends und die Nacht.

Nach einer guten Stunde war die Braut wieder da. Kendzierski hatte keine Ahnung, ob sie von selbst wieder zurückgefunden oder ob sich der Bräutigam bemüht hatte.

Klara verzog sich an den Tisch der Braut und Samanta

schenkte ihm freudig plappernd nach. Immer, wenn er das Glas gerade geleert hatte, war es schon wieder voll. Der Hochzeitswein. Vom Etikett strahlten Braut und Bräutigam, Simone und Jörg. Feinherb. Ein leichter und fruchtiger Riesling, der bei diesen Temperaturen und in seinem lädierten Gemütszustand hervorragend als Durstlöscher geeignet war. Samanta unterhielt ihn prächtig. Sie lachten viel, wobei er sich mit seinem schmerzenden Schädel nicht an einen einzigen Satz aus ihrem Mund erinnern konnte. Ganz weit weg war das alles, der gestrige Abend und diese Nacht in rasenden Bildern.

Klaras strafender Blick, der ihn irgendwann traf. Er bemüht, vor ihr das Wanken in den Griff zu bekommen.

Unser Auftritt?

Zischend war das aus ihrem Mund gekommen.

Du hattest deinen Auftritt ja heute schon! Auf meinen kann ich gut verzichten!

Zumindest hatte sie ihn mitgenommen, irgendwann heute Morgen und ihn ins Bett gebracht. Das sanfte Atmen in seinem Rücken verriet ihm, dass sie neben ihm lag. Es klang nach ihr und nicht nach Samanta. Ein neuer spitzer Schmerz in seinem Kopf. Der Gedanke an Samanta, ihre wallenden Gewänder, die schwebten, als sie sich zur Musik der Zweimann-Unterhaltungsband im Kreis drehte, und an die vielen Rieslinge in ihm selbst. Einfach wieder einschlafen, mehr wollte er doch gar nicht, um das alles hinter sich zu bringen.

Das Klingeln seines Telefons im Flur machte all das zunichte. Unter normalen Umständen wäre er ganz sicher nicht aufgestanden, aber heute erschien es ihm besser, wenn Klara noch ein wenig ungestört weiterschlafen konnte. Wankend suchte er den Weg aus seinem Schlafzimmer hinaus und schloss die Tür vorsichtig hinter sich. Das Telefon klingelte noch immer viel zu laut. Er räusperte sich. Ein krächzender Laut, der da aus seinem Hals kam, würgend fast und kaum befreiend.

„Ja?"

„Hallo Paul, hier ist Simone. Ich brauche deine Hilfe, Claudia ist verschwunden!"

9.

Nur wenige Minuten später zog er die Wohnungstür vorsichtig hinter sich zu. Im ersten Moment hatte er auflegen wollen. Die entführte Braut, Teil zwei. Die Fortsetzung des schlechten Scherzes von gestern und er würde ganz sicher nicht ein zweites Mal darauf reinfallen. Der Verdelsbutze soll sie suchen – nicht noch einmal!

Es war die Sorge in Simones Stimme gewesen, die stockenden Worte, schluckend, so als ob sie die Tränen nur mit großer Mühe zurückzuhalten vermochte. Und es war seine Flucht. Klara schlief noch. Nach den gestrigen Problemen war es ganz sicher besser, wenn er ihr nicht sofort Rede und Antwort stehen musste. Paul, dein Auftritt war doch einfach nur peinlich. Ich habe mich geschämt für dich!

Sein weißer Skoda stand direkt vor der Haustür. Ein seltener Glücksfall in diesem Wohngebiet. Meistens kreiste er dreimal um den Block, um den Wagen irgendwo abstellen zu können. Zu viele Anwohner, zu wenig Parkplätze. Mit zitternder Hand startete er den Wagen. Den aufkommenden Gedanken an die vielen Rieslinge des gestrigen Abends schob er entschlossen beiseite. Es war Sonntag kurz nach elf.

Er hatte einige Stunden gut geschlafen und eine Alkoholkontrolle um diese Uhrzeit gab es doch höchstens an Fastnacht. Hoffentlich!

Die Sonne schien grell von einem unnatürlich blauen Himmel. Kopfschmerzen und diese gleißende Helligkeit waren keine angenehme Verbindung. Der Radweg neben der Landstraße, die aus Nieder-Olm hinausführte, war von unzähligen Radfahrern bevölkert. Den vielen Wein ausschwitzen, ein Gedanke, der für ihn ohne jeden Reiz war. Ein dumpfes Brummen in seinem Kopf überlagerte jede noch so harmlose Überlegung. Kendzierski beschloss daher für sich, auf weitere schmerzende Gedanken zu verzichten, bis er in Essenheim angekommen war.

Der Hof in dem Simone Bamberger und ihre Mutter wohnten, lag in einer Seitenstraße, die steil von der Hauptstraße abging. Ein Wohnhaus mit schwarzen Fachwerkbalken zur Straße hin. Das große Hoftor stand weit offen. Eine Wäscheleine, an der bunte Babyklamotten hingen, zeigte ihm, dass er richtig war. Er stellte sein Auto ein paar Meter weiter am Straßenrand ab. Der kleine betonierte Innenhof stand voller Blumenkübel. Große Oleandersträucher, in Rosa, Weiß und Rot. Und unzählige kleine Töpfe am Haus entlang, bis zur Scheune, die den Innenhof nach hinten begrenzte. Fast alles darin blühte, ein buntes Durcheinander an Pflanzen in unterschiedlichen Größen. Aus dem Haus waren Stimmen zu hören. Ein Wirrwarr verschiedener Tonlagen. Noch bevor er überlegen konnte, wo es nach einer Eingangstür aussah, stand Simone schon vor ihm. Auch an ihr schien diese Hochzeitsfeier nicht spurlos vorübergegangen zu sein. Sie hatte dunkle Ringe unter den geröteten Augen. Die Blässe in ihrem Gesicht ließ dies noch deutlicher werden. Sie sah aus, als ob sie noch vor Kurzem geweint hätte.

„Schön, dass du so schnell gekommen bist, Paul!"
Sie atmete tief ein.
„Lass uns hier draußen bleiben. Drinnen haben wir keine Ruhe. Die Frauen aus der Nachbarschaft sind da, um meiner Mutter bei den Vorbereitungen für das Reste-Essen heute Nachmittag zu helfen."
Sie deutete mit ihrer Rechten in Richtung Scheune. Dort waren Biertischgarnituren zu sehen. Die Blumengestecke darauf erinnerten ihn an den gestrigen Abend. Sein Kopf schmerzte passend dazu.
„Eingeladen sind die, die noch da sind, und die Nachbarn dazu."
Sie zitterte. Kendzierski war das aufgefallen, als sie in Richtung Scheune gedeutet hatte. Auch jetzt, wo ihre Hand herabhing, ganz nah am Körper, bewegte sie sich leicht. In ihrem Gesicht lag so viel Traurigkeit. Ein scharfer Kontrast zur Freude und Ausgelassenheit gestern. Der Kater am Tag danach reichte als Erklärung wohl kaum aus.
„Sie ist seit gestern Abend verschwunden." Simone schluchzte. „Ich habe sie heute Morgen versucht anzurufen, aber ihr Handy ist aus. Die ganze Zeit schon." Sie schüttelte den Kopf. „Und in der Pension ist sie auch nicht mehr."
„Wo wohnt sie hier?"
„In der Pension Schott. Da sind die meisten Freunde untergebracht. Das ist oben am Ortsausgang in Richtung Mainz. Eine umgebaute Scheune, fünf Ferienwohnungen, die wir alle für die Hochzeitsgäste gemietet haben. Claudia hatte die kleinste Wohnung, aber für sich alleine. Sie war schon seit Mittwoch da, schließlich ist sie ja meine Trauzeugin."
Über Simones Wangen liefen dicke Tränen. Kendzierski wusste nicht, was er machen sollte. Sie tröstend in den

Arm nehmen? Etwas hielt ihn ab. Sie sahen sich beide an.

„Ihr Zimmer ist leer." Sie flüsterte fast. Die Stimme von Tränen erstickt. „Ich habe in der Pension angerufen, vorhin. Da stimmt etwas nicht. Das würde sie nie machen. Einfach so abhauen und mich hier alleine lassen." Sie schüttelte heftig den Kopf, ihre blonden Locken flogen.

„Wann hast du sie zuletzt gesehen?"

„Gegen sechs."

„Heute Morgen?"

Ihr Blick wanderte nach unten.

„Nein, gestern."

Sie stockte. Etwas hielt sie davon ab, weiterzusprechen. Er selbst hatte sie doch gesehen. Die Trauzeugin, gestern. Aber war sie auch noch abends da gewesen? Am Tisch des Brautpaares hatte doch Klara gesessen, auf dem Platz von Claudia, nach seinem missglückten Auftritt.

„Holger und Stefan hatten Claudia und mich mitgenommen. Die Entführung der Braut. Ein blöder Brauch, aber irgendwie gehört er dazu zu einer rheinhessischen Hochzeit. Zumindest hier bei uns im Dorf."

Ihr Blick blieb weiter fest auf den Boden geheftet. Sie sah ihn nicht an und er konnte nicht erkennen, ob sie noch immer weinte. Die Worte kamen jetzt klarer aus ihr heraus, weniger von Tränen erstickt.

„Wir haben uns gestritten." Sie atmete tief ein und aus. Mehrmals. „Sie ist morgens einfach nicht gekommen, obwohl wir uns fest verabredet hatten. Alles war genau geplant. Sie wollte mir beim Anziehen und Frisieren Gesellschaft leisten. Sie ist doch schließlich meine Trauzeugin. Da gehört sich so etwas."

Jetzt sah sie ihn an. Die Tränen waren aus ihrem Gesicht verschwunden. Ihr Blick blieb traurig.

„Sie kann nicht verstehen, warum ich Jörg geheiratet habe. Warum ich hierher zurückgekommen bin, in dieses Dorf, in mein Elternhaus." Sie sah sich einmal kurz um. „Ich kann doch meine Mutter nicht mit all dem hier alleine lassen. Jörg und ich wollen hier zusammenwohnen. Den oberen Stock ausbauen. Das hat er mir versprochen. Claudia hat das nicht verstanden."

„Ihr Zimmer in der Pension ist leer?"

„Ja, ich habe mit der Frau Schott telefoniert. Ich habe mir Gedanken gemacht, als sie heute Morgen nicht zum Frühstück gekommen ist und nicht zu erreichen war. Sie hat in Claudias Zimmer nachgesehen. Alles eingepackt, der Schlüssel lag auf dem Nachttisch und auch das Geld für die Übernachtungen. Abgereist!"

„Zurück nach Hause?"

„Nein, das glaube ich nicht. In ihrer WG haben sie schon seit drei Tagen nichts von ihr gehört. Auch da hat sie sich nicht gemeldet. Und von mir hätte sie sich verabschiedet, auch wenn wir Streit haben."

Sie sah ihn fragend an, fast flehend. Bitte sag mir, was passiert ist. Vielleicht war das alles ein wenig zu viel gewesen gestern. Für ihn und seinen Kopf, ganz sicher aber auch für die Braut. Zu viele bewegende Eindrücke am wichtigsten Tag in ihrem Leben und dann der Streit mit der besten Freundin. Ein heftiger Streit, hässliche Worte in beide Richtungen, abgereist die eine und das schlechte Gewissen am nächsten Tag. Wahrscheinlich hatte auch Claudia heute einen schweren Kopf von den gestrigen Ereignissen und würde sich reumütig hier melden oder nachher auf der Matte stehen. Die tränenreiche Versöhnung, die ihm hoffentlich auch heute noch mit Klara bevorstand. Die Hochzeit war anscheinend für viele einfach zu heftig gewesen. Er musste an Samanta denken, die ihn heute früh zum Abschied fest an ihren weichen massigen Körper gedrückt hatte. Sein Kopf quittierte die Erinnerung mit einem weiteren stechenden Schmerz, der ihm für einen kurzen Moment kleine strahlende Sternchen vor die Augen zauberte.

„Paul, ich habe ein ganz, ganz komisches Gefühl! Das passt alles nicht zu ihr."

„Ich glaube, sie taucht nachher hier wieder auf. Oder meldet sich zumindest. So ein Streit muss verrauchen. Wahrscheinlich nagt jetzt schon das schlechte Gewissen an ihr."

Ein wenig Hoffnung glaubte er in ihren Augen zu erkennen. Ein sanfter Schimmer.

„Du ruhst dich jetzt ein wenig aus, damit du nachher weiterfeiern kannst. Dann ist sie vielleicht schon wieder da. Und ich fahre bei der Frau Schott vorbei und sehe mir das Zimmer von der Claudia mal an. O.k.?"

Sie nickte dankbar und drehte sich weg. In der Bewegung hielt sie inne.

„Ihr könnt nachher gerne auch vorbeikommen. So gegen 14 Uhr gibt es ein verspätetes Mittagessen mit allem, was von gestern übrig ist."

Kendzierski nickte ihr zu, auch wenn sein Kopf ihm diese Bewegung nicht verzieh. Mit Klara hier die Fortsetzung der Hochzeit feiern? Auf gar keinen Fall!

10.

Die wenigen Meter in Richtung des Ortsausgangs nach Mainz legte er mit seinem Auto zurück. Sein Körper verspürte keine Lust auf einen ausgedehnten Spaziergang, auch wenn ihm sein Verstand immer wieder leise andeutete, dass frische Luft die beste Kur für seinen schmerzenden Kopf darstellte. Später vielleicht, wenn das alles hier geklärt war. Wäre er hiergefahren, wenn der Anruf nicht von einer Freundin Klaras gekommen wäre? Mit einem überzeugten Ja konnte er diese Frage nicht beantworten. Der Streit gestern zwischen Braut und Trauzeugin musste schon recht heftig gewesen sein. Was musste man sich an den Kopf werfen, dass man die Hochzeit der besten Freundin verließ? Harte und böse Worte. Etwas, was sich schon seit längerer Zeit aufgestaut hatte. Schon die vergangenen Monate, die Simone hier wohnte. Sie war zurückgegangen aufs Land, war verändert, ganz und gar. Zwei Freundinnen, die sich auseinanderlebten, das spürten. Die große Explosion ausgerechnet bei der Hochzeit. Am schönsten Tag im Leben. Die Situation musste sich gestern so zugespitzt haben, dass eine Eskalation nicht mehr zu vermeiden gewesen war. Ansonsten wären beide doch einem solchen Streit aus dem Weg gegangen, zumindest am Tag der Hochzeit. Kendzierski beschlich das Gefühl, dass da mehr dahintersteckte. Hinter diesem Streit zwischen den beiden besten Freundinnen. Die Eifersucht, weil Claudia ihre Freundin an Jörg verlor. Der Neid auf das Glück der anderen. Alles Gründe für eine überstürzte Abreise, aber nicht mehr. Dinge, die die beiden untereinander zu klären hatten, wie auch immer. Aber das war nicht sein Problem. Er als der neutrale Schlichter zwischen den Fronten. Auf gar keinen Fall!

Zumindest eine heilende Wirkung ging von dem aus, was er hier gerade tat. Die vielen Gedanken in seinem Kopf, die Bilder dazu vom gestrigen Abend. Claudia in ihrem auffälligen Blumenkleid, die Braut in Weiß. Das alles bereitete ihm keine Schmerzen mehr. Er fühlte sich nicht etwa frisch und ausgeruht. Aber sein Schädel schien sich auf einen Waffenstillstand mit seinem Restkörper einzulassen. Kein weiteres schmerzendes Störfeuer von dort oben, einstweilen ein wenig Ruhe, damit er sich auf die Suche nach der verlorenen Trauzeugin machen konnte, die sich wahrscheinlich mit einem schlechten Gewissen plagte. Eines, das es ihr noch verbot zurückzukommen. Die Hochzeit versaut.

Da musste es sein. Pension Familie Schott. Ein großes Schild rechts an der Straße, unter dem er sein Auto abstellte. Durch eine schmale gepflasterte Einfahrt ging es an einem kleinen Wohnhaus vorbei auf ein großes Gebäude zu. Das hohe Dach verriet, dass das früher mal eine Scheune gewesen sein musste. Vier Gauben ragten aus dem Dach heraus. Pension. Das gleiche Schild wie an der Straße, noch einmal neben der großen Glastür mit den Kunststoffsprossen. Er zog sie auf. Niemand war zu sehen. Keine Klingel, nichts. Die Tür schloss sich leise von selbst hinter ihm. Mit einem hörbaren Klicken wurde es hell im Eingangsbereich. Er ging ein paar Meter weiter, wieder klickte es und neues Licht erhellte die nächsten Meter. Es fehlte eigentlich nur noch die Kamera, die durch einen Bewegungsmelder aktiviert, seinen Schritten folgte. Gesteuert vom großen Unbekannten, der ihn auf mehreren großen Bildschirmen überwachte.

„Kann ich Ihnen weiterhelfen?"

Eine junge Stimme, die zu einem ebenso jungen Mädchen gehörte. Dunkle kurze Haare, schmächtig, irgendwo zwischen zwölf und vierzehn, schwer zu schätzen für ihn.

„Ich wollte die Claudia Sauer abholen. Ich gehöre zur Hochzeitsgesellschaft."

„Die ist abgereist. Gestern schon."

„Sind deine Eltern da? Ich habe noch ein paar Fragen."

Sie sah ihn prüfend an. Den Kopf leicht schräg gelegt, ihn musternd.

„Meine Eltern sind weg, zu einem Geburtstag. Sie können mich aber auch alles fragen. Sind Sie von der Polizei?"

Ihre Augen wurden größer.

„Nein, aber wir machen uns Gedanken, weil Claudia so plötzlich verschwunden ist."

„Abgereist, gestern Abend."

„Hast du sie gesehen? War jemand von euch hier gestern Abend?"

„Wir waren alle vorne im Haus und haben vor dem Fernseher gesessen. Aber gemerkt haben wir auch nicht, dass sie ihre Sachen geholt hat. Immerhin hat sie bezahlt und den Schlüssel hier gelassen." Sie sah ihn weiter prüfend an. Beide Hände hatte sie mittlerweile in die Seite gestemmt. Etwas Herausforderndes lag in ihrem Blick. Mir kannst du nichts vormachen. Du bist doch Polizist, so wie du fragst. Aber mich kannst du nicht so leicht aushorchen.

„Kann ich einen Blick in ihr Zimmer werfen?"

„Klar."

Sie drehte sich um und verschwand in einem dunklen Flur. Kendzierski folgte ihr. Klickend erhellte sich ein Stück, noch ein Klicken und wieder ein paar Meter mehr Helligkeit. Links und rechts gingen Türen ab. Riesling und Silvaner. Für einen kurzen Moment spürte Kendzierski einen stechenden Schmerz in seinem Kopf. Musste das denn sein?

„Sie war im Spätburgunder-Zimmer."

Das Mädchen öffnete eine Tür rechts und blieb stehen. Links gegenüber stand in geschwungenen Buchstaben Merlot an die Tür geschrieben. Er ging langsam in das Zimmer, über Laminat in einem hellen Holzton, das leicht unter seinen Füßen nachgab. Die Wände waren in einem intensiven Rot gestrichen, auch in Rot aber etwas heller strahlten die Vorhänge bis auf den Boden. Die zerknüllte Bettdecke auch in der gleichen Farbe, passend zum Rotwein alles. Das Zimmer war leer. Die beiden Türen des Schranks standen offen. Geräumte Kleiderbügel. Der kleine Tisch am Fenster. Rechts die Tür zum Bad. Kendzierski warf einen Blick hinein. Nichts erinnerte an die Person, die noch bis gestern hier gewohnt hatte. Keine persönlichen Gegenstände mehr zurückgelassen.

Der Mülleimer! Unter dem kleinen Tisch am Fenster stand der. Kendzierski drehte sich um. Das Mädchen stand direkt hinter ihm. Sie war ihm gefolgt, neugierig jeden seiner Schritte beobachtend. Er ging in Richtung Fenster und griff nach dem roten Plastikmülleimer. Enttäuschung für einen kurzen Moment nur. Zusammengeknüllt lag ein Stück Papier in dem knisternden Müllbeutel, der in den Eimer gespannt war. Er holte das Papier heraus und faltete es auseinander. Ein kariertes kleines Blatt. Die Werbung für eine Bank war unten eingedruckt. Ein Blatt vom kleinen Block, der auf dem Tisch vor ihm lag. Er spürte den neugierigen Blick des Mädchens. Sie lugte links an ihm vorbei, offene Augen, gespannt auf das gerichtet, was er da aus dem Mülleimer zu Tage befördert hatte. Schnell hingeschriebene Buchstaben mit einem blauen Kugelschreiber. Er strich das Papier glatt. SCC 450 B, 12.7. Krakelige Buchstaben. Er faltete das Blatt, sodass es in seine Hosentasche passte. Sie sah ihn misstrauisch von der Seite an.

„Sie sind doch von der Polizei. Aus Nieder-Olm." Ihre Hände hatte sie wieder in die Seite gestemmt. „Der blöde Bulle vom Erbes." Sie stockte erschrocken und lief rot an. Stotternd kamen die Worte nun aus ihrem Mund. „Entschuldigung, Mist, das war nicht so gemeint. Ist mir nur rausgerutscht."

Er musste grinsen. Das war das Dorfleben. Jeder kannte jeden. Und ihn kannten sie alle, den Selztal-Schimanski, den blöden Bullen vom Erbes, der Privatermittler des Verbandsbürgermeisters. Es war ganz sicher der Restalkohol des gestrigen Abends, der für sein ausgelassenes Lachen verantwortlich war. Nach den Mengen Riesling auf der Suche nach der geflohenen Trauzeugin im Spätburgunder-Zimmer stehend. Der blöde Bulle. Er wusste schon so lange, wie er von vielen genannt wurde, wenn er selbst nicht mit dabei war. Klara hatte ihm das alles mal berichtet. Du darfst das niemandem übel nehmen. Dich kennt halt jeder mittlerweile hier. Und ein Bezirkspolizist kann nun mal nicht der beliebteste Mensch sein. Geht nicht. Seine grunzenden Laute ließen auch das Mädchen lächeln. Ein wenig verlegen noch.
„War wirklich keine Absicht und nicht böse gemeint."
Er nickte.
„Wann kann sie gestern Abend hier gewesen sein? Habt ihr den Zugang zum Gästehaus ständig im Blick?"
„Es muss nach halb sieben gewesen sein. Bis dahin war meine große Schwester noch hier beschäftigt. Sie kümmert sich um den Internetempfang. Der funktionierte nicht richtig und sie hat am WLAN rumgebastelt. Das ist vorne am Eingang. Sie hätte es sicher gemerkt, wenn da jemand abgereist wäre mit dem Koffer in der Hand."
„Hatte sie denn einen Koffer?"
„Na klar, einen coolen aus Metall, auf Rollen. Nicht besonders groß."
Sie grinste wissend.
„Ich habe der Mama beim Zimmer putzen geholfen, am Samstagmorgen. War ja keine Schule. Das mache ich immer am Wochenende. Gibt 2 Euro pro Zimmer, wenn ich den Boden komplett sauge. Da waren wir auch hier drinnen. Hier am

Eingang stand der Koffer, sah ganz neu aus. Richtig cool."

Kendzierski nickte und machte sich auf den Weg nach draußen.

„Wenn mir noch mehr einfällt, sage ich Ihnen Bescheid."

Sie lief mit schnellen Schritten hinter ihm her, bis er den Ausgang erreicht hatte.

11.

„Was ist los mit dir?" Er zog sie zu sich heran. „Du siehst so traurig aus, obwohl wir erst einen Tag verheiratet sind."

Ganz leicht nur küsste er sie auf den Mund.

„Heiraten ist einfach anstrengend."

Sie versuchte zu lächeln und gab das gleich wieder auf. Mehr als eine Grimasse war das ohnehin nicht, was dabei zustande gekommen war. Ein blödes breites Grinsen, gezwungen und unter äußerster Kraftanstrengung auf ihr müdes Gesicht gedrückt.

„Ich bin geschafft und froh, wenn ich mit dir alleine sein kann."

„Dann schicken wir die Nachbarn und die Freunde weg und essen die Reste einfach alleine. Nur wir zwei." Er lächelte sie an. „Das sind aber vor allem deine Freunde aus Berlin, die gleich hier auflaufen, um sich noch mal satt zu essen und zu trinken. Unser Hochzeitswein ist fast alle."

„Überredet."

Sie hatte es vermeiden wollen, aber es war dennoch ein Seufzen daraus geworden. Kein wirklich freudiger Ton, der da aus ihr herausgekommen war. Sein Blick blieb in ihrem

Gesicht hängen. Sie versuchte sich schnell wegzudrehen, aber er hielt sie. Seine starken Hände hielten sie an den Oberarmen fest. So kam sie nicht weg.

„Jörg, bitte! Wir haben noch so viel zu tun, lass uns weitermachen."

Sie versuchte noch einmal, sich aus der Umklammerung zu winden. Sein Druck auf ihre Oberarme wurde stärker. Kein sanfter Druck mehr, unangenehm.

„Du sagst mir jetzt, was los ist!"

Sein Blick vermittelte Entschlossenheit. Ohne eine gute Ausrede würde er sie nicht loslassen.

„Wann ziehen wir hier endlich zusammen ein?" Sie spürte, wie die Umklammerung durch seine Hände nachließ.

„Du weißt, dass ich nicht zu deiner Mutter ins Haus will!" Er gab sie endlich frei. „Lass uns etwas Eigenes bauen. Ein schönes kleines Häuschen hinter unserem Aussiedlerhof. Die Rasenfläche hinter der Scheune, direkt an den Feldern. Nah am Fluss, der Selz. Nicht so verbaut. Weit genug weg von meinen Eltern und nicht mit deiner Mutter unter einem Dach".

„Nein, ich lasse meine Mutter nicht alleine hier in diesem Haus!"

Ihre Hände zitterten. Sie ging einen Schritt zurück, weg von ihm.

„Wir hatten das doch alles besprochen und waren uns einig. Ich will nicht in diese Einsamkeit. Nur Felder und Wiesen drum herum. Ich will nicht auf einen Aussiedlerhof, das ist für mich kein Leben."

Ihre Stimme war lauter geworden, zitternd.

„Wir können deine Mutter ja dazunehmen. Eine Wohnung bei uns mit im Haus."

Er bereute seine Worte schon, bevor er sie ausgesprochen

hatte. Die Schwiegermutter mit im eigenen Haus, auf gar keinen Fall. Es war der Versuch, die Spannung herauszunehmen. Kein Streit hier und heute und vor allem nicht um Dinge, die einer ruhigen Diskussion bedurften. Simone würde dann schon verstehen, warum er nie mit ihrer Mutter unter einem Dach wohnen würde. Noch bevor sie antworten konnte, versuchte er das Thema zu wechseln.

„Wo ist eigentlich Claudia abgeblieben? Die habe ich den ganzen Abend nicht mehr gesehen."

Jörg konnte noch erkennen, wie Simone die Tränen in die Augen schossen. Bevor er sie zu fassen bekam, war sie bereits nach hinten umgefallen. Sie lag regungslos auf dem Boden und er wusste nicht, was er machen sollte.

12.

Kendzierski wollte gerade seinen Wagen starten, als sein Handy klingelte. Ein Knurren zuerst, dann ein wildes Bellen, das ihn jedes Mal zusammenzucken ließ. Ein Handy brauchte er eigentlich nicht, da er es ohnehin meistens zu Hause vergaß oder der Akku nicht aufgeladen war. Klara hatte diesen bescheuerten Klingelton zu verantworten. Von ihr war das Gerät.

Du kannst mein altes Handy bekommen. Das ist immer noch besser, als das Gerät, das du mit dir rumschleppst. So alt und viel zu groß, dein Horchknochen, einfach nur peinlich. Da brauchst du ja fast eine Handtasche für. Also, entweder du nimmst mein altes Handy oder ich schenke dir eine schicke kunstlederne Herrentasche fürs Handgelenk.

Sie hatte ihn freundlich angelächelt dabei und keine Antwort abgewartet, sondern ihm das Gerät unter die Nase gehalten. Deine Karte ist übrigens schon drinnen.

Beim ersten Knurren und Bellen, nur wenige Minuten später, war er zusammengezuckt, ein panischer Blick um sich herum, den nächsten Baum suchend oder einen anderen Ort, der schnellen Schutz vor der nahenden Bestie versprach. Sie hatte sich köstlich amüsiert. Aus großen Augen ihn anstarrend, sich krümmend vor Lachen.

Paul, du hättest dich mal sehen müssen! Sie bellte ihn an und küsste ihn. Ich finde, das ist der richtige Ansatz, deine Angst vor Hunden zu therapieren.

Er war sich da nicht ganz so sicher.

Es bellte immer noch in seiner rechten vorderen Hosentasche. Mühsam war es, sitzend hinter dem Lenkrad, dieses Mistding herauszuzerren. Klara, blinkte es auf dem riesigen Display. Heiser kläffend. Er atmete einmal tief durch. Kam jetzt der Anschiss für gestern Abend? Die Schmerzen meldeten sich passenderweise in seinem Kopf zurück. Der Gedanke an den vielen Wein, die kreischenden Münder, als er aufgesprungen war. Er konnte den Riesling auf der Zunge schmecken und hörte deutlich die dunkle Stimme der dicken Samanta in seinen Ohren. Wahnsinn!

„Wo bist du, Paul?"

Klara klang verschlafen. Wahrscheinlich war sie gerade wach geworden in seinem Bett. Er sah sich um. Keine weiteren Verwirrungen, nicht an einem Sonntag im August und nicht mit diesem Kopf, der auf seinen Schultern ruhte.

„Ich bin in Essenheim."

„Was machst du denn da?"

„Ich war bei deiner Freundin Simone."

Ein kurzer Moment der Stille. Nur ein Knistern in seinem Ohr. Die Verbindung oder Klara, die sich im Bett aufgerichtet hatte.

„Was hast du denn da gemacht? Um diese Uhrzeit."

„Claudia ist weg. Ihre Trauzeugin. Seit gestern Abend."

Er wartete einen kurzen Moment, weil er glaubte, dass Klara etwas sagen wollte. Sie schwieg aber. Kein Ton kam von ihr.

„Simone hat mich vorhin angerufen. Ich wollte dich nicht wecken. Du hast noch so tief und fest geschlafen."

„Ich habe gleich gemerkt, dass da irgendetwas nicht gestimmt hat."

Genau das hatte er eigentlich nicht hören wollen. Für ihn war die Sache mit dem Besuch in der Pension beendet gewesen. Das Zimmer geräumt, nichts zurückgelassen, den Schlüssel und das Geld deponiert. Die überstürzte Abreise, Flucht vielleicht. Schlimm für die beiden Beteiligten. Ein Streit, der vielleicht nie wieder zu schlichten war, der Bruch endgültig und kaum zu kitten. Aber alles nicht sein Problem. Die Trauzeugin saß wahrscheinlich auf einem Bahnsteig zwischen Kassel und Hannover. Unfähig, sich für eine Fahrtrichtung zu entscheiden. Er hatte genau dieses Bild vor Augen. Sie, im Blumenkleid auf dem Metallkoffer, verheulte Reste der Schminke auf ihren Wangen.

„Als Simone wieder zurückkam von ihrem nicht ganz freiwilligen Ausflug in irgendeine Eisdiele, sah sie verändert aus. Rote Augen und traurig, blass. Ich dachte, dass es an der Aufregung lag. Es ging ihr ja dann auch schnell wieder besser. Und es war richtig lustig an ihrem Tisch."

Kendzierski musste schlucken. Er kannte Klara zu gut und wusste daher ganz genau, was jetzt kommen würde.

„Du hast dich ja anscheinend auch ganz gut amüsiert mit Simones Freundin aus Berlin."

Eine unangenehme Stille trat ein. Er war sich nicht sicher, wie er jetzt reagieren sollte. Klara schien zu warten. Auf eine Reaktion von ihm, die, egal wie sie ausfiel, eigentlich nur falsch sein konnte. Ihr Gähnen war durch die Leitung zu hören. „Ich kann mich kaum noch an den späteren Abend erinnern, Paul. Ich glaube es war einfach zu viel Wein gestern."

Erleichtert atmete er durch. Ihr Friedensangebot, das er gerne annahm.

„Die beiden hatten Streit miteinander, während der Entführung. Daraufhin hat sich Claudia aus dem Staub gemacht, einfach abgereist. Ihr Zimmer geräumt. Simone macht sich jetzt Sorgen, weil sie sie nicht erreichen kann. Die wird sich schon melden. Spätestens in den nächsten Tagen, wenn sie nicht heute Nachmittag schon wieder zurück ist."

„Aber heftig ist das schon. Da lässt dich deine Trauzeugin an der Hochzeit sitzen. Egal, was da vorgefallen ist, Paul, das muss schon ein mächtiger Zoff gewesen sein."

Sie hielt kurz inne. Wieder war ein Knistern in der Leitung zu hören. „Die Braut zu entführen ist einfach bescheuert. So etwas brauche ich nicht an meiner Hochzeit."

Kendzierski spürte, wie ihm heiß wurde. Er hatte Klaras Worte von gestern verdrängt. Das viele Reden vom Heiraten, in der gestrigen Situation irgendwie verständlich. Aber das musste doch jetzt vorbei sein!

„Lass uns ein wenig spazieren gehen. Am Rheinufer in Ingelheim. Bis du wieder in Nieder-Olm bist, bin ich fertig geduscht und angezogen. Dann können wir gleich los."

Er schluckte. Ein dicker fetter Kloß hing ganz hinten in seinem Hals fest.

13.

Heiße Tränen rannen über ihre Wangen. Sie hätte nicht geglaubt, dass sie noch Tränen weinen konnte. Zu viele waren es gewesen aus Angst, so viel Angst und aus Verzweiflung. Hektisch tastete sie mit beiden Händen rechts neben sich die feste harte Erde ab. Trocken und so hart, dass sie kaum wegzukratzen war. Nicht einmal mit den Fingernägeln. Sie ließ sich auf die Hände fallen und krabbelte auf allen Vieren ein Stück weiter. Wieder ein Stück im Kreis. Sie hielt kurz inne, lauschte. Ein Geräusch, das doch wieder nur von ihr stammte. Sie wollte schreien, konnte aber nicht. Nicht mehr. Alle Schreie waren längst heraus aus ihr. Und auch das Leben schon. Sie tastete nach vorne und neben sich. Ihre Fingerspitzen stießen gegen den rauen Beton. Die gebrochenen Kanten. Die tiefen Zwischenräume, die noch Hoffnung bedeutet hatten. Jeder einzelne kein Ausweg, höchstens einen Arm tief, nie mehr. Jede Lücke mehr Enge und Gefangenschaft. Sie krabbelte noch ein Stück weiter. Vorsichtig die rechte Hand nach vorne gestreckt. Eher das Hoppeln eines dreibeinigen Kaninchens, hilflose Flucht. Die Suche nach dem rettenden Weg hinaus, den es nicht gab. Wieder hielt sie an. Ihre Kniescheiben schmerzten. Die rechte ganz besonders. Sie war auch irgendwie geschwollen. Dicker als die andere. Vielleicht ein Sturz gestern Nacht, draußen auf der Flucht. Oder als er sie hier in dieses Loch geworfen hatte. Ein dichter Schleier, der die Erinnerung abschnitt vom Hier und Jetzt. Hier war nur sie, allein mit sich, der Dunkelheit und der Angst. Und der Enge. Ihre rechte Hand schob sich langsam nach oben, bis sie das kühle Metall über sich ertasten konnte. Glatt, an einigen Stellen rostig raue Kanten, fast scharf. An den Ecken, wo das

Metall auf den Beton traf. Zu nahe über ihr, zu nahe, um sich aufrichten zu können. Drückende Enge, die sie auf die Knie zwang, sie dort hielt. Schlapp sank ihr Arm zurück. Keine Schläge mehr gegen die Metallplatte, die sie gehauen und getreten hatte. So lange, wieder und wieder. Hiebe mit der Faust, die schmerzten, bis zur Erschöpfung. Wimmernd sank sie zusammen. Sie musste sich zusammenreißen. Ihre Kräfte schonen, wenn sie das überleben wollte. Ihm entgegenspringen aus diesem Loch, wenn er den Deckel aufzog, um nach ihr zu sehen. Schluchzend fiel sie in einen leichten Schlaf der Erschöpfung.

14.

Wenn alle Sonntage nach einer Hochzeit so versöhnlich endeten, dann war er mit sich und der Welt zufrieden. Und Klara hatte nicht einen einzigen Satz übers Heiraten verloren, als sie durch die Rheinauen spaziert waren. Halb hohes Gras, durch das sich schmale Wege schlängelten. Einsam fast, waren sie sich gestern vorgekommen, obwohl viele dort unterwegs waren. Zu Fuß, mit dem Rad auf den breiteren Wegen direkt am Fluss oder in kleinen Buchten sogar im Wasser. Es war schon am frühen Nachmittag so heiß gewesen, dass er auch gerne in die kühlen flachen Wellen gesprungen wäre, die die vorbeiziehenden Containerschiffe an Land schickten.

Den Abend hatten sie mit einem Glas Grauen Burgunder im Innenhof beim alten Grass ausklingen lassen. Kendzierski hatte sich gewundert, dass der schon wieder schmeckte.

Ein klein wenig Wehmut kam in ihm auf. Der Hauch der Traurigkeit, die er immer an einem Montagmorgen spürte. Auf dem Weg zur Arbeit, nach einem Wochenende, das so schön zu Ende gegangen war. Ein Gefühl in gedämpften Tönen, das schnell wieder verflog. Gestern Abend hatten sich ihre Wege getrennt, nach dem Wein. Klara war zu sich nach Hause gegangen. Sie hatte heute frei und wollte ihrer Mutter im Garten helfen. Die wohnte nach dem Tod des Vaters alleine und schlug sich mit einem riesigen Nutzgarten herum, von dem Klara das Gefühl hatte, dass er jedes Jahr ein Stückchen größer wurde. Trotz aller Versuche war es ihnen beiden nicht gelungen, ihre Mutter von der Schönheit einer leicht zu pflegenden Rasenfläche zu überzeugen. Die muss ich mähen und was habe ich davon? Nichts! Ihr esst doch auch gerne frische Tomaten aus dem eigenen Garten.

Gut gelaunt öffnete er in seinem Büro die großen Fenster. Da es keine Klimaanlage gab, war das die einzige Möglichkeit am Tage, ein wenig kühle Luft zu speichern. Für den ganzen Tag reichte das kaum aus, nicht bei einer trockenen Hitze von gut 30 Grad. Die bekämpfte er mit der Flucht aus dem Büro. Morgens der Papierkram, Genehmigungen für Baugerüste, Straßensperrungen, Umleitungspläne und nachmittags Außendienst. Frische Luft und die Suche nach Schatten draußen in den sieben Landgemeinden, für die er als Bezirkspolizist neben der Kleinstadt Nieder-Olm zuständig war. Recht beschaulich, wenn ihn der Verbandsbürgermeister Ludwig-Otto Erbes nicht gerade persönlich in Beschlag nahm. Vielsagend vor ihm stehend und dabei auf- und abwippend. Immer noch unfähig, seinen Namen richtig auszusprechen. Nach so langer Zeit. Kendziäke, Sie misse dess erledische, sofort! Ein Tänzeln fast, wenn auch nicht ganz unbeholfen, das ihn immer sofort an seinen einzigen Besuch bei einer Fastnachtssitzung erinnerte. Februar 2009. Das Männerballett. Die Perücken mit den langen blonden Locken über dem lichter werdenden Haupthaar, glänzende rosa Tops, hauteng und über prallen Bäuchen spannend, bunte kurze Stofffetzen, die um haarige Ober- und Unterschenkel flatterten. Eine lange Reihe Beine werfender Schwergewichte. Gut verkleidet zwar alle, aber er war der mit Abstand kleinste gewesen, den sofort alle erkannten. Ein Tuscheln, Klara stieß ihn in die Seite. Das ist doch nicht? Er hatte damals zuerst den Kopf geschüttelt. Ganz kurz nur. Auf gar keinen Fall. Erbes. Er war es wirklich gewesen. Zusammen mit dem Leiter des Bauhofes, dem ersten Beigeordneten und einigen Mitgliedern der verschiedenen Ratsfraktionen. Sein Gefühl von damals lag irgendwo zwischen schreiendem Gelächter, beschämtem Nach-unten-Blicken und Angst. Einer drückenden Angst davor, dass Erbes irgendwann vor ihm stehen würde. Anfang Januar, wippend, um die eigene fehlende Körpergröße zu überspielen, nach den richtigen Worten suchend. Ein knapper Befehl dann, wie immer, ohne große Erklärungen. Kendziäke, dieses Jahr mache Sie mit. Sie habbe so scheene Beene!

Bloß nicht! Bisher war er davon verschont geblieben und Erbes' Boygroup nicht wieder aufgetreten.

Kendzierski schob ein paar Akten auf seinem Schreibtisch zur Seite und startete den Computer. Das übliche Prozedere an einem ganz normalen Wochentag. Zuerst die elektronische Post, die sich in engen Grenzen hielt. Ein paar E-Mails. Meist die gleichen Absender und dann noch seine ganz persönlichen Freunde: eine Online-Apotheke, die etwas für seine Potenz empfahl, und ein Afrikaner mit wechselnden Namen aus Zimbabwe, der ihm gerne die Erbschaft seiner Stieftante vermachen wollte. Kendzierski musste laut lachen.

Nummer drei war heute eine Frau: Dr. Samanta Meister, die ihn vom Abnehmen überzeugen wollte. 25 Kilo weniger in zwei Wochen, wenn Sie hier klicken. Wie zufällig passend nach diesem Wochenende und der Hochzeit. Er löschte die drei Mails und war froh, dass keine weiteren neuen gekommen waren.

Als er nach der ersten Aktenmappe greifen wollte, die er sich auf seinem Schreibtisch zurechtgelegt hatte, klingelte es. Er warf einen Blick auf seine Uhr. Kurz vor acht. Klara oder Erbes? Da sein Chef meistens direkt vorbeikam, blieben wenig andere Möglichkeiten übrig.

„Ja?"

„Sie hat sich noch immer nicht gemeldet!" Ein unterdrücktes Schluchzen war zu hören. „Sie war gestern nicht hier, sie hat nicht angerufen und sie ist nirgends zu erreichen. Nicht übers Handy, nicht in ihrer WG in Berlin und auch nicht bei ihren Eltern."

Stille am anderen Ende der Leitung, die nur durch ein weiteres Schluchzen unterbrochen wurde. Den ganzen gestrigen Nachmittag hatte er nicht mehr wirklich an Claudia gedacht. An die Trauzeugin, die anscheinend noch immer keine Lust hatte, wieder mit der Braut zu reden. Zickenkrieg enttäuschter Freundinnen. Die andere mal schön schmoren lassen. Was Simone ihrer Trauzeugin wohl an den Kopf geschleudert hatte? Klara hatte etwas von einer Entführung in eine Eisdiele erzählt. Vielleicht war es ja der gesamte Eisbecher gewesen, den sie ihr entgegen geschleudert hatte. Vollkommen ausgeflippt. Spitze Schreie in beide Richtungen oder subtiler: gezischte böse Worte, verletzend und gezielt platziert in die Herzgegend. Eigentlich hätte er sie jetzt gerne gefragt, was vorgefallen war. Das Schluchzen auf der anderen Seite hielt ihn davon ab.

„Ich habe Schuld, wenn ihr etwas zugestoßen ist!"
Von Tränen verzerrte Worte, kaum zu verstehen.
„Ich hätte sie nicht gehen lassen dürfen. Ich hätte sie festhalten müssen!"
Die letzten Worte hatte sie geschrien. Eine Stimme, die sich überschlug. Kendzierski zuckte zusammen und hielt den Hörer ein Stück weit von seinem Ohr weg.
„Wann hast du sie zuletzt gesehen?"
Er versuchte seiner Stimme einen beruhigenden Klang einzuhauchen. Langsam und sanft gesprochenes Mitgefühl.
„Etwa halb sieben war es."
Das hörte sich schon ruhiger an.
„Wo?"
„In der Eisdiele auf dem Lerchenberg, im Einkaufszentrum. Dahin hatten mich Holger und Stefan entführt." Sie atmete kurz durch und unterdrückte ein weiteres Schluchzen. „Ich bin mit Jörg da immer gerne mit dem Rad hingefahren. Sie dachten, dass er uns da schnell findet. Das ist ja nicht weit von der Feier entfernt gewesen."
„Wo genau hast du sie zuletzt gesehen?"
„Auf der Toilette, vor dem Spiegel standen wir. Wir haben uns gestritten, sie ist raus. Das war doch alles nicht so gemeint." Kendzierski merkte, dass sie wieder stockender sprach, laut schluchzte.
„Und als du rausgekommen bist, war sie weg?"
„Ja, sie und Stefan. Holger hat mich dann zurückgebracht. Ich wollte nicht mehr warten. Ich dachte doch sie ist auch zurück und sitzt da. Dann hätten wir das alles klären können. Ich war doch einfach nur enttäuscht, weil sie mich am Hochzeitsmorgen vergessen hat. Sie hat mich sitzen gelassen, obwohl sie mir helfen wollte, bei den Haaren und allem!"
„Hast du den Stefan schon gefragt, wo sie hin ist?"

Stille in der Leitung. Ruhe auch auf der anderen Seite, die sich nach angestrengtem Nachdenken anfühlte.

„Nein."

Kendzierski atmete kaum hörbar durch. Ein Ausweg, eine Ruhepause für sie und auch für ihn. Vielleicht rief sie bis dahin ja an. Hoffentlich, damit das endlich ein Ende hatte. Er fühlte sich wirklich nicht wohl in seiner Rolle. Er, der unbeholfene Tröster. Sobald er zu Hause war, würde er Klara nach Essenheim schicken. Die konnte Simone trösten. Das Problem war eindeutig besser unter Frauen aufgehoben.

„Ich kümmere mich darum. Ich habe sowieso gleich noch einen Termin und dann schaue ich bei Stefan vorbei und frage ihn, ob er mehr weiß." Er überlegte kurz. „Und du beruhigst dich. Du wirst sehen, die meldet sich bestimmt bald bei dir, weil ihr das alles auch leidtut!"

Die letzten Worte waren ihm vielleicht ein wenig zu scharf und ermahnend aus dem Mund gekommen. Dafür hatte er ein „Reiß dich zusammen", das ihm eigentlich auf der Zunge gelegen hatte, hinuntergeschluckt.

15.

Unentschlossen stand er vor seinem Schreibtisch und schichtete die roten Aktenhefter um. Zwei ordentliche Stöße hatte er am Freitag aufgestapelt für den heutigen Tag. Ein höherer Stoß mit gut zehn Mappen für den Vormittag im Büro. Laufende Dinge, die nach zwei oder drei Wochen aus der Wiedervorlage kamen. Gerüste, die abgebaut sein mussten. Keine großen Sachen allesamt, aber Papierkram, der ihn bis zum Mittagessen beschäftigte und sicher Zeit für eine ausgedehnte Kaffeepause ließ. Soweit der Plan. Dann der niedrigere Stoß für den Nachmittag. Vier Mappen nur, aber Aussicht auf frische Luft. Vorgänge, die er sich vor Ort ansehen musste. Eine Straßensperrung auf der Landstraße zwischen Elsheim und Essenheim. Die Fahrbahn hatte sich da im Laufe der Jahre gesenkt. Eine ordentliche Bodenwelle war das jetzt, die einem auf dem Weg den Berg hinab, bei 80 Stundenkilometer das Gefühl eines zarten Abhebens vermittelte. Wenige Sekunden der Schwerelosigkeit auf dem Heimweg von der Arbeit abends. Und genau das war das Problem. Die Straßenbaufirma wollte die gesamte Straße sperren, um ungestört arbeiten zu können. Ein paar tausend Pendler täglich würden ihm das nie verzeihen. Kendziäke, besser ein kurzer heftiger Schmerz als ein monatelanges Leiden! Erbes' Worte waren das gewesen. Er hätte ihm gerne darauf geantwortet. Dann bin ich während der Totalsperrung aber im Urlaub und stelle die Rufumleitung auf Sie ein. Seine Leitung würde glühen, wenn er die Straße zumachte. Chaos morgens zwischen sechs und zehn für zwei Wochen. Und abends dasselbe noch einmal. Auf gar keinen Fall! Es war Erbes' Freund, mit dem er regelmäßig Skat spielte und der mit seiner Baufirma die Ausschreibung gewonnen hatte. Der wollte die Komplettsperrung, damit er schnell durch war mit der Straße. Zu viel zu tun noch in diesem Jahr, wegen der riesigen Mengen aus dem Solidarpakt, die noch vor Jahresende abgerufen sein mussten, ansonsten verfielen sie. Kendzierski war sich in diesem Moment nicht sicher, was anstrengender war. Der Unmut tausender Pendler, ihre Anrufe oder Erbes, wippend vor ihm.

Er griff sich die vier Mappen und machte sich auf den Weg nach Essenheim. Simone hatte ihm die Adresse von

Stefan dankbar aufgesagt. Der wohnte in Richtung Elsheim. Es lag also alles irgendwie auf dem Weg und er hatte die Sache dann aus dem Kopf. Er würde eine weitere Bestätigung dafür finden, dass sie abgereist war, zurück nach Berlin oder zu einer anderen Freundin, wohin auch immer. Dann war das für ihn endgültig beendet, der Zickenkrieg mit harten Bandagen und Klara konnte den Rest übernehmen. Es war schließlich ihre Freundin und er nur deswegen zu dieser Hochzeit eingeladen gewesen. Trost und Vermittlung waren nicht seine Aufgabengebiete. Die beiden, Simone und Claudia, brauchten wahrscheinlich schon professionelle Beratung. Eine Selbsthilfegruppe für verkrachte Ex-Freundinnen, die sich am liebsten die Augen auskratzen würden. Er hätte sich das gerne weiterausgemalt, aber die aufkommende schlechte Laune an diesem Montag hielt ihn davon ab. Schwitzend würde er nachher in seinem Büro sitzen. Am heißen Nachmittag, gefangen hier drinnen. Und alles nur wegen dieser Hochzeit.

Zehn Minuten brauchte er bis hinauf nach Essenheim. Es war erstaunlich ruhig auf den Straßen. Sommerzeit, obwohl die Schulferien schon seit zwei Wochen vorbei waren. Aber der Verkehr auf den Straßen war noch nicht viel mehr geworden. Langsam fuhr er durch die engen Straßen der kleinen Ortschaft am Hang. Einige Straßen waren so schmal, dass unmöglich zwei Autos aneinander vorbeipassten. Und dann auch noch der Bus dazu. Das funktionierte nur, weil der Pendelverkehr über eine Umgehungsstraße am Dorf vorbeigeführt wurde, schon seit Langem. Wer sich hier in die engen Straßenschluchten stürzte, der wollte wirklich hierher oder hatte sich verirrt.

Dort, wo die Häuser am dichtesten standen, wohnte der Stefan mit seiner Mutter. Kendzierski parkte seinen Skoda gut hundert Meter weiter und lief das Stück zurück. Ein kleines Haus zur Straße hin. Kleine Fenster, links ein Tor mit angeschlagenen und ausgeblichenen Kunststoffleisten in Holzoptik, dann folgte schon das nächste kleine gedrungene Häuschen. Das sah nun eindeutig besser aus. Hellgelb gestrichen mit bunten Vorhängen. Wo der Stefan wohnte, wirkte alles heruntergekommen. Die Hausfront zur Straße, bröseliger Putz, dunkelgrauer Staub, der auch den Gehweg davor bedeckte. Abgeplatzte Farbe an den Fensterrahmen. Keine Gardinen. Der Schmutz auf den Scheiben reichte als Sichtschutz vollkommen aus. Von außen wirkte das alles fast unbewohnt. Der Briefkasten, aus dem die bunten Werbeprospekte quollen. Auch sie verblichen, wie der Rest drum herum. Kesselschmidt, Küferei. Ein angelaufenes Messingschild an der Hauswand neben dem Tor. So groß, dass es nur dann zu sehen war, wenn man direkt davorstand. Eine Klingel gab es nicht. Kendzierski drückte die Klinke und schob das Türchen im größeren Hoftor auf. Kein Hinweis auf einen Hund, kein Schild draußen. Das fehlte jetzt gerade noch und passte gut zu einem Montag. Ein zottliger Schäferhund, fletschende Zähne und er mal wieder auf der Flucht davor. Alles in ihm spannte sich an. Sein Herz erhöhte ganz sachte die Frequenz, Sauerstoff pumpend, für die fluchtbereiten Muskeln. Seine rechte Hand hielt die metallene Klinke fest umschlossen. Kühlendes Metall, das beruhigte und ihm Sicherheit gab. Über helle Pflastersteine, zwischen denen Gras bräunlich hervorquoll, wanderte sein hektischer Blick. Ein schmaler Hof, nur so breit, wie das Tor zur Straße. Nach hinten führte er zehn, fünfzehn Meter bis zu einem gedrungenen unverputzten Bau mit einem moosigen Wellblechdach. In der Dachrinne standen vertrocknete Pflanzen, kahle Stiele nur, die sich ganz leicht dort oben in der Morgenluft bewegten. Schwankende dürre Gestalten, die im Frühjahr wahrscheinlich noch ein sattes Grün gezeigt hatten. Das, was wie eine Scheune aussah, war aus einem Sammelsurium verschiedener Steine aufgemauert. Gelbe Backsteine neben grauem Bims und weißem Kalksandstein. Armselige Resteverwertung, die eher an Nachkriegsbauten im ehemaligen Jugoslawien erinnerte. Es gab kein Tor, das versuchte, das Gerümpel dort drinnen zu verstecken. Schrott, staubig grau überzogen, sodass kaum festzustellen war, ob es Holz oder Metall sein sollte. Es war ja auch egal. Links an der Wand, die schon zum Nachbarhaus gehörte, standen aufrechte Holzfässer in unterschiedlichen Größen. In das erste führte die Dachrinne hinein. Die anderen hätten das ganz sicher nicht mehr leisten können. Die Metallringe, die die Fassdauben zusammenhielten, waren nach unten gerutscht und lagen vor sich hin rostend übereinander. Bei einigen waren die dicken Eichenbretter nach innen gefallen. Ein Scheiterhaufen fast aus gleichmäßig gebogenem Holz, das letzte Fass in der kläglichen Reihe.

Kendzierski schob das Türchen weit auf und tat einen vorsichtigen Schritt nach vorne. Jetzt war der Moment der Entscheidung gekommen, der sein Herz noch spürbarer schlagen ließ. Ein Pochen von innen gegen seinen Brustkorb. Warnende Schläge, die seinen restlichen Oberkörper beben ließen. Klara hatte recht und er wirklich einen Schaden, was Hunde anging. Zu viele schlechte Erfahrungen mit Kreaturen, die es auf ihn abgesehen hatten. Der will doch nur spielen! Das hatten die alle nicht gewollt. Oder er hatte sie nicht verstanden. Unverständliche Wesen, die zu allem Überfluss auch noch mit viel zu vielen Zähnen ausgestattet waren und schnell daherkamen. Das Rasen in seiner Brust riet dazu, abzuwarten, während sein Kopf anscheinend schon anders entschieden hatte. Leichtfertig wie immer, solange andere Körperteile die Folgen zu ertragen hatten. Vor allem seine Wade zog, in die sich vor etlichen Jahren einmal ein Dobermann verbissen hatte. Sein Kopf versuchte die Situation zu beruhigen. Halb so schlimm das alles. Passte hier in diese verlotterte Umgebung ein Hund? Ganz sicher nicht! Der hätte ihn doch schon bellend im Hof empfangen, um sein klägliches Revier zu verteidigen. Ein metallisches Geräusch verriet, dass seine Hand gehorsam die Klinke losgelassen hatte. Zeitgleich öffnete sich ein paar Meter weiter rechts am Haus eine alte Holztür. Es hämmerte in Kendzierskis Brustkorb und rauschte in seinen Ohren. Zu viel Blut, das dort oben durch musste. Die rasende Angst schien mittlerweile auch dort angekommen zu sein. Irgendeine Windung in seinem Gehirn projizierte für einen kurzen Moment einen mannsgroßen Schäferhund auf seine Netzhaut. Ein Bild, das ihn zusammenzucken ließ vor Schreck, bevor es wieder verschwand. Wie witzig!

In der geöffneten Haustür erschien eine alte, gebeugte Frau in einer ausgeblichenen blauen Kittelschürze. In ihrer Hand hatte sie ein kleines rotes Plastikschüsselchen auf dem auch ihr Blick zu ruhen schien. Langsam, schlurfend fast, in alten Pantoffeln. Zwei vorsichtige Schritte machte sie die Stufen hinab, bevor ihr Blick ihn zufällig erfasste.

„Was wollen Sie hier! Hier gibt es nichts zu holen, wir haben schon lange nichts mehr!"

Laute Worte aus einem faltigen Gesicht und Augen, die ihn böse anblickten. Im ersten Moment hatte er geglaubt, die alte gebeugte Frau könnte sich vor ihm erschrecken.

„Verschwinden Sie und lassen Sie uns in Ruhe! Sie brauchen sich doch nur hier umzusehen, dann wissen Sie schon alles. Hier gibt es nichts mehr zu holen."

Während sie noch sprach hatte sie ihren freien linken Arm angehoben und sich ihm zugewandt. Der Finger ihrer linken Hand deutete auf die Tür, durch die er hier hereingekommen war.

„Verschwinden Sie! Meine armselige Rente bekommen Sie nicht und der Junge hat auch nichts."

Ihre Augen funkelten ihn feindselig an. Sie wirkte jetzt gar nicht mehr so gebeugt und auch nicht mehr so alt. Vielleicht siebzig, aber kaum älter. Doch die Mutter. Von einer Großmutter hatte Simone nichts erzählt.

„Ich will zu Ihrem Sohn Stefan."

Kendzierski spürte die Entspannung, die ihn langsam einholte. Kein Hund, ganz sicher.

„Der liegt oben im Bett, war gestern lange weg. Was soll er auch machen, der Junge. Ohne Arbeit. Das macht ihn kaputt."

Sie sank ein Stück weit in sich zusammen und wirkte jetzt wieder älter.

„Lassen Sie ihn in Ruhe. Sobald er Arbeit gefunden hat, zahlt er alles zurück."

„Ich will mit ihm reden. Er war doch auch auf der Hochzeit am Samstag bei der Simone."

„Sie sind nicht vom Amt? Der Gerichtsvollzieher oder sonst einer von diesen Inkassoverbrechern?"

Fragender Blick. Ganz langsam wich das Feindselige aus ihrem Gesicht.

„Nein, ich bin ein Freund der Braut und will ihn nur etwas fragen. Das geht ganz schnell."

Kendzierski fühlte sich unwohl hier, mit diesem Verfall um sich herum.

„Vielleicht haben Sie ja Arbeit für ihn. Er muss was tun, so geht das nicht weiter mit ihm. Ein erwachsener Mensch, gesund, der muss doch etwas Sinnvolles tun und nicht hier herumliegen."

Sie kam einen kleinen Schritt auf ihn zu, um weiterzureden.

„Mutter, lass das!"

Ein scharfer Ton in der heiseren Stimme. Im Türrahmen stand der Stefan. Jetzt erkannte Kendzierski ihn wieder. Die ganze Zeit schon auf dem Weg hierher hatte er überlegt und sich die Gesichter, an die er sich noch erinnern konnte, vor sein geistiges Auge geholt. Der war nicht dabei gewesen. Unscheinbar und untergegangen in der Flut der Gesichter. Jetzt war er wieder da. Ein rot glänzender Kopf am Hochzeitsabend, der aus einem braunen Anzug herausragte. Klein und gedrungen, heute in einer grauen fleckigen Trainingshose und einem schwarzen Kapuzenpulli stand er da. Eine dicke Brille auf der Nase. Sein Kiefer bewegte sich schnell, fast hektisch kauend.

„Geh rein!"

Er kam auf Kendzierski zu, während sie, seinem Befehl gehorchend, mit dem Plastikschüsselchen in der Hand wieder verschwand. Küchenabfälle hatte er darin erkannt. Grünzeug und Eierschalen für die Mülltonne, die weiter hinten im Hof stand. Sie hatte das alles wieder mitgenommen.

„Was gibt's?"

Er versuchte sich betont lässig vor ihm aufzustellen. Die Beine leicht auseinander, die Arme vor der Brust verschränkt. Er war einen halben Kopf kleiner als Kendzierski, kurze dunkle Haare auf einem runden Kopf. Kaum Hals und ein kräftiger Oberkörper, Arme und Beine wirkten irgendwie zu kurz geraten. Kendzierski merkte, wie sich im Gesicht seines Gegenübers langsam die Farbe veränderte. Das dunkle Rot auf den Wangen kam zurück, leuchtend wie am Samstag. Seine Unsicherheit war zu riechen, ein leichter süßlicher Schweißgeruch.

„Was ist passiert, als ihr die Braut entführt habt, du und der Holger?"

Ein ganz kurzes Zucken im glühenden Gesicht, das Kendzierski anstarrte.

„Nichts, was wir mitbekommen haben."

Die Sicherheit war weg, mit der er eben noch seiner Mutter Befehle erteilt hatte. Geh rein! Lass das! Alles weg, ein ganz anderer vor ihm. Hastig gesprochene Worte. Der eine Satz nur, der ihn fast stottern ließ.

„Es hat Streit zwischen Braut und Trauzeugin gegeben. Weshalb?"

Kenzierski versuchte seinen Worten einen befehlenden Ton zu geben. Klare Anweisungen, sollte er doch noch nervöser werden. Die Art, wie er seiner gebeugten Mutter Befehle erteilt hatte, ließ ihm keine andere Wahl. Die eigene Unsicherheit, für die er die alte Frau büßen ließ.

„Keine Ahnung."

Er holte kurz schnaufend Luft.

„Warum fragen Sie mich das? Wir waren doch gar nicht dabei. Fragen Sie die Simone."

Wieder hatte er leicht gestottert. Wenn die Sätze länger wurden. Zwei, drei Worte kamen ihm schnell über die Lippen, noch ohne Probleme. Dann verhaspelte er sich. Das nächste Wort wollte schon heraus, obwohl sein Vorgänger noch festhing. Sie fielen dann stolpernd übereinander. Das Ende vom einen und der Anfang vom nächsten.

„Ihr ward zusammen in der Eisdiele auf dem Lerchenberg. Braut und Trauzeugin, der Holger und du. Also was ist da passiert zwischen den beiden?"

„Ich weiß es nicht. Es war alles in Ordnung. Dann sind

sie rein. Aufs Klo. Erst die Claudia, dann auch die Simone. Dann kam die Claudia zurück."

Konzentriert sprach er kurze Sätze, um nicht unnötig zu stottern. „Sie wollte dann zurück in die Pension. Sofort. Also habe ich sie hingefahren und bin danach wieder zurück zur Hochzeit."

Wieder zuckte etwas im roten, glänzenden Gesicht.

„Holger war das ganz recht." Er versuchte zu grinsen und verzog sein Gesicht. Über seiner Oberlippe bildeten sich kleine kugelige Schweißperlen. „Was soll das alles?"

„Warum hatten die Streit? Da muss doch irgendetwas vorgefallen sein. Hat die Claudia auf der Fahrt nach Essenheim etwas gesagt?"

„Kein Wort."

„Du hast nicht gefragt, warum sie weg will?"

„Nein! Sie hat gesagt, sie will zurück."

Er schnaufte. Schweiß war jetzt auch auf seiner roten Stirn zu sehen, kleine Tröpfchen.

„Und dann, dass ich schon fahren soll. Sie kommt selbst zurecht."

„Ohne Auto?"

„Was weiß ich denn. Sie wollte, dass ich fahre. Also bin ich gefahren. Zurück zur Feier."

Er sah ihn an, aus unruhigen Augen, die hektisch auf ihm herumzusuchen schienen. Seinem Blick wich er aus. Unsicher. Kein Blickkontakt möglich. „War es das jetzt?"

Kendzierski nickte. Er wusste nicht, was er ihn noch fragen sollte. Das war sinnlos, was er hier veranstaltete. Er spürte es ganz deutlich und machte sich auf den Weg zurück zu seinem Auto, zu den roten Aktenordnern, die dort warteten, und zur Hitze, die in seinem Skoda mittlerweile herrschte. Unterwegs im Auftrag der Braut, die mit seinem Einsatz ihr eigenes schlechtes Gewissen beruhigen wollte. Mehr war das doch nicht.

Es konnte natürlich für sie nur eine Erklärung geben. Die leichteste: Meine Trauzeugin würde mich an meiner Hochzeit doch nicht sitzen lassen. Bestimmt nicht, egal was vorfällt. Da ist es viel einfacher, sich an dem Gedanken festzuhalten, dass etwas mit ihr passiert ist. Claudia hat sich einfach aus dem Staub gemacht, keine Lust mehr, Abscheu, Hass auf die Braut, auf das, was sie gesagt hat. Nur so war das zu erklären und du machst dich wieder zum Deppen, Kendzierski!

Ein tiefergelegter Polo mit breiten Reifen, verdunkelten Scheiben und reichlich chromglänzendem Zubehör, der auf dem Bürgersteig stand, riss ihn aus seinen Gedanken. Auf der Heckscheibe stand in geschwungenen Buchstaben „Stefan". Er musste lachen. Das passte! Eigentlich konnte ihm der rote Kopf leidtun. Nicht gerade reichlich gesegnet vom Leben. Bewährt nur im Kampf gegen den Gerichtsvollzieher, der der alten Mutter an die Rente wollte. Mit Anfang dreißig in diesem ganzen Verfall hausend, mit der Mutter, während andere heirateten. Kein Ausweg. Nichts in Sicht und schwer vorstellbar, dass er jemals eine Frau abbekommen würde.

Kendzierski stieg in sein überhitztes Auto. Die Sonne hatte es gut aufgewärmt und sein Körper dankte dafür mit reichlich Schweiß. Er ließ die Fahrertür offen stehen und griff nach dem Bündel Aktenmappen, das auf dem Beifahrersitz lag. Zuerst Elsheim oder Ober-Olm? Es war die Frage, was ihm länger kühlende Linderung zu verschaffen vermochte. Mehr Fahrtwind versprach die Strecke nach Ober-Olm. Mit gut hundert Stundenkilometern über den flimmernden Asphalt der Landstraße und geöffneten Fenstern rundherum.

Vielleicht war es ein Gefühl der Freiheit, das ihn ergriff. Warum hatte er eigentlich kein Cabrio?

Der röhrende Lärm auf der Straße ließ ihn aufblicken. Der tiefergelegte Polo mit den verdunkelten Scheiben raste an ihm vorbei. Stefan schien es sehr eilig zu haben. Hastig riss Kendzierski die Tür zu und startete den Wagen. Irgendetwas passte bei diesem Stefan nicht. Die verräterische Nervosität. Nicht Unsicherheit alleine. Der hatte nicht einmal wissen wollen, weshalb er hier war. Was ist passiert? Das hätte er als ersten oder zweiten Satz gefragt. Ganz sicher. Nicht, wenn man schon wusste, dass etwas passiert war. Alles Quatsch! In seinem Kopf schlichen schon wieder die Täter umher, aus allen Winkeln kriechend, in denen sie sich verborgen hielten.

Er blieb in sicherem Abstand. Der Polo fuhr an einem Einkaufsmarkt vorbei und bog nach links auf die Landstraße in Richtung Elsheim ab. Kendzierski musste warten. Ein anderer Wagen kam noch von rechts angerast, dann bog auch er ab. Gut geschützt im Windschatten des anderen folgte er dem Polo hinunter ins Tal. Auf halber Strecke, mitten in den Weinbergen, blinkte der Polo links und wurde deutlich langsamer. Hinter ihm war kein weiteres Auto. Ganz langsam blieb er auf der Landstraße, während der andere direkt vor ihm schon wieder beschleunigte. Auf dem trockenen Feldweg wirbelte der Polo reichlich Staub auf. Eine dichte hellbraune Wolke zog er hinter sich her. Langsam bog auch Kendzierski von der Straße in den Feldweg ab. Stefan war nach ein paar hundert Metern schon wieder links abgebogen. Kendzierski hielt seinen Wagen an. Die hohen Rebzeilen auf beiden Seiten des Weges boten ihm Schutz. Solange er nicht weiterfuhr, war er so für den Stefan nicht zu sehen. Die Staubwolke dagegen würde ihn als Verfolger sofort verraten. Aussteigen und laufen oder weiterfahren? Es war still da draußen. Kein röhrender Motor mehr zu hören, weit konnte er auf dem ausgefahrenen Feldweg nicht gekommen sein. Kendzierski stieg aus und schloss die Tür leise hinter sich. Wie schließt man ein Auto ab, das die schlechte Gewohnheit besitzt seinen Fahrer mit einem quietschenden Signalton zu begrüßen und zu verabschieden? Bei seinem nächsten Wagen musste er die Sonderausstattungsvariante „Geheimagent" bestellen. Keine Bestätigung des Schließens mit flackerndem Fünffachblinken und Dreitonhupmelodie. Bis dahin war die Technik in diesem Bereich wahrscheinlich so ausgereift, dass sein Auto polyphon knurrte, wenn er in seine Nähe kam. Klara würde sich sehr an seinem schreckhaften Zusammenzucken erfreuen.

Er war mittlerweile dort angekommen, wo der Polo nach links abgebogen war. Der Feldweg hatte tiefe Schlaglöcher. Keine Freude bei Regen oder bei Trockenheit mit einem tiefergelegten Polo. Allzu oft war der nicht hier, zumindest nicht mit seinem Wagen, sonst hätte er sich den chromglänzenden Auspuff bestimmt schon ruiniert. Von der Staubwolke war nur noch ein dünner Schleier übrig, der über dem Weg lag. Der Polo stand keine hundert Meter entfernt links an einem Zaun. Kendzierski kannte den schmalen Streifen, der anders aussah als der Rest hier. Zwischen Weinbergen, ordentlichen und geraden Zeilen fiel die Schonung sofort auf. Es waren auch gerade Reihen. Aber in dunklerem Grün, hellgrün waren nur die Triebspitzen der Tannenbäume. Das sah komisch aus zwischen den vielen Reben und sprang sofort ins Auge, wenn man auf der Landstraße nach Elsheim unterwegs war. Eingezäunte Weihnachtsgefühle in verschiedenen Größen. Vom halben Meter bis zu imponierenden vier Metern. Mit dem Rücken zu ihm stand Stefan vor dem geöffneten Kofferraum. Kendzierski ging noch ein paar Schritte weiter und bog dann vorsichtig nach links in eine der Rebzeilen ab. Ausreichend Schutz, um nicht gesehen zu werden, wenn der sich umdrehte.

Er spürte wieder seinen Pulsschlag, ganz sacht nur. Es war ja kein Hund in der Nähe. Und einen Grund für seinen Einsatz als Hobby-Ermittler gab es eigentlich auch nicht wirklich. Der Entführer der Braut, alarmiert durch die Nachforschungen des nimmermüden Bezirkspolizisten, auf der rasenden Flucht über ausgefahrene Feldwege mit einem Renn-Polo. Das war doch total bescheuert. Und während er hier zwischen Rebgrün kauerte, erfreute sich wahrscheinlich gerade einer an den feuerroten Aktenmappen, die in seinem Auto lagen, das nicht abgeschlossen herumstand. Mal sehen, was der Verdelsbutze dazu sagt, wenn die Akten weg sind. Weiter kam Kendzierski nicht mit seinen wirren Gedanken. Sein Atem stockte und sein Herz anscheinend auch. Zumindest für einen kurzen Moment setzte es hörbar aus, um dann mit hämmernden Schlägen zu zeigen, dass es auch verstanden hatte. Stefan verschwand mit einem silbern glänzenden Reisekoffer zwischen den dunkelgrünen Weihnachtsbäumen.

16.

Sie brüllte und schrie, so laut sie nur konnte. Undeutliche Laute in verschiedenen Tonlagen. Dunkle, dann wieder spitze Schreie. Dazu hieb sie mit ihren Fäusten gegen den Metalldeckel. Immer und immer wieder feste Hiebe, mit dem Zwang, bei jedem Schlag ein wenig lauter zu sein als beim vorhergehenden. Ein klein wenig nur. Den Lärm steigernd, der nach draußen drang. Schreie und Schläge, die so dumpf klangen. Sie zwang sich dazu Hoffnung zu empfinden bei dem, was sie tat. Anders war es nicht auszuhalten. Ohne ein kleines Restchen Hoffnung in dieser schrecklichen Dunkelheit. Die Schläge auf das raue Metall über ihrem Kopf klangen so dumpf. So, als ob da jemand auf ihrem Deckel saß, der jeden Schrei und jedes Hämmern ihrer schmerzenden Hände schluckte. Unter kläglichem Schluchzen brach sie zusammen. Das klang so, als ob sie von dicker Watte umgeben war. Polsternde und dämpfende Schichten, viele um sie herum. Sie hatte zum ersten Mal diesen Gedanken, den sie sich sofort verbot. Nein! Auf gar keinen Fall! Sie brüllte wieder, auch wenn es nur ein Wimmern war, das aus ihrem Mund kam. Ein ersticktes Wimmern. Es war ein Laut gewesen, vorhin. Das Knacken und Brechen eines Zweiges. Es war über ihr gewesen, zumindest nicht weit entfernt von ihr. Und es war real gewesen. Dort draußen, ganz deutlich, klar und hörbar. Sie schluchzte laut. Es war eben nicht nur in ihrem Kopf gewesen, wie die letzten Male.

17.

Kendzierski wusste nicht, was er machen sollte. Er stand mitten auf dem Feldweg, wenige Meter nur vom Polo entfernt und von der Stelle, an der Stefan zwischen den Bäumen verschwunden war. Das Knacken der dünnen Zweige verriet, dass der weiterging. Langsam nur, weil die Last, die er trug, ihn nicht schneller vorwärtskommen ließ. Vorsichtig tastete sich Kendzierski voran, von Zeile zu Zeile. Spähend, die Gasse entlang. Da war er. Kendzierski wich zurück. Den Koffer trug er in der rechten Hand. Das hohe Gras und die verstreut liegenden toten Zweige der Bäume ließen ihn nur langsam weiterkommen. Kendzierski entschied sich für einen Abstand von einer Baumreihe. Wenn er leise schlich, konnte der Stefan ihn nicht hören. Das hier war eindeutig zu viel Zufall für eine einfache Erklärung. Ein Reisekoffer in silbern blitzendem Metall, den der wegzuschaffen versuchte. Kendzierski spürte den Schweiß, der über seinen Oberkörper lief. Die Hitze, diese Anspannung. Er zwang sich, langsam zu atmen, es zumindest zu versuchen. Es rauschte schon so laut in seinen Ohren, das Blut.

Das knackende Brechen der Äste, das Gras, das seine Hosenbeine streifte. Das alles war doch viel lauter als sein Atem. Er blieb abrupt stehen. Es war nichts mehr zu hören! Nichts außer seinem Herzschlag. Dieses Hämmern in seiner Brust und das Rauschen in seinen Ohren, schubweise im Takt seines Herzens. Nichts war mehr zu hören. Stand der auch und lauschte? Hatte er ihn gehört? Kendzierski hielt die Luft für einen Moment an und zwang sich konzentriert alle Geräusche einzufangen. Ein dumpfes Poltern war es, das an seine Ohren drang, gedämpfter Lärm. Vorsichtig setzte er seinen rechten Fuß nach vorne. Ganz nahe an einer Tanne, in dichtem Gras. Nichts knackte unter dem Gewicht seines schwitzenden Körpers, als er sich langsam nach vorne schob, um in die Zeile zu sehen, in der der andere gelaufen war. Nichts! Da war er nicht mehr. Nur das Poltern war gedämpft zu hören. Dann Stille, gar nichts, kein Laut, kein Leben. Das hysterische Kreischen eines Vogels in einiger Entfernung, das ebenso schnell wieder erstarb. In kleinen vorsichtig tastenden Schritten arbeitete er sich weiter voran. Darauf bedacht, keine Zweige unter die Füße zu bekommen. Die nächste Reihe. Ein Blick in die Richtung, in der er sich befinden musste, dann auch nach oben zurück. Wieder nichts! Aber das Poltern war erneut zu hören, jetzt näher. Die nächste Reihe. Er schob sich langsam zwischen zwei Tannen hindurch, die hier eng beieinanderstanden, um die nächste Gasse hinunterblicken zu können. Er war so konzentriert, dass er das Reißen eines dichten Spinnennetzes glaubte hören zu können. Es hing auf seinem nassen Gesicht fest, auch über seinem Mund und nahm ihm die Luft. Hektisch wischte er sich über Mund und Augen. Ein kalter Schauer, der fast angenehm war bei dieser Hitze. Gerne hätte er jetzt das, was er von dem feinen Geflecht auf seiner Zunge spürte, laut ausgespuckt.

Ein Wohnwagen. Das gedämpfte Poltern kam aus einem kleinen Wohnwagen. Schritte waren darin zu hören, seine Schritte und seine Bewegungen. Kleine runde Fenster, hinter denen Gardinen zu erkennen waren. Moos auf dem Dach. Wahrscheinlich stand der schon Jahre hier. Die Tür musste auf der Rückseite sein. Im Schutz der hohen Tannen schlich sich Kendzierski weiter heran. Hinter den stumpfen Fenstern waren seine Bewegungen zu sehen. Das spitze Kreischen ließ ihn zusammenzucken. Ganz nahe war es gewesen. Der Schrei dieses verdammten Vogels ließ auch im Wohnwagen schlagartig Ruhe einkehren. Gespannt lauschte auch der dort drinnen. Keine Routine. Anspannung hinter den dünnen Wänden, die er jetzt erreicht hatte. Kendzierski bückte sich, um unter den runden Fenstern auf die andere Seite zu schleichen. Er war gerade herum, als das hochrote Gesicht aus der Tür trat. Nur für einen kurzen Moment hatte er an ein schnelles Ducken und Zurückweichen gedacht. Dafür war es aber einfach zu spät. Ihre Blicke trafen sich. Für den Bruchteil einer Sekunde sahen sie sich in die Augen, bevor

Stefan zwischen zwei Tannen verschwand. Schnelle Schritte, brechende Zweige, das Reißen von Stoff. Kendzierski hörte das alles kaum noch. Er rannte in die Richtung, in die das glühende Gesicht geflüchtet war. Nichts zu sehen, nur das Brechen der dürren Äste in seinen Ohren. Kratzen an seinen blanken Armen, spitze Nadeln. Schmerzen, die jetzt noch nicht zu spüren waren. Ein Schlag und ein dumpfes Ächzen. Kendzierski drückte sich mit aller Gewalt zwischen Tannenzweigen hindurch. Gerade noch rechtzeitig, um sich auf ihn zu stürzen. Gebückt stand er da, gefallen, sich gerade aufrichtend, um die Flucht fortzusetzen. Unter der Wucht des Aufpralls brach er zusammen.

Es gab Momente, in denen Kendzierski glücklich war über seine knapp einhundert Kilo Lebendgewicht. Eine beruhigende Masse, die jetzt auf dem Stefan lag. Seine Arme drückte er fest zu Boden und fixierte sie mit seinen Knien, heftig atmend. Es war keine Gegenwehr zu spüren.

„Wo ist sie?"

Er brüllte ihn an. Nur ein undeutliches Röcheln kam unter ihm hervor. Vorsichtig reduzierte er den Druck auf seinen Brustkorb.

„Wo ist sie?"

„Ich weiß es nicht."

„Du lügst!" Kendzierski drückte fester. „Was hast du mit ihr gemacht?"

Ein Ächzen war zu hören, dumpfes Stöhnen.

„Sie war einfach weg!"

Ein schwitzendes, glühendes Gesicht, in das er gerne geschlagen hätte. Kein Wort glaubte er dem noch. Kendzierski spürte den Schweiß auf seinem Rücken. In einem schmalen Rinnsal lief er an seiner Wirbelsäule hinunter und ließ ihn frösteln. Die Chance genutzt an diesem Abend. Mit der aufgelösten Claudia im Auto, nachdem die ihre Sachen schnell zusammengesucht hatte. Der metallene Koffer im Polo. Was hatte er ihr angetan?

18.

Es musste Nacht sein oder Morgen. Die dritte Nacht oder die vierte schon. Sie schüttelte den Kopf. In dieser Dunkelheit gab es keine Unterschiede. Schwarze Gleichförmigkeit. Jede Sekunde, jede Minute, jede Stunde. Das war doch alles egal. Es war die Abkühlung, die sie an die Nacht denken ließ. Dunkelheit, wie hier unten. Kälter. Langsam krabbelte sie ein Stück auf allen Vieren. Die Hände brauchte sie nicht mehr vor den Kopf zu nehmen. Sie kannte jedes verdammte Eckchen hier drinnen, spürte am Klang, den der Beton zurückwarf, wie weit sie noch konnte, ohne sich zu stoßen. Und wenn, war es auch egal. Schmerzen fühlten sich gut an, manchmal, hier in dieser Dunkelheit. Nicht die Schmerzen in ihr, in ihrem Magen, der schrie. Die Schmerzen hier draußen, die ihr zeigten, dass sie noch immer lebte. Lebendig begraben hier in diesem Loch. Ein paar Meter in jede Richtung, über ihr nur Zentimeter.

Die schroffen Kanten des Betons, der harte Lehmboden, an dem sie kratzte, um mit ihren Nägeln ein wenig Staub zu lockern. Nicht zu viel, sonst würgte ihr Magen das alles wieder hinaus. Nur ein wenig in der Hand und ein wenig mühsam gesammelte Spucke dazu. Ein Brei ohne Geschmack und doch ein wenig Linderung. Gegen das Verrücktwerden. Sie lachte spitz auf. Verrückt werden, warum nicht. Noch mehr Lachen, viel mehr, quietschend, spitzes Schreien, dumpfes Kichern. In ihrem Kopf hörte sie das alles. Über ihre schmerzenden Lippen kam kein Ton. Die Töne waren alle draußen, um sie herum, obwohl es ganz still war. Laut waren sie nur immer wieder in ihrem Kopf. Sie konnte sich selbst dort drinnen hören. Sprechen, lachen, schreien, alles. Winselnd manchmal, kriechend über grünes Gras, trockene braune Blätter, die unter ihren Händen zerbrachen und sie schnitten, ohne dass es weh tat.

Vorsichtig schob sie ihren Kopf voran. Ein zarter Hauch kühler Luft, kaum zu spüren. Sonst wäre sie schon längst erstickt, hier drinnen in ihrem Grab. Es war hier in dieser Ecke, bei den feuchten Steinen, gegen die sie so oft schon angebrüllt hatte, als sie noch glaubte knackende Äste zu hören. Geräusche, die ihr Kopf aus Verzweiflung schickte. Hoffnungsfeuer dort oben drinnen gezündet, um ein wenig Licht zu schaffen. Und Wärme vielleicht, um zu überleben. Jetzt war nichts mehr zu hören. Kein Kreischen mehr, das an Vögel erinnerte und doch nur ihre Stimme war. Vorsichtig schob sie ihre Zunge zwischen den schmerzenden Lippen hervor und zog sie über die feuchten Steine. Wenn es abkühlte, waren die besonders nass. Das tat gut, auch wenn sie wusste, dass ihr das Sterben so noch schwerer fallen würde.

19.

Kendzierski genoss die kühle Luft, die durch das geöffnete Fenster seines Büros hereinströmte. Er stützte sich auf den Fensterrahmen und atmete tief ein. Seine Arme sahen eigentlich schon wieder ganz gut aus. Die Verkäuferin beim Bäcker vorhin hatte etwas irritiert geschaut. Das machte wahrscheinlich jetzt gerade die Runde, beim Bäcker und dann die Pariser Straße in Nieder-Olm rauf und runter. Ich habe den Verdelsbutze heute Morgen hier gehabt. Der hat seine Frühstücksbrötchen geholt bei mir, wie immer. Vielsagendes Schweigen dazu. Langsam die Spannung aufbauen, ein wenig halten, vielleicht noch mal den Kopf leicht hin und her bewegen, das bringt alles Zeit. Wie der aussah! Seine Arme, beide vollkommen verkratzt. Streit mit seiner Freundin. Lachen würden sie dann alle. Ein paar Stunden später hätte dann auch die zweite Nachricht die Runde gemacht. Still gewandert von Ohr zu Ohr, in erschreckte Gesichter gehauchtes Grauen. Die junge Frau, verschwunden, der Stefan Kesselschmidt verhaftet, tatverdächtig, ganz dringend, schon längst in Mainz bei der Kripo zum Verhör. Aber die Frau nicht gefunden, noch immer nicht, trotz der vielen Polizei. Ob sie die überhaupt noch mal finden werden. Vielleicht in Jahren, die Reste. Geraunte Worte nur, ein kalter Schauer. Ich glaube nicht, dass die noch lebt. So einer lässt die nicht davonkommen. Der lässt sie nicht am Leben. Der nicht!

Kendzierski musste schlucken. Er war wieder da, der Druck auf seinen Brustkorb und auf seinen krampfenden Magen. Eine Übelkeit, die sich alleine bei dem Gedanken an die zwei weißen Brötchen, die auf seinem Schreibtisch lagen, noch verstärkte. Er musste etwas essen, auch wenn es ihm schwerfiel. So lange schon hatte er keinen Bissen mehr hinunterbekommen. Die Aufregung gestern. Die Verfolgungsjagd mit dem roten, schwitzenden Gesicht. Er lag auf dem Stefan, hatte ihn, aber es war doch nur schlimmer geworden dadurch. Nicht besser. Alles hatte damit eigentlich erst angefangen. Dieser ganze Wahnsinn, das Grauen.

Davor war die Trauzeugin einfach nur abgehauen, Krach

mit der Braut. Der sinnlose Streit in einer sinnlosen Situation mit unabsehbaren Folgen. Claudia irgendwo auf dem Weg nach Berlin. Ganz sicher nicht ohne ihren Koffer voller Klamotten, den der Stefan versucht hatte im Wohnwagen verschwinden zu lassen, im Bettkasten. Hastig hineingeworfene Kleidungsstücke, die Zahnbürste dazwischen. Ein paar Scheine auch noch. Alles schnell zusammengerafft in der Pension. Vielleicht war sie da schon gar nicht mehr dabei gewesen.

Er schloss das Fenster. Gerd Wolf von der Mainzer Kripo hatte ihn noch am Nachmittag angerufen und berichtet. Der Stefan saß bei ihnen ein und wurde ständig verhört. Sie nahmen die Sache sehr ernst. Er war ihr Hauptverdächtiger, der noch alles bestritt. Zur Pension habe er sie gefahren, dort auf sie gewartet und sie dann zum Bahnhof gebracht. Den Koffer hätte sie einfach in seinem Auto vergessen. Ausflüchte eines Täters, der noch nicht so weit sei, die Tat einzuräumen. Kendzierski, wir bleiben dran! Und wir kriegen ihn weich gekocht, spätestens über Nacht, wenn er nicht mehr kann. Dann zermürben wir ihn. Der Druck wird Schritt für Schritt erhöht. So lange, bis er nachgibt. Auf diese Weise haben wir noch jeden bekommen. Und der Kesselschmidt sieht mir nicht danach aus, dass er so etwas lange durchhält. Der wird schnell zusammenbrechen. Da bin ich mir ganz sicher. Sehr schnell sogar! Jede Wette!

Gerd Wolf, wie er ihn kannte. Entschlossen und erfahren und so wie er sich gerne selbst darstellte: der Zupackende, dem man getrost alles überlassen konnte. Jeder Fall bei ihm in den richtigen Händen.

Noch am Nachmittag hatten sie mit der groß angelegten Suche begonnen. Das Feld mit den Weihnachtsbäumen, der

Wohnwagen, Haus und Scheune. Alles hatten sie auf den Kopf gestellt, weiß verpackte Spurensucher bei der stillen Arbeit.

Das Klopfen an der Tür riss ihn aus seinen Gedanken. Noch bevor er etwas sagen konnte, stand Erbes schon vor ihm. Noch kleiner wirkte der, zusammengesunken. Still vor sich schauend, die Hände gefaltet. Kein hektisches Wippen direkt vor ihm, auf und ab. Keine Befehle. Kein Kendziäke, Sie misse. Erbes schwieg ihn an im schwarzen Anzug. Der Druck auf seinen Magen nahm zu. Er musste husten, würgend fast hatte das geklungen. Ein schwarzer Anzug, weißes Hemd und die dunkle Krawatte. Erbes sah aus, als ob er zur Beerdigung musste. Kendzierskis Körper schwankte zwischen Hitze und Eiseskälte.

„Wolf von der Kripo hat mich angerufen." Erbes streckte sich kurz in die Höhe, um dann wieder zusammenzusinken. „Wahrscheinlich wollte er mir damit andeuten, dass Sie sich aus der Sache herauszuhalten haben."

Erbes sah ihn an, für einen Moment direkt in sein Gesicht, dann wanderte sein Blick wieder nach unten, die Fußspitzen fixierend.

„Der Tatverdächtige sagt kein Wort mehr."

Erbes schüttelte den Kopf und löste seine Hände aus dieser Haltung, die so gar nicht zu ihm passte. „Die ganze Nacht hindurch haben sie ihn immer wieder befragt, aber er sagt nichts mehr!" Schweigend standen sie sich gegenüber. „Wolf glaubt fest daran, dass der Kesselschmidt das war. Die Beweislage ist erdrückend. Er verstrickt sich in Widersprüche. Gestern hat er noch seine erste Aussage zurückgenommen und eine neue, ganz wirre Version aufgetischt. Er hat sie nun doch nicht bis zum Bahnhof gebracht, nur bis zur Tankstelle auf dem Lerchenberg sind sie gekommen. Er hatte nicht mehr ausreichend Benzin für den Weg nach Mainz. Während er getankt hat, soll sie abgehauen sein. Einfach so und dann war sie weg. Ihre Sachen hätte er gestern erst im Kofferraum seines Autos gefunden. Warum sie den Koffer dort zurückgelassen hatte, könne er sich auch nicht erklären. Seither schweigt er. Wenn das so gewesen wäre, dann hätte sie jemand gesehen. Im geblümten Kleid auf dem Lerchenberg unterwegs – die wäre jemandem aufgefallen. Vollkommen unglaubwürdig die ganze Sache, diese Geschichte, die er uns allen vorsetzt."

Erbes schüttelte den Kopf. Er öffnete den Mund zu einem neuen Satz, doch irgendetwas hielt ihn davon ab. Er schwieg noch einen Moment.

„Sie haben Spuren von ihr in seinem Auto gefunden. Blutspuren sogar auf dem Beifahrersitz, wenig, aber sicher von ihr."

Erbes stockte wieder, aber nur kurz. „Und an ihm, an seiner Kleidung, die er bei der Hochzeit getragen hat. Viele Spuren von ihr, die nur durch einen", wieder stockte er, Worte suchend, die richtigen für diese Situation. Er fing neu an. „Wolf meint, dass da so viele Spuren am ganzen Anzug sind, von ihr." Er sah ihn wieder an.

Kendzierski wusste nicht, was er sagen sollte. Das rote Gesicht Stefans erschien direkt vor ihm. Die kleinen runden Schweißperlen über seiner Lippe, die dort festhingen. Stotternde Worte, viel zu schnell, aus ihm herauspurzelnd. Sich überschlagend. Unverständlich alles, was er zu ihm sagte. Der hatte die Situation genutzt. Kendzierski fühlte die unerträgliche Hitze in ihm. Die Trauzeugin aufgelöst und unter Tränen nach dem Streit. Suchte sie Trost bei ihm, schluchzend in seinen Armen. Etwas, was er falsch verstand. Ihre Haare, ihren Geruch, ganz nah an ihm dran. Das ließ die Situation eskalieren, noch bevor sie davon etwas mitbekam.

Kendzierski rieb sich die Augen, um diese wirren Gedanken aus seinem Kopf zu bekommen. Weg damit!

„Er ist schon einmal mit so etwas aufgefallen." Erbes stockte.

Kendzierski musste jetzt husten, laut und heiser. „Was?" Mehr war nicht aus ihm herausgekommen. Eine Frage, deren Antwort er schon längst zu kennen glaubte.

„Es gab vor drei Jahren schon einmal eine Anzeige gegen ihn. Er soll ein junges Mädchen nach der Disco bedrängt haben. Auf einem Parkplatz davor. Ihr sind welche zu Hilfe gekommen, haben ihn verdroschen und die Polizei gerufen."

Claudia am Samstag nicht. Ihr konnte keiner mehr zu Hilfe kommen.

„Sie suchen sie weiter. Heute wieder und mit einer ganzen Hundertschaft. Die Wiesen an der Selz sind dran. Der Ober-Olmer Wald. Er hatte zwei Stunden Zeit für die Tat und für", es war zu spüren, dass Erbes die Worte schwer über die Lippen kamen, „und für die Beseitigung der Leiche." Er schluckte. „Die Kripo glaubt nicht, dass sie noch lebt. Sehr unwahrscheinlich in einem solchen Fall und nach dieser Zeit. Es ist jetzt fast drei Tage her. Sie hätte sich doch bei irgendjemandem gemeldet." Erbes strich sich über die dünnen Haare. „Wenn er sie in den Rhein geworfen hat, wird sie vielleicht erst in einigen Wochen angespült."

20.

Klara spürte immer noch das Zittern unter ihrer Hand. Sie streichelte vorsichtig über den bebenden Rücken, schon seit einer Stunde.

„Du musst etwas essen, Simone, bitte!"

Außer einem Schluchzen, ganz leise nur, war nichts zu hören. Paul hatte sie hierhergeschickt, zu Simone nach Essenheim, in das Haus ihrer Mutter. Hier lag sie nun vor ihr auf dem Bett, weinend und tief in ihre blaue Bettdecke vergraben. Bitte steh ihr bei. Die Kripo geht vom Schlimmsten aus. Sie haben bisher nur noch nichts gefunden. Das kann bald der Fall sein oder auch nicht. Je nachdem wie lange der Stefan noch schweigt.

Sie hatte selbst mit den Tränen kämpfen müssen in diesem Moment, als ihr Simone gegenüberstand. Am liebsten hätte sie losgeheult. Alleine die Verpflichtung hielt sie davon ab. Für einen kurzen Moment nur, dann fielen sie sich um den Hals und weinten zusammen. Warum hat er ihr das nur angetan? Das Schluchzen unter ihrer streichelnden Rechten war jetzt deutlicher zu spüren und auch zu hören. Das war gut so. Sie sollte weinen. Es musste heraus, die Trauer, die Vorwürfe und das Mitgefühl.

Irgendwann würden auch Claudias Eltern aus Berlin hier ankommen. Die Polizei hatte sie benachrichtigt. Sie hatten sich nicht davon abbringen lassen, hierherzukommen. Das war nur zu gut zu verstehen. Dann würde sie sich zurückziehen und Jörg hoffentlich auch wieder da sein. Sie hielt die Tränen zurück, die ihr in die Augen schossen. Der war so unbeholfen gewesen vorhin. Er hatte nicht gewusst, was er machen sollte. Überfordert von der ganzen Situation. Am Samstag noch das große Glück und jetzt am Dienstagnachmittag fast alles in Scherben. Und Simone, die ihn nicht an sich heranließ. Bitte geh. Ich will alleine sein. Klara, bleib du! Sie hatte auch weg gewollt, Simone sie nicht weggelassen.

„Ich bin schuld an allem!" Aus roten Augen sah sie sie an.

„Du kannst nichts dafür. Sie hätte nicht gehen dürfen! Nicht bei deiner Hochzeit!"

„Ich hätte sie nicht überreden dürfen, meine Trauzeugin zu werden." Sie wischte sich die Tränen aus den Augen und sah sie fest an. Ein entschlossener Blick. Sie setzte sich auf. Beide saßen sie nun nebeneinander auf ihrem Bett. Nur ein dunkler Fleck auf der Bettdecke erinnerte noch an ihre Tränen.

„Sie war gegen diese Heirat. Von Anfang an, als ich ihr das erste Mal davon erzählt habe. Von Jörg, der mir einen Antrag gemacht hat. Unten an der Selz, in den Wiesen. Am 27. Mai, kurz nach 9 Uhr abends. Ich weiß das noch genau. Am nächsten Tag habe ich sie angerufen. Ich wollte die Freude mit ihr teilen. Die Freude, dass ich sofort Ja gesagt habe und dass wir noch diesen Sommer heiraten wollten. Mein großer Traum war es. Die Hochzeit in dieser Scheune mit einem Menschen, der mich versteht. Der nachvollziehen kann, warum ich zurückgekommen bin. Der wie ich Kinder wollte und Verständnis dafür aufbrachte, dass ich meine Mutter nicht im Stich lassen konnte." Sie seufzte. „Es war das Leben, von dem ich schon als Kind geträumt habe in den langen einsamen Nächten im Internat." Simone stockte einen Moment. „Und jetzt liegt alles in Scherben."

Für einen kleinen Moment schwieg sie. Klara war sich nicht sicher, ob sie irgendetwas sagen sollte. Sie entschied sich dagegen. Es fiel ihr doch nichts ein, was passend sein konnte. Passend zu dem, was sie sagte, und zu dieser Situation. Simone musste reden. Es musste heraus und sollte nicht aufgehalten werden. Mit jedem Wort schien es ihr leichter zu fallen. Befreiend, auch selbst wenn sie es noch nicht verstehen konnte.

„Sie hat zuerst gelacht, weil sie dachte, dass ich sie auf den

Arm nehme. Dann war sie ganz ruhig. Nur wenige Sätze hat sie gesagt. Einen davon habe ich behalten. Er klingt mir noch im Ohr. Du flüchtest vor der Wahrheit, schon wieder."

Sie schnaufte, fast erleichtert darüber, das jetzt gesagt zu haben. Sie, die erste, der sie das erzählte. Worte, die für Klara keinen Sinn ergaben. Heiraten, zu schnell, die Hochzeit als Flucht. Was hatte das alles mit Simone und Claudia zu tun? Es waren wirre Gedanken, Erinnerungen an die beste Freundin, die aus ihrem Leben gerissen worden war. Brutal und ohne Erbarmen. Ohne sich noch ausgesprochen zu haben. Im Streit aus ihrer Welt gegangen. Das war nur zu erfassen, wenn man selbst betroffen war und auch dann nicht. Simone sah sie weiter aus klaren Augen an.

„Und damit hatte sie recht, auch wenn ich es nicht wahrhaben wollte. Damals im Mai." Sie schwieg wieder für einen kleinen Moment. Sich sammelnd, ihre Erinnerungen tief in sich ordnend. Ganz ruhig und überlegt. So ganz anders als noch vor ein paar Minuten. Endlich das große Ganze durchschauend.

„Es war eine Flucht, damals schon vor so vielen Jahren und heute wieder. Im Mai und am vergangenen Samstag." Wieder hielt sie inne. Die Pause, die sie für die nächsten Worte brauchte. Worte, die sie erst sammeln und ordnen musste.

„Damals habe ich nicht die Kraft gehabt, mich zu befreien und zu wehren. Und hier versuche ich es nicht einmal, sondern laufe direkt weg. Die Hochzeit war eine Flucht und damit hat sie richtig gelegen. So richtig."

Simone nickte dazu, den eigenen Worten zustimmend. Ein Ruck ging durch ihren Körper. Ihre Hände hatte sie mittlerweile zu Fäusten geballt, die weiß waren, alles Blut hatte sie aus ihnen schon herausgedrückt.

„Als ich hierher zurückkam, nach seinem Tod, wollte ich mit allem klarkommen. Mit all den schlimmen Erinnerungen, der Gewalt, den Schlägen und dem Schmerz, für den er verantwortlich gewesen war. Wenn er getrunken hatte und über mich herfiel, grundlos prügelnd, bis ich wimmernd vor Schmerz zusammenbrach. Die dunkelblauen Flecken am ganzen Körper und meine Mutter, die die Augen verschloss. Kind, er liebt uns doch. Sie hat mich weggeschafft ins Internat. Ich habe mich erst wieder zurückgetraut, als er nicht mehr lebte. Die Flucht als Dauerzustand über die Jahre, obwohl ich ihm hätte gegenübertreten sollen. Ihm oder zumindest hier der Erinnerung an ihn und seine Schläge. Da bin ich wieder weggelaufen. Die Hochzeit als Flucht und frische bunte Tapeten, geklebt über das hier in diesen Räumen Erlebte. Wie er mich festgehalten hat, seine Schreie, die Schmerzen. Das höre ich alles hier drinnen noch ganz deutlich. Wie er brüllt, nach Schnaps stinkend. Ich rieche es."
Klara spürte, wie sich ihre Augen mit Tränen füllten.
„Deswegen haben wir am Samstag Streit bekommen. Sie konnte das alles nicht mit ansehen, wie ich schon wieder davonlaufe. Vor meiner Erinnerung und dem Kampf mit ihr. Sie wollte doch nur, dass ich mich mit all dem auseinandersetze. Ihre Art mit Problemen umzugehen, aber nicht meine. Deswegen ist sie mir hier auch aus dem Weg gegangen. Ich war ihr fremd geworden, seit ich hier wohne. Nächtelang habe ich ihr von meinen Schmerzen als Kind erzählt, als wir noch zusammen in Berlin wohnten. Sie war die erste, mit der ich darüber reden konnte. Dann ziehe ich hierher und laufe doch gleichzeitig vor meiner Vergangenheit davon. Einer Vergangenheit, die hier ständig um mich herum ist und deren schreckliche Erlebnisse mich bald schon wieder einholen. Sie mit neuem Glück zu überdecken bringt

nichts. Um das zu erkennen, musste sie erst verschwinden. Wahrscheinlich ist sie jetzt tot und das ist meine Schuld!" Mit ihren weißen Fäusten schlug sie sich ins Gesicht, feste, immer wieder. Klara versuchte sie zu packen, aber das gelang ihr erst nach einiger Zeit. Sie hielt sie umschlungen, eine Zeit lang, bis die Spannung in Simones Körper langsam nachließ und sie ruhig atmete.

21.

Sie wollten ihn nicht verstehen. Der grauhaarige Ältere nicht und die anderen sowieso nicht. Er rieb sich die Arme, die Wunden schmerzten. Dieser bescheuerte Bulle von der Hochzeit, der ihn durch die Weihnachtsbäume gejagt hatte. Damit hatte das doch alles erst angefangen. Der Scheißkoffer, an den er viel zu spät gedacht hatte. Er konnte doch nicht ahnen, dass der Polizist sofort bei ihm vor der Tür auftauchen würde. Am Sonntag schon hätte er den Koffer einfach im alten Brunnen versenken sollen. Das wäre das Beste gewesen und er würde dann jetzt ganz sicher nicht hier sitzen in dieser stinkenden Zelle. Weiße Fliesen bis unter die Decke, die Kloschüssel aus abgegriffenem Edelstahl, die ihn angrinste. Da kam der Gestank her.

Er schleuderte die graue Decke, die auf seinem Bett lag, in Richtung der Toilette und schrie laut. Gleich würde wieder einer kommen und von außen die Klappe öffnen. Für einen Moment, um zu sehen, was los war. Wahrscheinlich gab er dann den anderen Bescheid, dass er wieder wach war. Höchstens ein oder zwei Stunden hatte er geschlafen, nicht länger. Er fühlte sich noch immer müde. Eine lähmende

Müdigkeit in seinen Armen und Beinen, seinen Muskeln und eine schmerzende in seinen Gelenken. Die ganze Nacht hatten sie ihn wach gehalten. Auf einem Stuhl unter einer hellen Lampe. Fragen, Fragen, immer wieder Fragen. Leise und freundlich zuerst. Dann lauter und scharf, bis sie ihn wieder anbrüllten. Das kann nicht stimmen, was du uns da erzählen willst. Viel später erst bist du wieder auf der Hochzeit gewesen. Bevor er antworten konnte, kamen schon die nächsten Fragen, aus einer anderen Ecke des Raumes. Die Frau, die hinter ihm saß. Die Spuren an deinem Anzug. Ganzkörperkontakt, wie kommen die überall hin? Auf die Brust, die Beine und unter deine Fingernägel? Die verstanden nichts, gar nichts. Er hatte nichts getan! Sie doch bloß trösten wollen, weil es ihr schlecht ging. Er hatte sie in die Arme genommen, weil sie weinte und sie gedrückt. Ganz fest, wie sie es wollte. Sie hatte sich gar nicht richtig gewehrt dagegen. Die Spuren im Auto, woher? Das Blut auf dem Beifahrersitz. Ihr Blut eindeutig. Weil doch ihre Nase geblutet hatte, nervös wie sie war, so plötzlich. Ein Taschentuch hatte er ihr gegeben, bevor er zum Tanken ging. Das glaube ich dir nicht. Die Beweislage ist auch so erdrückend. Der Koffer, warum hattest du den noch? Warum musste der weg, wenn du nichts getan hast? Wo hast du sie hingebracht? Verschwunden war sie an der Tankstelle, einfach so? Warum hat sie dort niemand gesehen? Eine Frau im bunten Blumenkleid, die fällt doch auf. Niemand hat sie gesehen, also war sie noch im Auto. Sie ist gar nicht ausgestiegen. Du hast nämlich schon wieder gelogen! Der Kassierer in der Tankstelle, hat gesehen, dass jemand bei dir im Auto saß. Auch als du wieder losgefahren bist. Das stimmte doch alles gar nicht. Alles gelogen! Jedes Wort, das aus deinem Mund kommt. Deine große Lüge, die wir dir aber nicht abnehmen. Lass das hinter dir. Sag endlich die Wahrheit. Du fühlst dich besser danach und wir lassen dich dann auch in Ruhe. Versprochen!

Die wollten ihn fertig machen. Die brauchten einen Dummen. Gleich würden sie wiederkommen. Ihn anschreien, auf den Stuhl zerren. Wo ist sie? Wo hast du sie hingebracht? Wir wissen, was passiert ist. Wie verständnisvoll der eine junge Kerl im Anzug. Wir wissen, was passiert ist. Je eher du das alles erzählst, desto besser ist das für dich. Die Bilder lassen dich dann auch schneller wieder frei. Und ich lege ein gutes Wort für dich ein. Du hast dann deine Ruhe.

Ruhe. Ruhe. Einfach nur Ruhe, die wollte er. Sie sollten ihn in Ruhe lassen. Hier drinnen sollten sie ihn lassen und einfach nur in Ruhe. Er wollte ja gar nicht raus. Nicht zurück zu seiner Mutter. Bloß nicht. Die würde ihn auch anschreien, aber anders als die hier. Heulend und ihm Vorwürfe machend wieder und wieder. Du brauchst eine Arbeit, eine Ausbildung. Alles verkommt sonst hier und du auch. Das war es doch schon längst. Was blieb denn für ihn noch, wenn dieser ganze Spuk hier vorbei war. Sie redeten so doch schon über ihn. Für sie war er immer schuld. Jetzt und später. Sie würden ihn nicht gehen lassen, ganz bestimmt nicht. Er rieb sich die schmerzenden Augen. Sie würden ihn nicht raus lassen. Auch dann nicht, wenn er anfangen würde zu reden.

Für Jörg war er schon am Sonntag schuld gewesen, am Telefon. Was ist mit ihr passiert? Du warst mit ihr weg. Wenn du ihr etwas angetan hast, schlage ich dich tot. Wenn der schon nicht mehr zu ihm hielt, wer dann noch? Jörg war doch sein letzter Freund, sein einziger. So viele schöne Tage hatten sie zusammen verbracht als Kinder. Lange war das her, als seine Mutter bei Jörgs Eltern in den Weinbergen mithalf.

Er rieb sich mit der Hand übers Gesicht. Seine Hand war nass davon. Sie würden ihn hier nicht festhalten können. Nicht, wenn er wirklich gehen wollte. Dagegen konnten sie nichts tun. Heiße Tränen rannen über seine roten Wangen, während er langsam quer durch seine Zelle ging, um die Decke von der Kloschüssel zu holen.

22.

Kendzierski, es ist wie das Suchen der Nadel im Heuhaufen."

Gerd Wolf, der Chef der eilig gebildeten Sonderkommission „Trauzeugin" blickte ihn aus roten Augen an. Trotz seines fortgeschrittenen Alters sah der Mainzer Kripobeamte eigentlich immer frisch und erholt aus. Groß gewachsen und sportlich schlank, mit gut sechzig, auch im Winter gesund gebräunt, so als ob er den größten Teil seines Lebens draußen verbracht hätte. Dynamisch zupackend, klare Befehle erteilend, so hatte er ihn kennengelernt und nie anders gesehen. Der Typ Mensch, der selbst in einer größeren Gruppe sofort als Leitwolf zu erkennen war. Um den sich dann alle versammelten, um klare Anweisungen kommentarlos entgegenzunehmen. Jetzt auch wieder, nur die Müdigkeit passte nicht ganz in dieses Bild. Sie ließ Wolf gealtert wirken, ein wenig gebückt. Mitgenommen vom pausenlosen Programm der vergangenen Tage. Kaum Schlaf und die ständige Suche ohne greifbare Ergebnisse. Für heute Morgen standen die Selzwiesen auf dem Programm. Eine Hundertschaft der Bereitschaftspolizei, verstärkt durch ein paar Freiwillige aus dem Dorf, die wahrscheinlich aus reiner Neugier dabei waren. Der Schauer der Leichensuche. Bin ich es, der sie zuerst sieht? Ganz nah mit dabei. Die anderen werden Augen machen. Sie konnten jede Person gebrauchen für die enge, lange Kette durch das hohe Gras und Schilf. Am Ufer auf beiden Seiten der Selz, einem kleinen begradigten Bach, der brav dahin floss, gingen jeweils zwei Polizisten, um nichts zu übersehen.

Mittwochvormittag unter praller Sonne. Kendzierski stand neben Wolf auf einem Feldweg direkt an der Selzbrücke. Nicht weit entfernt waren die Hallen des Nieder-Olmer Gewerbegebietes zu sehen. Das Schilf dazwischen stand starr. Kein Windhauch. In einiger Entfernung waren die sich bewegenden Oberkörper der Polizisten zu sehen. Im letzten Jahr noch hatten hier Rinder gestanden. Zottelige, gedrungene Tiere mit ausladenden Hörnern, die Gras und Schilf kurz gehalten hatten. Er war mit Klara hier ein paar Mal unterwegs gewesen. Ein Sonntagsspaziergang in absoluter Ruhe auf schlechten Feldwegen. Ein Stück weiter Richtung Stadecken waren die Wege am Fluss betoniert und viele Radfahrer unterwegs. Sie liefen daher lieber hier.

„Nichts zu finden." Wolf wieder. „Zwei lange Tage zu suchen und nichts zu finden. Das geht an die Substanz. Es fällt einem nicht leicht, da die Ruhe zu bewahren, wenn einem der Kerl gegenübersitzt und den Mund nicht aufmacht. Die halbe Nacht hatten wir ihn wieder in der Mangel. Erst ich alleine, freundlich und vermittelnd. Eingeredet auf ihn, habe ihm goldene Brücken gebaut, Zusammenarbeit und Strafminderung. Der ganze Quatsch. Kein Wort, keine Regung. Dann zusammen mit zwei Kollegen und unserer Psychologin, aber dasselbe Ergebnis. Er hat sie mitgenommen erst zur Pension, dann zur Tankstelle auf dem Lerchenberg. Da hat er getankt und einen Kaffee geholt. Das bestätigt der

Mitarbeiter dort. Als er zurückkam, war sie weg. Angeblich. Das ist seine letzte Version. Die ist durch die Aussage des Tankstellenmitarbeiters widerlegt. Der will eine Person auf dem Beifahrersitz des Polos gesehen haben, als der wegfuhr. Also war sie da noch mit dabei. Und mehr bekommen wir nicht aus ihm heraus."

Wolf atmete durch und setzte die Wasserflasche an seinen Mund an. Still nahm er ein paar Schlucke daraus.

„Möchten Sie auch etwas? Wir haben noch einen Vorrat in einem der Wagen."

„Nein, danke. Ich will auch nicht lange stören, nur mal sehen, wie weit Sie sind."

„Wir sind ja schließlich hier in Ihrem Revier, Kendzierski." Wolf grinste für einen kleinen Moment nur. „Wenn das so weitergeht, haben wir in der Verbandsgemeinde bald jeden Stein umgedreht." Er trank noch einmal einen kleinen Schluck. „Das ist jetzt schon ziemlich weit entfernt. Um den Lerchenberg herum haben wir alles durch. Den Ober-Olmer Wald. Das war naheliegend. Nicht weit von der Tankstelle entfernt und auch von der Feier. Er hatte zwei Stunden Zeit. Das scheint wenig, ist aber verdammt lang. Alle leer stehenden Gebäude im Mainzer Umland haben wir durchsucht. Kleine und größere Waldstücke, so viele gibt es ja hier nicht. Alte Brunnenschächte, von denen wir wissen. Die ehemaligen Raketenbunker der Amerikaner im Wald. Die Hundertschaft habe ich noch den Rest des Tages. Wir wollen nachher noch mal nach Essenheim."

Wolf drehte sich ein Stück von Kendzierski weg, den Blick in Richtung der Ortschaft oben am Hang gerichtet. „Dort, links vom Dorf, liegt das Feld mit den Weihnachtsbäumen. Das kennen Sie ja schon. Das gehen wir noch mal ab und auch die Baumstücke drumherum. Die können Sie von hier aus nicht sehen. Die liegen am Hang Richtung Elsheim. Da gibt es ein paar Wellblechhütten. Da waren die Kollegen schon mal, aber wir müssen ja was tun. Irgendwas. Und auf der anderen Seite vom Dorf", er deutete mit seiner Rechten in die Richtung, „dort, wo der Funkturm steht. Das sieht man gut von hier aus. Da sind Obstfelder. Der Ochsenberg heißt das. Seine Mutter hat da auch ein paar Kirschbäume, einen Gemüsegarten und eine kleine wackelige Bretterbude. Da waren wir zwar auch schon drin. Gleich am ersten Tag, aber noch nicht mit der ganzen Mannschaft. Das ganze Gebiet gehen wir durch. Dann sind wir bis heute Abend beschäftigt." Wolf schnaufte aus. „Und ich nehme mir nachher wieder mal den schweigenden Tatverdächtigen vor." Er sah auf seine Uhr. „Der hat jetzt gut ausgeschlafen, vielleicht bringt ihn das endlich zum Reden. Ich habe das Gefühl, dass wir ansonsten nicht weiterkommen." Wolf hielt kurz inne. Als er gerade weitersprechen wollte, klingelte sein Telefon. Er zog es aus der Hosentasche und warf einen kurzen Blick auf das Display. „Die Arbeit ruft, Kendzierski." Er hob den Arm zu einem knappen Abschiedsgruß und flüsterte etwas, das sich wie ein „Bis die Tage" anhörte, während er schon sein Telefon ans Ohr führte.

Kendzierski drehte sich um und ging langsam zu seinem Wagen, der nur ein paar Meter entfernt stand. Zurück ins Büro, da war er vorhin nur ganz kurz gewesen. Höchstens eine halbe Stunde. Bis Erbes in der Tür stand. Die suchen an der Selz zwischen Essenheim und Stadecken. Schauen Sie da mal vorbei, vielleicht brauchen die Ihre Hilfe. Aber die brauchten sie ganz sicher nicht, bei der Suche nach der Nadel im Heuhaufen. Kendzierski wollte sich gerade ins Auto setzen, als er Wolfs Schrei hörte. Ein Brüllen: „Wie kann das sein!"

Er blickte in die Richtung, aus der das gekommen war. Wolf sah ihn aus aufgerissenen Augen an. Das Telefon hatte er nicht mehr am Ohr. In der Rechten hielt er es vor sich, ein Stück weit weg. Ein alter Mann, gebeugt, das Gesicht eingefallen und faltig durchzogen. Nicht mehr der, den er kannte. Gealtert in den wenigen Augenblicken, seit er sich umgedreht hatte. Einen mühsamen Schritt kam er ihm nur entgegen. Vielleicht zehn Meter waren sie auseinander. Ein Windhauch traf ihn für einen kurzen Moment. Abkühlung, die kaum zu spüren war.

„Er hat sich aufgehängt, heute morgen in seiner Zelle."

23.

Kendzierski wusste nicht wohin. Wie in einem Film zogen die Häuser an ihm vorbei. Beim Weingut Bach hatte er das Tempo verlangsamt. Eigentlich war es sein Körper gewesen, mehr ein Reflex. Den rechten Fuß beauftragt, vom Gas zu gehen. Aber was hätte er denn da machen sollen? Reden über Wein, den schlimmen Fall, die Trauzeugin, die sie mit einem riesigen Aufgebot um Mainz herum suchten. Der Täter, der jetzt nicht mehr reden konnte. Kein Wort mehr. Der sich das Leben genommen hatte. Vielleicht würden sie sie nie finden. Oder erst in ein paar Wochen oder Monaten. Angespült vom Rhein, irgendwo weit weg von hier. Wenn der Fall schon längst abgeschlossen war. Die fehlenden Lücken im Tathergang waren ohne den Täter kaum zu schließen.

Kendzierski schluckte. Er war aus Essenheim herausgefahren und bog auf die Landstraße in Richtung Mainz ab. Der graue Funkturm ragte in einen grellblauen Himmel. Sein Fuß hatte für ihn entschieden: Frische Luft, wollte er, für eine Stunde nur, Ruhe, keinen Menschen sehen und dann erst zurück nach Nieder-Olm. Erklärungen suchen, zusammen mit Klara. Aber erst später.

Er stellte seinen Wagen an den Rand des mit großen groben Basaltsteinen gepflasterten Weges, der rechts in einer leichten Kurve von der Landstraße ab nach unten führte. Der Ochsenberg, wie ihn Wolf genannt hatte. Noch vor ein paar Minuten, als die Hoffnung noch nicht ganz gestorben war. Stefan Kesselschmidt aber schon, am selbst gedrehten Strick aus den Streifen seiner Bettdecke. Eine ausreichend stabile Konstruktion, für das, was er vorhatte.

Kendzierski rieb sich die Augen. Langsam ging er den Weg bergab. Die Bäume und Sträucher links und rechts wuchsen über ihm ineinander. Eingehüllt und geschützt kam er sich vor. Eine große Stille um ihn herum. Nichts zu hören, selbst die Vögel schwiegen ausnahmsweise. Aufgeschreckt durch sein Auto und ihn nun beobachtend, den Eindringling in ihr Reich. Rechts gingen Baumreihen ab. Auf schmalen Feldern zogen sie sich hin, kleine Terrassen am steilen Hang. Die meisten waren ungepflegt. Hohes trockenes Gras, Gebüsch, das die niedrigen Obstbäume fast schon eingeholt hatte. Der Wettlauf um Licht und Sonne war eröffnet. Zwischendurch ragten immer wieder mächtige Kirschbäume auf. Seine Jugend war mit einem solchen verbunden. Die Bäume seiner Großmutter, der gemeinsame Ernteeinsatz. Er stieg bis in die Kronen hinauf. Sein kleines Eimerchen baumelte am Gürtel. Nicht so hoch, Paul! Du brichst dir alle Knochen, wenn du da runterfällst. Zur Belohnung gab es Picknick im Schatten unter dem Baum. Er konnte die Zeit riechen, für einen kleinen Moment, hier, wo er so weit weg war von seiner Erinnerung.

Das musste es sein. Das Obstfeld von Stefans Mutter. Geschnittene Bäume, das Gras nur kniehoch. So ordentlich, wie es die alte Frau noch zu halten vermochte. Am Zustand des Grases in der Mitte der Terrasse war deutlich zu erkennen, dass hier in den letzten Tagen etliche durchgelaufen waren. Auf der Suche nach der Trauzeugin, alle Orte absuchend, die mit dem Täter in Zusammenhang gebracht werden konnten. Die langen Reihen Weihnachtsbäume und der Wohnwagen auf der anderen Seite des Dorfes und das Obstfeld mit dem Schuppen hier. Nahe liegende Verstecke für einen Täter, der schnell handeln musste. In Eile, gehetzt, hektische Bewegungen, kaum einen klaren Gedanken fassend. Wohin nur mit ihr, wo würde sie keiner finden? Der eigene Schuppen, eine Pflicht für die Polizei. Aber kein normaler Täter würde sich die Leiche in den eigenen Vorgarten legen. Oder den Koffer in den eigenen Wohnwagen. Normale Täter gab es ohnehin nicht. Vieles nicht zu erfassen und schon gar nicht zu erklären. Außer Kontrolle, durchgedreht. In einer solchen Situation war der am Samstag gewesen. Sogar noch am Sonntag: Nicht einmal den Koffer hatte er weggeschafft. Warum nicht gleich zusammen mit ihr? Oder hatte er ihn schlicht im Kofferraum vergessen? Was für ein Risiko für einen Täter. Den Hinweis, der direkt zu ihm führte, kutschierte er brav mit sich herum. War er sich seiner Sache so sicher oder war er so verwirrt durch seine Tat? Sicherheit hatte der Stefan, das rot glänzende Gesicht, beim besten Willen nicht ausgestrahlt. Total verunsichert, ein Einzelgänger.

Das Gras strich an seinen Hosen. Ein zartes Geräusch, das vom Knacken kleinerer Äste unterbrochen wurde, die ihm unter die Füße gerieten. Ein spitzer Schrei! Kendzierski zuckte zusammen. Direkt vor ihm stieg ein bunter Fasan auf, kreischend schwerfällig versuchte er an Höhe zu gewinnen.

Kendzierski schwitzte. Das Obstfeld lag in der prallen Sonne. Südseite mit Blick zur Selz. In die Richtung segelte der Fasan, froh seinem Verfolger entkommen zu sein. Der Schuppen war jetzt zu erkennen. Ein niedriger Bretterverschlag, in dem er wahrscheinlich nur schwer würde stehen können. Offene, trockene Erde war zu sehen. Salatköpfe in kurzen Reihen, Zwiebeln, Lauch, ein paar Tomatenpflanzen an Metallstäben festgebunden. Bohnenstangen steckten im Boden, Blumen, zertreten von denen, die hier etwas gesucht hatten.

Die Tür des Schuppens stand offen. Vorsichtig setzte er einen Schritt hinein. Zwei Regale bis an die Decke, staubiges Zeug darauf. Eine Gartenschere, abgegriffene Eimer und Plastikschüsselchen. Blumendünger, Kordel aufgerollt. Eine Gießkanne stand gleich rechts neben dem Eingang auf dem Boden. Ein kleines Klapptischchen, rote Tontöpfe standen darauf, einer lag zerbrochen davor. Langsam ging er wieder hinaus und um den Schuppen herum. Noch eine Gießkanne stand da. Neben einem Wasserhahn, der am Schuppen festgemacht war. Er hatte ihn jetzt umrundet und stand wieder an dem Trampelpfad, der zurückführte. Was die Hundertschaft später hiervon wohl übrig ließ? Die gepflegten Salatköpfe und die roten Tomaten. Die Mutter des Täters hatte jetzt ganz andere Sorgen.

Kendzierski war schon ein paar Schritte weit gelaufen, als ihn etwas zusammenzucken ließ. Kein Schrei eines aufgescheuchten Fasans diesmal. In ihm war das gewesen, ein Blitz, leuchtend hell, der ihn für einen kurzen Moment zu blenden schien. Verdammt, das war nicht möglich! Er drehte sich um und rannte zurück: Um die Hütte herum war das Gras zertreten gewesen, aber doch nur auf ein paar Metern. Die hatten nicht weitergesucht, obwohl da etwas sein musste! Er wusste es jetzt ganz genau!

24.

Sie behielt die Hände gefaltet, obwohl das Telefon klingelte. Es gab jetzt nichts mehr, weswegen sie noch reden musste. Nie wieder würde sie reden. Schweigen bis an ihr Lebensende, das hoffentlich bald kam. Sie alleine auf dieser riesigen Welt. Zuerst war ihr Mann gegangen und jetzt ihr Sohn. Sie würde auch jetzt gerne wieder ihr Leben für seins hergeben, so wie sie das auch damals gewollt hatte, vor fünfzehn Jahren. Auch damals hatte sie hier gesessen und gebetet, auch alleine. Stefan war weggerannt, als die Klinik angerufen hatte. Er hatte nicht einmal abgewartet, bis sie mit dem Telefonat fertig war. Er hatte das sofort gespürt. Der Vater. Der hatte ihm gefehlt in den letzten Jahren. Deshalb war es auch so weit gekommen. Die harte Hand, die ihren Sohn im Griff hätte halten können. Das hatte sie nie geschafft. Gegen ihn hatte sie sich nicht behaupten können. Sie hatte ihn nicht davon abhalten können die Schule zu verlassen, ohne Abschluss. Wenn sie für ihn nach einer Lehre suchte, schimpfte er mit ihr. Meine Sache, Mutter, halt dich da raus. Es wäre alles anders gekommen, wenn er bloß eine Arbeit gehabt hätte, eine Beschäftigung jeden Tag. Morgens aufstehen und abends müde ins Bett fallen. Das hielt einen in der Bahn. Machte den Kopf sauber von den Gedanken, die sich bei ihrem Jungen eingenistet hatten.

Sie war ja auch nicht blind gewesen. Die Hefte, die sie ihr gestern unter die Nase gehalten hatten. Die Polizisten hatten sie in seinem Zimmer gefunden. Sie kannte die längst. Die schlimmen Bilder der Frauen da drinnen. Die Gewalt, die sie angeekelt hatte. Die Sprachlosigkeit, die sie befiel, und die Angst vor ihrem eigenen Sohn. Sie hatte sie damals wieder zurückgesteckt unter seine Matratze. Beim Putzen waren sie ihr entgegengefallen, als sie die Matratze anhob, um die Staubflusen aus dem Bettkasten zu saugen. Es war ihr gelungen, dass alles schnell zu vergessen. Die Erinnerung daran gehörte nicht zu ihrem Sohn. Etwas, das nicht ihn betraf. Erst jetzt wieder. Sie hätte es doch nicht ändern können. Das nicht und alles, was danach passiert war, auch nicht.

Das Knarren der Holztreppe klang in ihren Ohren, obwohl es ganz still war in der Küche. Nur der Kühlschrank summte leise, kaum hörbar. Das Knarren, als er am Samstag nach Hause kam, früh am Morgen. Sie wurde davon immer sofort wach. Der Blick auf den kleinen Wecker neben dem Bett. Kurz nach fünf. Dann war sie sofort wieder eingeschlafen. Mit dem Lied im Ohr, das er auf dem Weg nach oben leise vor sich hin gesummt hatte. Eine kurze Melodie nur, die so freudig geklungen hatte in ihren Ohren. Am Samstag nach der Hochzeit und jetzt wieder. Sie seufzte auf. Vielleicht war das alles besser so, wie es jetzt war.

25.

Kendzierski rannte so schnell er konnte. Sie hatten einfach nicht nachgedacht. Nur damit beschäftigt, schnell voranzukommen in diesem Moment. Am Montag, als sie all die Orte absuchten, die für den Tatverdächtigen naheliegend waren. Ihre lange Liste: sein Zuhause, der Wohnwagen zwischen den Weihnachtsbäumen, der Schuppen hier. Spuren in irgendeiner verwertbaren Form. Und dabei hatten sie etwas übersehen. Den vielleicht entscheidenden Schritt nicht weitergedacht. Er spürte die hämmernden Schläge seines Herzens. Es bebte dort drinnen in seinem Brustkorb und der Schweiß lief ihm über den Rücken.

Er rannte am Schuppen vorbei, auf die Rückseite. Warum hatten sie nicht nachgedacht, als sie den Wasserhahn sahen? Der Wasserhahn als Lösung, so einfach das alles. Ganz sicher viel zu einfach, aber irgendwo musste man ja anfangen. Er stand da und sah sich um. Ein Stück weit noch war das Gras zertreten von ihren Schuhen, dann stand es schon wieder unberührt. Ganz eindeutig war so zu erkennen, wie weit sie gekommen waren. Den Rest erledigte die Hundertschaft in ein paar Stunden. Kendzierski ging auf das dürre hohe Gras zu. Behutsam setzte er tastend Schritt für Schritt. Die schmalen Terrassen, die vor langer Zeit hier im steilen Hang geschaffen worden waren. Zehn, fünfzehn Meter breit höchstens, dann kam ein kleiner Absatz. Ein Meter steil nach unten abfallend. Befestigt mit aufgeschichteten Kalksteinen, zwischen denen kaum etwas wuchs. Kendzierski schob sich weiter durchs Gras. Die groben Steine waren jetzt zu sehen, ordentliche Brocken im Sonnenlicht.

Er hatte recht gehabt, sein Herzschlag ließ ihn erzittern: Zwischen den Steinen ragte ein dünnes Metallrohr hervor und verschwand auf der unteren Terrasse im dichten Gras.

Kendzierski überlegte einen Moment und sprang dann nach unten in das hohe Gras. Mit den Händen drückte er die toten Halme zur Seite, höchstens auf einem Meter Länge, dem Wasserrohr folgend, bevor es verschwand. Mit ein paar Tritten hatte er sich drum herum ausreichend Platz geschaffen. Sein Magen zeigte ihm deutlich an, dass ihn diese Anspannung an seine Grenzen führte, Übelkeit, die ihn husten ließ. Er spuckte etwas aus, das säuerlich schmeckte.

Vorsichtig sank er auf die Knie und schob die letzten trockenen Halme beiseite. Der graue Betondeckel war jetzt deutlich zu erkennen. Den hätten sie doch auch finden müssen, vor ein paar Tagen schon, wenn sie nachgedacht hätten. Es gab hier draußen, so weit vom Dorf entfernt, keine Wasserleitung. Höchstens in ein paar Gärten um den Ort herum, aber doch nicht einen guten Kilometer draußen im Nichts. Die Gärten hier brauchten alle Wasser oder zumindest vor ein paar Jahren hatten sie das gebraucht, als es noch mehr Familien gab, die sich hier ihr Gemüse zogen. Gemeinsam hatten sie den Brunnen wahrscheinlich in Auftrag gegeben, um nicht immer Wasser hin- und herfahren zu müssen.

Seine Hände zitterten, als er die Betonplatte an beiden Seiten fasste. Der Druck auf seinen Magen wurde stärker. Eine unerträgliche Hitze staute sich hier im dichten Gras. Er spannte seine Muskeln an und versuchte die Platte anzuheben. Ein klein wenig bewegte sie sich. Ein paar Zentimeter höchstens, dann musste er sie wieder fallen lassen, das war alleine nicht zu schaffen. Er setzte sich ins Gras und brachte seine Füße in Position. Mit den Fersen bekam er nicht genug Halt am Deckel. Sie rutschten immer wieder ab. Hektisch warf er sich wieder nach vorne auf die Knie. Das musste der verdammte Ort sein, den sie schon seit Sonntag suchten, drei lange Tage. Mit beiden Händen griff er gleichzeitig nach dem toten Gras. Er riss an den Büscheln, die er zu fassen bekam, und schleuderte sie hinter sich. Mehrmals unter stöhnender Kraftanstrengung. Feine Krümel Erde rieselten auf ihn nieder. Er fühlte das kaum.

Jetzt musste es passen, mehr Platz am grauen Betondeckel, um ihn zu verrücken. Er ließ sich wieder zurückfallen und drückte mit seinen Schuhen die Erde fest. Seine Fersen setzte er am Betondeckel an. Genug Fläche für die Kraft aus seinen Beinen. Er lehnte sich mit dem Oberkörper zurück und stemmte beide Arme nach hinten ins Gras. Seine Fingernägel krallten sich im Boden fest. Er warf seinen Kopf zurück, brüllte in den grellblauen Himmel über ihm.

Der Deckel war weg. Kalte dumpfe Luft kam aus dem Loch. Vorsichtig schob sich Kendzierski auf seine Knie und atmete durch. Ganz konzentriert und gleichmäßig, um ein wenig Ruhe in sich zu bringen. Der Druck auf seinem Magen schien weg zu sein, verdrängt von der Hitze, der Anstrengung und vergessen durch die Anspannung. Ganz klar und deutlich stand das schon vor seinem Auge, was ihn im nächsten Moment erwartete. Die bunten Blumen ihres Kleides, leuchtend aus der Dunkelheit. Weiße Wangen und offene Augen, die seinen Blick suchten, auch wenn sie längst schon woanders waren. Das Bild vor seinen Augen war so schnell weg, wie es gekommen war. Langsam näherte sich sein Kopf der dunklen Öffnung, bereit sofort zurückzuweichen. Runde Betonringe waren übereinander geschichtet und bildeten eine Röhre, die in die Tiefe führte. Mit jedem Zentimeter, den er näher kam, wurde mehr davon sichtbar. Graues Halbdunkel, zwei, drei Meter bis zu einer Wasserfläche, in der er ein kreisrundes Stück vom strahlend blauen

Himmel und sich selbst sehen konnte. Er wischte sich mit der flachen Hand den Schweiß aus dem Gesicht und beugte sich ein Stück weit mit dem Kopf in die Röhre hinein, um besser sehen zu können. Es brauchte einen Moment, bis sich seine Augen daran gewöhnt hatten, dass die gleißende Helligkeit der Augustsonne fehlte. Der Brunnen war nicht wirklich tief. Jetzt war der Boden deutlich zu erkennen. Eine Wasserfläche, aus der kleine dunkle Erhebungen auftauchten. Brauner Bodensatz, von einem Rest Wasser umspült. Ein paar dürre Äste lagen quer. Getrockneter heller Schlamm hing an ihnen fest. Der Brunnen war jetzt im Sommer fast leer.

Kendzierski wusste nicht, ob er lachen oder weinen sollte. Er war sich ganz sicher gewesen, dass sie dort unten lag. Sein Bauchgefühl, das ihn in die Irre geführt hatte. Erschöpft ließ er sich nach hinten sinken und schloss die Augen. Die Sonne brannte so grell auf ihn nieder, dass auch hinter seinen Augenlidern kaum Dunkelheit entstehen konnte. Gleichmäßig atmend sank er in einen leichten Schlaf.

26.

Er rannte so schnell es seine Beine nur irgendwie zuließen. Seine Oberschenkel schmerzten. Spitze Stiche unter der Haut, bis tief in die Muskeln, die das alles zu einer Qual machten. Der harte Boden, der jetzt unter seine Füße kam, verstärkte die Schmerzen noch. Klatschend schlugen seine Füße auf dem grauen Beton auf. Gereihte Platten, die er immer mit genau drei Schritten hinter sich ließ. Drei schnelle Sprünge. Das pochende Herz in seiner Brust lieferte den

Sauerstoff dazu. Gleichmäßige harte Schläge, die ihn zusätzlich antrieben. Er bog von den grauen Betonplatten ab auf einen Waldweg. Weiche Nadeln jetzt unter seinen Füßen, die den Schall schluckten, nichts war mehr zu hören, nicht einmal seine Füße. Wäre der Schmerz in den Oberschenkeln nicht geblieben, dann hätte er geglaubt, er würde jetzt hier entlangfliegen, zwischen den haushohen Tannen und Fichten hindurch. Er rannte weiter. Noch wusste er nicht wohin. Sein Gehirn dort oben drin schien noch nicht recht herauszuwollen damit. Erst laufen wir einmal. Alles andere wird sich schon noch ergeben. Ihm war heiß. Der Schweiß auf seinem Rücken verband sich mit dem dünnen T-Shirt, das er trug. Ein feuchter Schleier, der dort festhing und die Bewegung seiner Arme beim Laufen behinderte. Er wollte anhalten. Stopp! Erst will ich wissen, wo ihr mit mir hinwollt. Dann bin ich bereit weiterzugehen, zur Not auch zu rennen. Aber erst redet ihr mit mir! Er verlangsamte das Tempo. Das dachte er zumindest und spürte es auch. Seine Oberschenkel dankten ihm für einen kurzen Moment, bis ihm bewusst wurde, dass er stand. Ein Teil von ihm nur war stehen geblieben und sah zu, wie er selbst weiterlief. Er sah hektisch an sich hinunter. Ein Blick aus Neugier und aufkommender Angst. Wer bin ich, wenn der, der davonrennt ich bin? Schräge Gedanken in einem Kopf, der jetzt feststellte, dass er nur noch auf einem hellen Schleier saß. Er selbst deutlich zu erkennen, als er an sich hinunter sah, aber nur noch ein durchsichtiger Rest. Ein Geist seiner selbst, der hauchdünne Rest, der nicht weiterlaufen wollte. Abgetrennt und einfach stehen gelassen. Er brüllte laut in den Waldhimmel und rannte los. Halt! Wartet auf mich! Das war doch nicht so gemeint! Ihr könnt mich nicht einfach hier so stehen lassen, wie soll ich denn hier jemals wieder rausfinden?

Gleißend hell blendete ihn die Sonne, als er die Augen aufriss. Sie stand kreisrund und schmerzend direkt über ihm. Keine grinsende Sonne mit freundlichem Gesicht. Erbarmungslos heiß und viel zu stark schickte sie ihre Strahlen auf ihn hinab. Er blinzelte mehrmals schnell hintereinander. Jetzt erst sah er, dass er nicht alleine mit der Sonne war. Sie stand irgendwo dort oben am Himmel. Umringt von einem Dutzend Gestalten, die ihr das Grinsen abgenommen hatten. Er blinzelte noch ein paar Mal. Seine Augen waren jetzt so weit, die Situation zu erfassen, sein Kopf noch nicht so ganz. In ihm schrie noch immer einer, der einem Teil seiner selbst nachlief. Kein Raum für mehr, für das Verstehen, was seine Augen an Bildern lieferten. Runde Gesichter, allesamt. Große Augen, helle Zahnreihen. Leicht bewegten sie sich, wankend im Wind. Kein Gras das unter ihm zu spüren war. Er lag ja immer noch auf dem Rücken hier. Dumpfe Stimmen in einiger Entfernung.

„Jetzt ist er wach!"

„Da hat aber einer tief und fest geschlafen."

Ein Lachen in unterschiedlichen Tonlagen, das jetzt ganz nahe klang. Die grünen Overalls der Bereitschaftspolizei. Oben aufgezogen. Ebenso grüne T-Shirts darunter mit dunklen Schweißflecken. Sein Kopf war jetzt auch angekommen. Ende der Verfolgungsjagd. Verdammt, er war hier eingeschlafen. Im Gras, direkt am Brunnendeckel. Höchstens doch nur für ein paar Minuten. Mühsam setzte er sich auf.

„Er lebt wirklich!"

Wieder war ein Lachen aus einem guten Dutzend Mündern zu vernehmen. Und es wurden mehr. Mehr Beine, die er um sich herum erkennen konnte. Mehr Beine, die dazu kamen in zweiter und dritter Reihe. Eine Hundertschaft, die sich sammelte um ihn herum. Um ihren größten Fund am heutigen Tag zu begutachten. Das Opfer haben wir zwar nicht gefunden, aber dafür den Verdelsbutze, der im hohen Gras ein kleines Nickerchen gemacht hat. So verbringt der also seine Vormittage im Außendienst. Verdammter Mist! Das alles hier und um ihn herum. Hundert Zeugen, die bereitwillig jedem Auskunft gaben, der es wissen wollte. Der Kracher auf den Fluren der Mainzer Polizei und sicher zeitgleich in der Verbandsgemeinde Nieder-Olm. Was ist rot, schwitzt und liegt im Gras? Der Verdelsbutze auf Verbrecherjagd. Sehr witzig! Unter aufmunternden Kommentaren erhob er sich. „Du schaffst das!"

Einige klatschten dazu rhythmisch in die Hände. Idioten! Wolf war zum Glück nicht mehr mit dabei. Zumindest erkannte er ihn nicht zwischen den dicht gedrängten Gesichtern. Die Hinteren reckten sich umständlich in die Höhe, um auch etwas sehen zu können. Schaulustige. Wolfs Kollege war mit dabei. Harry Grünewald. Ein junger Lockenkopf von gut dreißig. Aus seinem Gesicht sprach mehr Unsicherheit als Häme. Zumindest jetzt, wo er ihn direkt ansah.

Es gab Situationen im Leben, die waren durch nichts zu retten. Kendzierski war sich darüber im Klaren, dass das hier und um ihn herum genau solch eine Situation war. Egal, was er jetzt die nächsten zwei Minuten sagen würde, es machte alles nur noch schlimmer. Bitte behaltet das alles für euch. Kein Wort an jemand anderen. Kann ich mich auf euch verlassen? Die grinsenden breiten Zahnreihen um ihn herum. Kein wirklich Erfolg versprechender Ansatz.

„Ich muss dann mal weiter!"

Er drückte die Polizisten, die ihm im Weg standen, zur Seite und schob sich zwischen ihnen durch, an Harry Grünewald vorbei.

„Kendzierski, wir waren hier am Montag schon und haben den Brunnen leer gepumpt."

Ganz leise nur hatte er ihm das zugeflüstert. Ob die anderen das auch gehört hatten, wusste er nicht. Es war ihm auch egal.

27.

Alles Mist und einfach nur peinlich! Kendzierski stieß die Tür zum Nieder-Olmer Rathaus schwungvoll auf. Die grinsenden Mondgesichter hatte er immer noch vor Augen. Hässliche, große Zähne, die noch zusätzlich zu lachen schienen. Was hatte er auch wieder auf eigene Faust schnüffeln müssen. Sie hatten ihn da hineingezogen! Diesmal war er unschuldig. Auf jeden Fall. Er hätte ja gar nicht Nein sagen können, als Klaras Freundin ihn anrief. Eben war er noch auf ihrer Hochzeit und am nächsten Tag schlug er ihre Bitte aus. Die Bitte mal nach der Trauzeugin zu sehen, um die sie sich sorgte. Das war noch alles in Ordnung gewesen. Zu diesem Zeitpunkt. Die Kripo hätte auf ihren Anruf nicht reagiert. Erwachsene Menschen werden erst dann gesucht, wenn ein Tatverdacht vorliegt oder mehr Zeit vergangen ist. Nicht am Tag nach einer Hochzeit, nach einem Streit.

Nur heute war er zu weit gegangen! Seine irrige Vorstellung, dass er eine Hundertschaft einfach so ersetzen konnte, mit ein bisschen klarem Verstand, einem Geistesblitz. Eine idiotische Vorstellung, mit einer noch bescheuerteren Ausführung, die ihn zur Lachnummer gemacht hatte. Warum war er nicht einfach hierhergefahren, um sich zur Erholung im Bürostuhl zurückzulehnen? Die Situation, der Blick in

Wolfs gealtertes Gesicht, seine großen offenen Augen und der Mund. Das rote Gesicht des Täters hatte er sofort vor sich gehabt. Verdrehte Augen, den Strick um den Hals, blau unterlaufene Druckstellen. Der Schmerz, der aus diesem Gesicht sprach und der doch weniger für ihn war, als ein Weiterleben mit dem, was er getan hatte.

Schluss und vorbei. Die Sache beendet. Der Selbstmord von Stefan Kesselschmidt war das Eingeständnis seiner Schuld. Der letzte Ausweg, verzweifelt verfolgt von den Bildern seiner Tat, die er vielleicht bereute. Der Täter am Strick und nur das Opfer musste noch gefunden werden. Der Fall war damit abgeschlossen und das, was jetzt noch blieb, war die Trauer. Die Vorwürfe, die sich die Braut machte, die sie durch ihr ganzes Leben begleiten würden. Bunte und doch grausame Bilder. Die Tränen von Claudias Eltern, die darauf warteten, dass die Polizei ihre Tochter fand. Gewissheit über den Tod und das Wie. Das Warum würde sie den Rest ihres Lebens quälen.

Er atmete tief ein. Nur Grünewald hatte gelogen. Da war er sich ganz sicher. Das unberührte tote Gras. Den Brunnen hatten sie wirklich übersehen und nicht vor zwei Tagen leer gepumpt. Aber vielleicht würde ihn das vor Wolfs dummen Kommentaren schützen. Haben Sie gut geschlafen, Kendzierski, am Brunnen vor dem Tore?

„Halt, wo wollen Sie denn hin. Stehen bleiben!"

Kendzierski spürte, dass ihn jemand am rechten Ärmel seines T-Shirts zog. Er drehte sich um, kurz vor der Treppe, die nach oben führte in den ersten Stock des Rathauses.

„Wo, bitte, wollen Sie hin?"

Energische Worte einer älteren Dame, die weniger nach einer Frage klangen. Stopp! Still gestanden! Es war die Frau, die immer hinter Glas im Eingangsbereich des Foyers saß.

Meist in eine bunte Zeitschrift vertieft, nahm sie eigentlich selten Notiz von dem, was um sie herum passierte. Es sei denn, jemand kam direkt zu ihrer verglasten Kabine. Die meisten liefen schnell vorbei, zur Treppe, nach oben, wo sich auch das Bürgerbüro befand.

„Wo wollen Sie hin?" Energisch sah sie ihn von unten an. Über ihre halben Brillengläser hinweg. Im Takt baumelte eine goldene Kette an beiden Bügeln der Brille.

„Ach." Ein kurzer Laut nur, während sie seinen rechten Ärmel losließ. Kendzierski konnte aus dem Augenwinkel noch erkennen, dass sie ihn mit ganz spitzen Fingern festgehalten hatte. Vorsichtig, aber entschieden. Der kommt hier nicht einfach so durch.

„Ach, Herr Kadschinski. Sie sind das. Entschuldigen Sie, ich", sie stockte kurz, um dann mit einer nicht mehr so energischen Stimme fortzufahren. „Ich habe Sie einfach nicht direkt erkannt." Wie eine zweite Entschuldigung für ihr Versehen, wanderte ihr Blick langsam an ihm hinunter. An seinen zerkratzten Armen klebte dunkle schmierige Erde. Seine Jeans verbargen ihre Farbe unter einer dichten hellgelben Staubschicht, vor allem an den Knien. Der Wüstenfuchs, Rommel auf der Durchreise, gestrandet in Nieder-Olm. Oder: Paris – Dakar. Während Kendzierski noch die unzähligen Kletten und stacheligen Kügelchen begutachtete, die über sein ganzes T-Shirt verteilt hingen, hatte sie sich schon weggedreht und befand sich auf dem Rückweg zu ihrem sicheren Glashäuschen. Sie murmelte im Gehen kopfschüttelnd etwas, was er als ein „wird ganz bestimmt nicht wieder vorkommen" deutete.

Schnell war er oben. Die wenigen Schritte noch den dunklen Flur entlang bis zu seinem Büro. Keiner zu sehen, das war besser so. Er hatte keine Lust auf noch mehr peinliche Begegnungen. Erst einmal den Dreck abreiben. Im Büro hatte er ein altes Handtuch, wo genau wusste er zwar nicht, aber es würde sich schon aufstöbern lassen.

Kaum war er drinnen, stand Klara schon hinter ihm. Wahrscheinlich hatte sie den ganzen Vormittag nach ihm Ausschau gehalten. Irgendwann musste er ja kommen. Sie starrte ihn an, mit einem Blick, der sich zwischen Besorgnis und lautem, schallenden Lachen nicht recht entscheiden konnte.

„Paul, wie siehst du denn aus?"

Sie kam einen Schritt näher und küsste ihn auf den Mund. Vorsichtig gespitzte Lippen, mit einem gehörigen Abstand, damit sie ihn bloß nicht berührte. Ihr Blick wanderte mehrmals an ihm hinunter und wieder hinauf. Dabei bewegte sie den Kopf leicht hin und her. Kurz sah sie hinter sich, nur zur Sicherheit. Die Tür war zu. Sie stemmte die Arme in die Seite und wippte auf den Zehenspitzen auf und nieder.

„Kendziäke, was mache Sie dann in einem solchen Aufzuch in meinem Rathaus? Das iss eine Behörde und keine Bahnhofstoilette." Sie musste laut lachen und hielt sich dabei den Bauch. „Wenn der Chef dich so sehen würde, dann hättest du ein ernsthaftes Problem." Mit wenigen Schritten war sie einmal um ihn herum, das Kuriosum betrachtend, das hier in diesem Büro ausgestellt wurde. Er kam sich vor wie ein zweiköpfiges Kalb, entflohen aus dem Kuriositätenkabinett eines Naturkundemuseums. „Auch dein Rücken ist voller blinder Passagiere. Bis hierher haben sie es immerhin geschafft." Ihre Reise endete unter den suchenden Blicken von Klara. Sie fing an die stacheligen kleinen Ungetüme abzuzupfen.

Zumindest hatte sie ihr Lachen wiedergefunden, für den Moment. Die letzten beiden Tage waren schlimm für sie gewesen. Sie hatte die Abende bei Simone verbracht, bis tief in die Nacht. Jetzt war es wieder da. Das Lachen, das er so liebte. Nur ein kurzer Moment, der schnell wieder vom Druck der letzten Tage eingeholt wurde. Und er hatte ihr noch nicht erzählt, dass der Stefan tot war. Keine Ahnung, wie er damit anfangen sollte.

„Da, schau mal dieses Exemplar an!" Ein triumphierender Blick umspielte ihre Lippen und Augen. Direkt vor seine Nase hielt sie ihm ein Prachtexemplar in der Größe eines Tischtennisballes, haarig, stachelig, trocken. „Wo hast du dich herumgetrieben?"

Ihre Augen fixierten seine. Das Lächeln erstarb ebenso schnell. Ihre roten Augen füllten sich mit Tränen. Er schüttelte den Kopf.

„Wir haben sie noch nicht gefunden, Klara. Ich war mit Wolf und seiner Hundertschaft draußen unterwegs. In den Wiesen an der Selz, im hohen Gras dort und oben in Essenheim durch verlassene Obstfelder. Nichts." Er seufzte. „Sie haben nichts gefunden."

„Ihre Eltern waren gestern Abend bei der Simone. Ich war auch mit dabei, weil sie das wollte. Sie hatte eine solche Angst davor. Es ist ihr schlechtes Gewissen, das sie auffrisst. Ganz langsam nagt das an ihr, unablässig." Sie rieb sich die Tränen aus den Augen. „Paul, ich will nicht mehr weinen!" Große Tropfen rannen über ihre Wangen. „Sie haben zusammen dagesessen. Ihre Eltern und Simone, ohne ein Wort zu sagen. Ich habe das nicht mehr ausgehalten."

Unbeholfen stand Kendzierski vor ihr. Unschlüssig, wie er es anfangen sollte. Oder besser heute Abend, wenn sie da überhaupt zu ihm kam. Simone brauchte sie in ihrer Trauer dringender als er. Die würde ihr dann auch vom Selbstmord Stefans erzählen.

„Bitte halt mich fest, Paul."
Er nahm sie in den Arm. Vielleicht war es so besser.

28.

Sie hörte ihrem Atem zu. Im Traum oder im Wachzustand, das konnte sie schon lange nicht mehr genau sagen. Es war alles gleich. Gleich dunkel um sie herum und in ihrem Kopf. Aus der Welt und aus der Zeit war sie, wie lange schon? Die Gedanken flogen vorbei an ihr. So lange schon das alles. Diese Dunkelheit, der Geruch hier drinnen, die Schmerzen. Sie lehnte mit dem Rücken an den feuchten Betonbrocken. Schon lange hatte sie diesen Platz nicht mehr verlassen. Die Kraft für den Weg durch dieses Loch fehlte. Jedes Stück bedeutete Schmerz in ihr. Alle Kraft war heraus. Gebrüllt, geschrien, geschlagen. Sie wartete auf das Ende, das nahe war. Die wenigen Momente, in denen sie sich wach fühlte, versuchte sie sich zur Seite zu drehen. Der feuchte Schweiß der Steine. Sie saugte ihn auch aus ihrem T-Shirt, das ihn aufnahm und für sie speicherte.

Ein paar Bilder konnte sie dann vor ihre Augen bekommen. Bilder aus einer längst vergangenen Zeit, die Jahrhunderte zurückzuliegen schien. Blass in den Farben waren sie, die Bilder der Hochzeit. Der Zug durch das Dorf zur Kirche. Er hatte sie angesehen, ihren Blick gesucht. Seine Augen folgten ihr. Auch später wieder. Sie hatte es spüren können. An diesem Tag. Jetzt nicht mehr. Schnell war das alles auch wieder weg vor ihren Augen. Die blassen Bilder, denen die Geräusche und der Geruch längst schon abhandengekommen war. Schweigende Bilder, die sie zurück in den dunklen Dämmerzustand begleiteten, in dem sie nichts mehr spüren und nichts mehr fühlen konnte.

29.

Kendzierski fühlte sich unwohl in diesem Aufzug. Wenn möglich, vermied er es, sich in einen Anzug zu zwängen. Ein paar Jeans, die zur Not auch schwarz sein konnten, und ein Hemd. Jetzt, im Sommer mit T-Shirt, das war seine Standardausstattung, die akzeptiert wurde. Er war ja schließlich nur der Verdelsbutze und nicht der Verbandsbürgermeister. Erbes war immer fest verschnürt. Eingepackt in einen Anzug mit Hemd darunter und nie ohne Krawatte, egal wie heiß der Sommer war. Bunte Krawatten, von denen der Buschfunk im Rathaus behauptete, dass er sie sich ganz sicher selbst kaufte. Im Gegensatz zu seinen Anzügen und den dazugehörigen Hemden stachen die Krawatten farbkräftig und nicht immer passend heraus. Erbes schreckte auch nicht davor zurück, selbst seine ältesten Modelle aufzutragen. Farben und Muster der Achtziger. Seine schütter werdende Haarpracht, die geringe Körpergröße und der Bauchansatz. Er sah dann verdammt nach Norbert Blüms Doppelgänger aus. Irgendwie war er froh, dass er seinen Chef aber nicht noch abends in irgendwelchen Talkshows sehen musste.

Die farbigen Krawatten waren es sicherlich nicht, die Erbes dazu bewogen hatten, ihn am gestrigen Donnerstag in seinem Büro aufzusuchen. Wippend vor ihm mit einer klaren kurzen Anweisung. Kendziäke, Sie gehe da für mich hin, im schwatze Anzuch. Der scharfe Ton in Erbes' Stimme hatte Widerstand von vorneherein ausgeschlossen. Die Verbandsgemeinde muss bei dieser Beerdigung vertreten sein. Einer von uns muss dahin, Präsenz zeigen. Er ist der Täter und es ist ein schlimmes Verbrechen, aber es braucht auch immer ein Zeichen der Versöhnung. Erbes wippte weiter. Und der Anteilnahme mit der armen Mutter, die jetzt alleine dasteht.

Sein alter schwarzer Anzug, den er zur Hochzeit von Simone nicht hatte auftragen dürfen, kam somit zu seinem Einsatz. Im Kleiderschrank hatte er direkt neben dem hellen Leinenanzug von der Hochzeit gehangen und einen Teil seines Geruches übernommen. Der hatte ihn beim Anziehen zu Hause für einen kurzen Moment zurück in die Scheune versetzt. Die dampfenden Wärmebehälter aus Edelstahl im Rücken, Samanta und den schrägen Onkel Hans neben sich. Schnell war diese Erinnerung wieder weg gewesen, verdrängt von der gedrückten Stimmung der vergangenen Tage.

Der Friedhof war voll. Schweigende Massen, kaum ein geflüstertes Wort zu hören. Dicht gedrängt zwischen den Grabreihen standen hunderte Menschen. Anteilnahme oder Neugier. Kendzierski war sich nicht sicher, was die meisten bewogen hatte, hierherzukommen. Die brütende Hitze um kurz nach zwei an einem Freitag im August war es sicherlich nicht gewesen. Schlimm das alles. Diesen Satz hatte er geflüstert, geraunt und dahingeseufzt bestimmt ein gutes Dutzend Mal schon gehört. Und das Nicken dazu. Schlimm, dass man sie noch nicht gefunden hat.

Erst heute Vormittag hatte er mit Wolf telefoniert. Die Hundertschaft war vorerst abgezogen worden. Nach so vielen Tagen ein normaler Vorgang, wie er beteuert hatte. Der Fall war klar, nur die Leiche fehlte ihnen noch. Sie gingen mittlerweile davon aus, dass der Täter sie in den Rhein geworfen hatte. Irgendwann würde sie wieder angespült werden. Es war schwer einen Menschen für immer spurlos verschwinden zu lassen. Man brauchte nur ein wenig Geduld. Dann erst ließe sich auch der genaue Tathergang rekonstruieren. Die Spur von Stefan und ihr verlor sich immer noch an der Tankstelle im Mainzer Stadtteil Lerchenberg. Der Tankbeleg, den Wolfs Leute sichergestellt hatten, war am Samstag um 18.49 Uhr ausgestellt worden. Erst um kurz nach acht, vielleicht halb neun war der Stefan wieder auf der Hochzeit gesehen worden. Die Zeit dazwischen blieb bis jetzt eine große schwarze Dunkelheit. Die Kripo bat in den Mainzer Zeitungen um Mithilfe. Auf dem Lerchenberg waren 5000 Flugblätter verteilt worden. Ein Bild des Hochzeitsfotografen war abgedruckt. Claudia im bunten Blumenkleid, von der Seite, neben der Braut. Simones Gesicht war mit einem schwarzen Balken unkenntlich gemacht. Daneben noch das Foto von Stefan nach der Verhaftung. Die Polizei bittet um Mithilfe. Wer hat diese beiden Personen am Samstag gesehen?

Ein klein wenig Bewegung kam in die schwarze Masse unter dem strahlend blauen Himmel. Rücken wurden leicht zur Seite bewegt, Hälse gereckt. Dicht gedrängt standen die in den schmalen Wegen zwischen den Grabreihen, die auf dem Hauptweg keinen Platz mehr gefunden hatten.

„E ordentlich Beerdischung!", raunte eine ältere, grauhaarige Frau ihrer Nachbarin direkt vor Kendzierski zu. Die nickte anerkennend.

„Was für en Ufflaaf für en Mörder!"

„Und der leid jetzt uff unserm Friedhof!"

Beide nickten sie heftig. Ganz nahe schob sich die eine an das Ohr der anderen heran.

„Aber gonz hinne!"

Wieder nickten sie.

„Neberm Katze-Willi und de Chaussee-Margot. Ich wollt den nett neber mir leihe hun!"

Beide waren deutlich kleiner als die Trauernden vor ihnen. Sie schoben sich hoch auf die Zehenspitzen und neigten sich abwechselnd nach rechts und links, um einen Blick auf den Hauptweg zu erheischen. Die Vordere lehnte sich dabei so sehr nach rechts, dass er befürchtete, sie würde augenblicklich auf das blühende Grab neben sich fallen. Das fehlte jetzt gerade noch. Kendzierski hatte für sich schon beschlossen, dass er ihr ganz sicher nicht aufhelfen würde. Sollte sie doch liegen bleiben zwischen dem blühenden Grabschmuck.

Auf dem Hauptweg schritten langsam sechs Männer voran. In einheitliches Schwarz gekleidet, trugen sie einen hellen Sarg zwischen sich. Direkt dahinter folgte Stefans Mutter. Gekrümmt und gestützt. Ein grauhaariger, älterer Mann hielt sie notdürftig aufrecht.

„Ihr Nachbar."

Die beiden Kommentatorinnen des Trauerzuges zum Grab hatten ihre Köpfe wieder zusammengesteckt.

„Die hat ja sonst keinen mehr."

Ein klein wenig Bewegung kam in die gedrängte Menschenmenge. Die ersten schlossen sich dem Zug auf dem Hauptweg an in Richtung Grab. Für einen kleinen Moment öffnete sich rechts von Kendzierski eine Lücke. Eine Fluchtmöglichkeit, die er sofort nutzte. Es war mehr ein Reflex. Bloß raus hier, aus dieser Enge. Er hatte seine Schuldigkeit getan, Präsenz gezeigt und Erbes ausreichend vertreten. Das war genug! Langsam lief er in Richtung Auto. Der Parkplatz am Friedhof war überfüllt gewesen und auch die wenigen Parkbuchten in den Seitenstraßen. Im Schatten der Hauswände schlich er entlang. Ein entspanntes Wochenendgefühl wollte sich nicht so recht einstellen. Er hatte keine Lust jetzt nach Hause zu fahren. Klara war wahrscheinlich wieder auf dem Weg zu Simone, direkt nach der Arbeit. Jetzt gerade, wo der Täter beerdigt wurde.

Der Bach! Es war nicht weit zum Weingut von Karl Bach. Seit seiner ersten Woche hier in Rheinhessen kannte er den Winzer, länger noch als er Klara kannte. Damals im Herbst war Bachs polnischer Erntehelfer umgebracht worden. Kendzierski hatte so viel Zeit bei dem Winzer und seiner Frau verbracht. Herzliche Rheinhessen, die man nur nicht sonntags beim Mittagessen stören durfte. Einmal war ihm das passiert. Für Bachs Frau kein Problem. Sie hatte ihn eingeladen und ihm reichlich vom selbst gemachten Spießbraten aufgeschnitten. Ihr Mann hatte während des Essens konsequent und eisig geschwiegen. Eine halbe Stunde lang und ihm damit deutlich gezeigt, was er von ungebetenen Gästen am Sonntag zwischen zwölf und eins hielt. Heute aber war Freitag und die Mittagszeit längst vorbei. Kendzierski beschleunigte seine Schritte. Er hatte Lust auf eine Unterhaltung, bei der es nicht um Mord und die Suche nach der Leiche ging. Im Gehen zog er die Anzugjacke aus und hängte sie sich über die rechte Schulter, ganz plötzlich, das Gefühl befreit zu sein. Der Druck, den er eben noch empfunden hatte, war weg. Und auch ein paar Grad der Hitze, die der dunkle Stoff angezogen hatte.

„Oh, der Herr Bezirkspolizist persönlich!"

Karl Bach stand mitten in seinem Hof. Er hatte ihn sofort gesehen, als er in die Einfahrt einbog, die zwischen den beiden Wohnhäusern hindurchführte. Der Winzer stand vor dem dunklen großen Tor seiner Scheune, die das Gehöft nach hinten begrenzte. Er hatte seinen blauen Kellerkittel an und steckte in grünen Gummistiefeln. In seiner Rechten hielt er ein Weinglas, das er leicht kreisend bewegte und immer wieder an seine runde Nase führte. Er grinste aus einem wachen Gesicht. Seine lockigen Haare standen, wie meist, leicht wirr in alle Richtungen. „Für die Beerdigung sind Sie zu spät. Die stehen schon alle oben auf dem Friedhof." Er grinste noch immer. „Und für den Leichenschmaus ist es noch zu früh. Da werden Sie jetzt als Erster auffallen."

„Ich war schon dort. Mir hat es gereicht." Kendzierski ging über den gepflasterten Hof auf ihn zu.

„Da müssten Sie meine Frau ja gesehen haben. Die ist auch mitgegangen."

„Das waren zu viele dort oben, zwischen den Grabsteinen."

„Das kann ich mir vorstellen. Die Neugier treibt sie alle dort hoch und der gruselige Schauer. Der Mörder wird zu Grabe getragen. Auf unserem Friedhof." Er schnaufte und ließ das Glas sinken. „Es gab sogar ein paar, die wollten seine Beerdigung auf dem Friedhof verhindern. Bei uns ist kein Platz für einen Mörder und Vergewaltiger. Zum Glück hat der Pfarrer da nicht mitgemacht. Im Tod sind doch alle gleich." Der Bach sah ihn an. Mehr als ein Nicken brachte Kendzierski nicht zustande. Keine Lust auf das. Noch nicht einmal ein Wort.

„Ich habe im Keller zu tun. Wollen Sie mitkommen?"

Ohne eine Antwort abzuwarten, hatte Bach schon das kleine Türchen aufgezogen und sich in Bewegung gesetzt. „Machen Sie hinter sich zu. Es soll hier drinnen schön kalt bleiben."

Kendzierski lief ihm ein paar Meter durch die Scheune nach. Es wirkte dunkel hier drinnen, nach der gleißenden

Helligkeit draußen im Hof. Langsam gewöhnten sich seine Augen daran. Wohltuendes Dämmerlicht und eine angenehme Kühle. Der Geruch des Kellers kam hinzu. Sie gingen an grünen großen Wannen vorbei, die links in der Scheune ineinander gestapelt standen. Die Kelter aus glänzendem Edelstahl folgte. Bach bog nach rechts ab und verschwand durch einen Bogen aus gehauenem hellen Sandstein. Kendzierski kannte den Weg schon. Ein paar Stufen nach unten in ein Gewölbe aus groben Bruchsteinen. Eine liegende halbe Tonne, in der in zwei Reihen nach hinten große Holzfässer und kleine Barriques standen.

„Das ist der schönste Arbeitsplatz in der Nachmittagshitze." Bach hielt ihm ein leeres Weinglas vors Gesicht. „Ich bin dabei die Rot- und Weißweine durchzuprobieren. Klingt nach Spaß ist aber wirkliche Arbeit." Er grinste und ließ Weißwein aus einer langen Glasröhre in Kendzierskis Weinglas plätschern. Sein rechter Daumen, den er auf das spitz zulaufende obere Ende der Glasröhre drückte, beendete den Fluss, bis er das untere Ende über sein Glas bewegt hatte. Dort hinein ließ er den Rest Wein laufen, der sich noch in der Röhre befunden hatte.

„Ich will die Weißen in den nächsten Wochen abfüllen, wenn sie weit genug sind." Er senkte seine Nase tief in das Glas und sog die Luft lautstark ein. Kendzierski tat es ihm nach. Wie Bach bewegte er sein Glas danach in kleinen schnellen Bewegungen im Kreis, um dann erneut zu riechen. Kendzierski kannte das Prozedere mittlerweile. Wenn er auch nicht immer wusste, was er denn riechen oder schmecken sollte, so hatte er sich doch angewöhnt, zumindest den Rest nachzuahmen. Nur das schlürfende Kauen des Weines brachte er nicht zustande. Es war am Anfang die Scheu gewesen. Wie doof sah das denn aus. Kauen, Schlürfen und

Schmatzen mit Wein im Mund! Die geräuschvolle Demonstration von Weinwissen. Seht her! Hier steht einer, der hat Ahnung! Der weiß, wie man einen Wein so richtig probiert! Wissendes Nicken nach dem letzten Schluck den Kopf leicht geneigt. Nach rechts oder links spielte keine Rolle, nur geneigt musste er sein. Ein leicht schmatzendes Nachkauen bei fortgesetztem Nicken steigerte die Spannung bis zum vielsagenden Kommentar. Seidige Textur, anhaltend im Abgang. Noch ein wenig verschlossen, aber mit gehörig Potential. Ich würde ihm noch ein, zwei Jahre geben, dann erst ist die Tanninstruktur harmonisch eingebunden. Klara hatte sich gebogen vor Lachen, als er seine über die Jahre erworbene Weinsachkenntnis mit genau diesen Worten an einem Becher heißem Glühwein auf dem Nieder-Olmer Weihnachtsmarkt vorgeführt hatte. Es war kurz vor Weihnachten gewesen, im letzten Winter, Schnee und Eiseskälte und sein dritter oder vierter Becher. Amüsiert hatten mindestens ein gutes Dutzend Zuschauer Kendzierskis Vorführung beobachtet, bevor Klara ihn sanft anschubste und seinen Abgang unter Beifall einleitete.

Unter den wachsamen Augen Bachs hielt er es für angeraten zu schweigen. Der hatte mehr Ahnung von Wein und er würde sich hier nicht um Kopf und Kragen quatschen. Daher nickte er nur und schluckte den Wein brav hinunter. Das war es, was er gebraucht hatte, nach der Hitze, dem Friedhof und dem Sarg.

„Ein Weißer Burgunder aus dem letzten Jahr. Alter Weinberg, auf Kalkstein gewachsen. Den haben wir in mehreren Durchgängen ausgelesen, nur ein paar Trauben pro Stock sind geblieben. Seit Ende Oktober liegt der hier drinnen in einem alten Holzfass. Als Saft ist er da hineingekommen, vergoren und bis jetzt auf der feinen Hefe geblieben."

Bach sah ihn fragend an. Erwartete der jetzt auch noch einen Kommentar von ihm? Nach Wein schmeckte der, aber das konnte er ihm ja kaum sagen. Weinig, fruchtig.

„Schmeckt gut." Zur Unterstützung seiner Worte nickte er mehrmals und versenkte seine Nase schnell wieder im Glas. Geschäftig riechend. Bach grinste breit.

„Nach so vielen Jahren hier hätte ich jetzt schon einen schwungvollen Kommentar von Ihnen erwartet. Papaya, Ananas, Sternfrucht, Litschi. Oder so etwas Ähnliches. Leicht stängelige Pfirsicharomen in der etwas blättrigen, dabei südfruchtartigen Nase. Oder besser noch Früchte, die gar keiner kennt. Das ist die ganz sichere Methode: Physalis, Sharon, Felsenbirne und ein Hauch Apfelbeere."

Der Bach lachte und nahm einen Schluck aus seinem Glas. Kein Kauen, kein Schlürfen.

„Der Weiße Burgunder ist durch die Zeit im Holzfass weicher geworden. Weniger die fruchtigen Aromen sind zu schmecken. Es ist mehr eine Note, die an Sahne oder Karamell erinnert. Der Sauerstoffeinfluss auf den Wein verändert ihn und die Zeit, die man ihm für die Reife lässt. Und die Hefe natürlich. Er schmeckt fast ein wenig danach. Das ist zusätzliches Aroma für den Wein. Er wirkt dann kräftiger. Mehr Volumen und er bleibt länger im Mund."

Bach nahm noch einen Schluck, so als ob er seine eigenen Worte überprüfen wollte. Er nickte auch noch dazu. Sein Glas war leer.

„Sie können den Rest ruhig weggießen. Ich hole schon mal den nächsten." Bach drehte sich weg und ging ein paar Meter weiter nach hinten in den Keller. Ein großes Holzfass stand da. Kendzierski trank den letzten Schluck des Weißen Burgunders schnell aus. Der war zu gut, um ihn in den Spucknapf zu schütten, der gleich neben der Treppe stand. Und nach all dem heute und in den letzten Tagen, brauchte er eine Ablenkung. Frusttrinken, meldete sich sein Gehirn mahnend und dann in die Hitze hinaus. Die würde ihn wahrscheinlich umhauen. Noch bevor er sich mehr Gedanken darüber machen konnte, war der Bach schon wieder zurück mit seiner Glasröhre. Wieder war sie mit Weißwein gefüllt, der aber noch trüb aussah.

Beide betrachteten sie den Wein still, in sich gekehrt, rochen daran und nahmen einen Schluck in den Mund.

„Riesling."

Kendzierski lächelte wissend und wartete auf Bachs Antwort. Der sah für einen kurzen Moment von seinem Glas auf und grinste. Sein Blick senkte sich wieder und er nahm noch einen Schluck in den Mund.

„Sie können gut lesen, Kendzierski, alle Achtung. Ab jetzt bekommen Sie nur noch Wein aus unbeschrifteten Fässern."

Beide schwiegen sie. Langsam spürte er die Ruhe, die über ihn kam und das zarte Gefühl, im Wochenende angekommen zu sein. Ruhe und Erholung von dieser grausamen Woche, die hinter ihm lag. Hoffentlich würde er Klara zumindest für ein paar Stunden von Simone loseisen können. Auch sie musste irgendwann anfangen, Abstand zu gewinnen. Ein wenig Distanz zu den Ereignissen, die sich wahrscheinlich erst dann einstellte, wenn sie Claudias Leiche gefunden hatten. Langsam verstand er, warum Angehörige die Täter anflehten, ihnen ihre Toten herauszugeben, das Versteck zu verraten. Sie brauchten den Körper, um Abschied zu nehmen. Die letzte Sicherheit, dass der Mensch, den man liebte, wirklich tot war. Ansonsten blieb immer ein winziges Restchen Hoffnung übrig, dass verhinderte, sich zu lösen. Kein Abschied und damit auch kein Blick nach vorne. Unterbewusst hingen sie an dem Moment, in dem sich die Tür öffnete und der tot Geglaubte wieder vor ihnen stand.

„Es ist wirklich ein Riesling." Bachs Worte holten ihn aus seinen Gedanken zurück. „Den habe ich gestern zum letzten Mal aufgerührt und die Hefe in Bewegung gesetzt. Jetzt kann er sich klären und in zwei bis drei Wochen ist er auch soweit. Das ist der dichteste Riesling, den ich jemals hatte. Ganz wenige Trauben nur an den alten Stöcken. Der reizt die Zunge so richtig. Die Frucht, die Säure, das Mineralische. Wie ein Konzentrat, ganz lange bleibt er im Mund, auch wenn man längst geschluckt hat."

Bach strahlte. Ein Lächeln, das fast ein wenig entrückt wirkte. Weit weg aus dieser Welt, in seiner ganz eigenen angekommen. Die die Probleme hier nicht kannte. Kendzierski nahm selbst noch einen kleinen Schluck. Den Rest goss er mit einem entschuldigenden Blick in den Eimer neben sich.

„Sie war hier."

Kendzierski musste husten. Es war das letzte Restchen Riesling gewesen, das er in seinem Mund hin und her bewegt hatte. Er wollte es auf der ganzen Zunge verteilen, um seinen Geschmack vollständig zu erfassen. Diese Fülle, das Aroma, das mit seinen Geschmacksnerven zu spielen schien. Zarte fruchtige und säuerliche Reize, dann wieder ein wenig Süße. Der zarte Hauch Karamell, den auch der Weiße Burgunder gezeigt hatte. Hier war er wieder zu schmecken gewesen.

„Wann?"

Nur krächzend war dieses eine Wort aus seinem Mund gekommen, bevor ihn sein Rachen erneut zwang, loszuhusten.

„Am Freitag war sie hier gewesen."

Langsam ließ der Hustenreiz nach und Kendzierski konnte durchatmen.

„Was wollte sie bei Ihnen?"

„Sie schreibt für verschiedene Zeitungen und Zeitschriften in Berlin."

Bach sah ihn an. Die Freude war aus seinem Gesicht verschwunden. „Sie wollte ein Portrait über unser Weingut machen und war deswegen am Freitag hier." Er überlegte kurz. „Genau vor einer Woche. Etwa um die gleiche Zeit, am Nachmittag." Bach drehte sich weg und ging ein paar Meter nach hinten in seinen Keller. Die Flucht vor der Erinnerung, die ihn gerade eingeholt hatte. Mit der Glasröhre, deren zugespitztes offenes Ende er mit seinem Daumen verschloss, hob er Rotwein aus einem kleinen Holzfass. Er goss Kendzierski und sich davon ein.

„Das habe ich aber der Kripo schon alles am Telefon erzählt. Auch, dass das ein sonderbares Interview war, das sie mit mir geführt hat." Er hielt kurz inne. Unschlüssig, ob er riechen, trinken oder weitererzählen sollte. „Wir hatten schon öfter Journalisten hier auf dem Hof. Die kommen, probieren, machen Notizen und stellen ein paar Fragen zum Weinstil. Ob Holzfass oder nicht, ob er lange auf der Hefe lag. Typische Fragen zum Wein eben. Dann nehmen sie noch ein paar Flaschen mit. Für die Probe zu Hause." Ein kurzer Moment der Stille. Nur Bachs Atem war zu hören. Sein Blick hing an seinem Glas fest, am Rotwein darin. Er bewegte das Glas langsam hin und her, um die Farbe besser beurteilen zu können.

„Sie hat nicht einmal einen Schluck probieren wollen und auch keine Flasche mitgenommen." Sein Blick blieb auf den Wein gerichtet. Das Glas hielt er jetzt ganz still. „Ich habe ihr die zwei Flaschen aufgenötigt, als sie im Gehen war. Wie will sie denn über meine Weine schreiben, wenn sie nicht einmal einen probiert hat?" Er sah ihn jetzt an, aus fragenden Augen, weit offen.

„Was hat sie denn gefragt?" Die Worte waren ohne seinen Willen über seine Lippen gekommen. Einfach so waren sie herausgefallen, ohne dass er sich darüber Gedanken gemacht hatte. Er wollte doch hinaus aus all dem, zumindest so lange, wie er hier unten war. Der Bach und der Wein, beide, um ihn vergessen zu lassen. Der Fall würde ihn noch früh genug einholen und auch das Wochenende nicht ruhen lassen. Also, was sollte das alles? Die Stationen des Opfers vor der Tat. Ein Bewegungsprofil für die drei Tage, die sie schon früher hier war. Das war Aufgabe der Kripo. Die hatten das längst gemacht und aus Bachs Aussage ihre Schlüsse gezogen.

„Sie hat herumgeredet, wie um den heißen Brei. Kaum zugehört, wenn ich auf die Weine kam, unsere Lagen, die Böden, und immer wieder nach der Technik gefragt. Welche Geräte wir im Keller besitzen, welche Filter. Ob wir den Most konzentrieren, mit Holzchips arbeiten oder mit anderen neuen önologischen Verfahren."

Bach schüttelte den Kopf.

„Dann hat sie mich ausgefragt, was ich davon halte, dass in anderen Ländern das Zerlegen des Weines in seine Einzelteile zugelassen ist. Man nutzt das in sehr heißen Weinbauregionen, um den Alkohol zu reduzieren. Der Wein wird über eine Art intelligente Zentrifuge in Alkohol, Aroma und Wasser zerlegt. Und dann wieder mit weniger Alkohol zusammengefügt. Der Sinn der Sache ist, dass man Weine jenseits der fünfzehn Prozent Alkohol schwer trinken kann. Die haben dann einen zu alkoholischen Geschmack, der störend ist. Außerdem ist es gegen den Trend. Man kann nur ein Glas trinken und ist voll."

Bach holte nur kurz Luft, um fortzufahren.

„Beim Zusammenbauen des Weines liegt es natürlich nahe, dass man nicht nur den Alkohol reduziert, sondern auch das Aroma ein wenig höher dosiert. Der ideale Wein wird zusammengebaut: weniger Alkohol, mehr Geschmack. Und wenn man das dann weiterdenkt, der nächste Schritt ist die Komposition. Einzelne Aromakomponenten des Weines werden aus Rohweinen gewonnen und dann nach Geschmack und Bedarf zusammengebaut. Der Weg zum idealen Wein steht offen. So wie es der Kunde möchte oder der Trend voraussagt. Mehr fruchtige oder mehr würzige Aromen. Ganz klar in der Ausprägung, damit jeder sofort beim Öffnen der Flasche die Sauerkirsche herausriecht, das Aroma von Waldbeeren und den zarten Hauch Vanille. Das ganze bei zwölf Prozent Alkohol und dennoch konzentriert im Aromenspiel, dichte und kraftstrotzende Weine. Immer noch ein Naturprodukt, aber den Unbilden der Natur enthoben. Ein zu kaltes Jahr oder ein zu heißes, wenig oder viel Regen – das spielt dann nur noch eine untergeordnete Rolle, wenn man die Weine wie mit einem Baukasten zusammensetzen kann. Ganz so, wie sie gebraucht werden. Sicher ist das alles noch Zukunftsmusik. Aber in Hörweite, so nahe, dass sie schon jeden einzelnen Ton erkennen, aber nicht hören können, aus welcher Richtung er zu ihnen kommt. Die Versuche laufen, auch hier. Die Geräte sind nur viel zu teuer, als dass sie sich ein normales Weingut würde leisten können."

Bach nahm einen Schluck aus seinem Glas, ohne dass er auch nur ein einziges Mal daran gerochen hatte. Er brauchte Wein auf der Zunge, um weiterreden zu können.

„Ich würde gerne wissen, wie viele Weine in den Regalen der Supermärkte so schon heute zusammengebaut sind. Das soll jetzt nicht so klingen, als ob ich jeden Fortschritt verteufeln würde. Der technische Fortschritt hat uns immense Vorteile gebracht und auch Qualität. Wenn wir heute Weine trinken müssten, die man uns aus dem Jahr 1800 geschickt hätte, dann würden wir uns wahrscheinlich gruseln. Zu sauer, dumpf und ungenießbar. Die Frage ist nur, wie weit darf man als Winzer gehen. Wo fängt unser Sündenfall an? Wo ist die Grenze bis zu der wir von Wein reden können? Und ab welchem Punkt müssen wir anfangen, dem Getränk, das so schmeckt und so aussieht wie Wein, einen anderen Namen zu geben, weil es konstruiert ist, zusammengebaut aus Einzelteilen."

Bach nahm noch einen weiteren Schluck aus seinem Glas, das jetzt leer war.

„Wenn man es genau nimmt, dann bräuchten wir eine Ethikkommission für den Weinbau auf der ganzen Welt. Wissenschaftler, Winzer und Philosophen, die sich darüber verständigen müssten, was Wein ist. Ob es reicht, wenn die Herkunft seiner Bestandteile der Rebstock ist. Oder ob mit dem künstlichen Entzug von Wasser im Saftstadium, bereits eine Grenze überschritten ist. Das ist sogar bei uns zulässig. Bis zu zwanzig Prozent Wasser dürfen sie dem Saft entziehen, vor der Gärung. Danach nicht mehr. Da wird es dann strafbar, nur nachweisen kann man es nicht. Im Weinbau sind wir damit an einem Punkt angekommen, der in vielen anderen Bereichen auch schon erreicht ist. Wir leben in der Epoche mit dem höchsten Wissensstand, seit es die Menschheit gibt. Und da stellt sich die Frage: Soll man alles machen, was technisch möglich ist? Sollen wir alles machen, was wir können? Ist die Grenze unseres Handelns das technisch Mögliche oder ziehen wir sie früher?"

Bach wollte einen weiteren Schluck aus seinem Glas nehmen und stellte dabei fest, dass es bereits leer war. Er musste für einen kurzen Moment schmunzeln.

„Vielleicht ist das eine Diskussion, über die wir in ein paar Jahren lachen werden. Der Fortschritt hat sie überrollt und die Gegner wirken im Rückblick wie die Maschinenstürmer der industriellen Revolution. Die haben die Dampfmaschinen klein gehauen, weil sie sie für Teufelszeug hielten. Im Grunde waren sie ihre übermächtigen Gegner, die ihre Arbeitsplätze und ihre Arbeitsbedingungen zerstört haben. Vielleicht sind wir in der gleichen Position. Wir wollen es nicht wahrhaben, dass wir keine Chance haben und eigentlich gegen etwas anrennen, was schon im Begriff ist, uns zu überrollen. Manchmal macht mir das richtiggehend Angst, Kendzierski. Heute funktioniert unser Gegenentwurf noch. Handwerklich gemachte Weine von kleinen Weingütern, Familienbetrieben. Als Gegenpol zur industriellen Massenware der Supermärkte. So polarisieren wir selbst als Winzer das Thema, um uns abzuheben. Was ist in zwanzig oder fünfzig Jahren? Die Betriebe werden größer. Der Geschmack der Weintrinker wird geprägt von dem, was den Markt dominiert. Wenn die aromatisierten Baukastenweine als Ideal gefeiert werden, hecheln wir hinterher. Hinter den Weinproduzenten, die alle technischen Möglichkeiten auch heute schon einsetzen können, steht viel Geld. Das sind große Konzerne, die beherrschen Märkte und Meinungen. Die haben das Geld für immense Werbekampagnen und die kaufen sich auch die Journalisten, die ihre Produkte positiv besprechen. Das ist in allen Bereichen doch so. Meinungen werden gelenkt."

Bach hielt inne. Etwas Fragendes lag in seinem Blick. Unsicherheit für einen Moment. Dann ein kurzes Auflachen: „Kendzierski, jetzt habe ich Sie so benebelt gemacht, mit meinem Redeschwall, dass Sie nicht einmal zum Probieren gekommen sind. Und ich weiß nicht mehr, was ich Ihnen eigentlich sagen wollte. Aber trotzdem vielen Dank, dass Sie so brav zugehört haben, bei dem aus allen Fugen geratenen Exkurs in Bachs Welt."

Er schüttelte den Kopf.

„Claudia, da waren wir stehen geblieben. Sie wollte nur über die Technik Auskunft und nicht über Ihre Weine."

„Stimmt. Da sind wir hergekommen." Das Lächeln verschwand wieder aus seinem Blick. „Vom Wein war kaum noch die Rede, zumindest nicht mehr von meinem. Keine Angst, ich habe ihr nicht all das erzählt, was ich jetzt hier über Ihnen ausgegossen habe. Sie wollte ja ein Portrait über das Weingut Bach schreiben für die Berliner Gourmet-Zeitschrift Slow Wine. Das freut einen als Winzer und die Händler in Berlin, die meine Weine verkaufen." Er sah wieder auf sein Glas und hob es kurz in Kendzierskis Richtung an. „Der Spätburgunder zum Beispiel geht fast vollständig an einen Weinhändler in Berlin. Mein bester Weinberg, kleine Beeren mit einem ganz eigenen intensiven Geschmack. Ein lange Maischegärung und dann ein Jahr Fassreife. Sie glauben nicht, wie froh der Händler ist, wenn sein Winzer in Farbe von einer Seite dieser Berliner Gourmet-Zeitschrift lächelt." Bach schnaufte. „Und sie hat nur nach Vakuumverdampfern zum Wasserentzug im Saftstadium und Zentrifugen zur Fragmentierung der Weine gefragt. Damit habe ich nichts am Hut. Meine Weine sind auch so dicht genug. Manchmal viel zu dicht für meinen Geschmack. Das ist der Wettlauf heute im Weinbereich. Dichter und dichter müssen die Weine werden, immer voller im Geschmack. Sie glauben nicht, wie froh ich bin, wenn ich mal einen ganz zarten Grauen Burgunder trinken kann. Leicht, verspielt, die Zunge nur kitzelnd, nicht betäubend. Keinen Wein mit über vierzehn Prozent Alkohol. Bei der Hitze da draußen die einzige Möglichkeit, sich nicht umzuhauen. Bei ihr ging es nur darum, was technisch eingesetzt wird, um die Weine noch voller, kräftiger und dichter zu bekommen. Danach hat sie immer wieder gefragt. Unser Gespräch immer wieder genau an diesen Punkt geführt. Erst ganz zufällig. Das dachte ich zumindest zu diesem Zeitpunkt noch. Dann immer wieder und mit jedem Mal direkter. Was halten Sie davon, dass diese Verfahren in der neuen Weinwelt alle längst gängig sind? Dass die Weine hier bei uns in Massen verkauft werden? Müsste da nicht hier bei uns nachgelegt werden, zumindest in der Forschung, damit der Zug nicht abgefahren ist, ohne die deutschen Winzer? Und in der Praxis? Wird da nicht längst auch Wein technisch konzentriert, obwohl es nur bei Saft zulässig wäre? Immer bohrender hat sie das gefragt. Wollte Kollegen wissen, über die man das erzählt. Ich kam mir vor, wie bei einem Verhör. Geben Sie es doch zu! Ihre Kollegen reden da auch offen darüber. Sie bleiben anonym, ich verspreche Ihnen das. Wir können da eine schriftliche Vereinbarung verfassen. Sie bleiben anonym. Natürlich nicht bei der guten Besprechung im Slow Wine. Schöne Fotos machen wir da noch dazu, sie werden sehen, was das für eine Resonanz bringt. Die Winzer, die wir vor Ihnen präsentiert haben, die haben einen ganzen LKW für Berlin fertig gemacht. So viele Anfragen und Bestellungen hatten sie. Ich kam mir vor wie bei einem Handel, Kendzierski. Insiderwissen für sie und eine positive Besprechung meiner Weine in 100.000er-Auflage. Das war Erpressung."

Bach sah ihn fragend an. Ohne auf eine Antwort zu warten fuhr er fort. Schnelle Worte, in Rage geredet.

„Ein Stück weit ist sie dann wieder zurückgerudert. Ich

solle sie nicht falsch verstehen. Das Portrait würde sie auf jeden Fall machen. Das eine habe mit dem anderen gar nichts zu tun. Sie sei natürlich wegen meiner Weine hier, die sie noch immer nicht probieren wollte. Aber die Technisierung im Weinbau, die Konflikte zwischen unterschiedlichem Verständnis, was Wein kann, soll und was man mit ihm darf, fasziniere sie eben. Alte Weinwelt gegen neue. Die Grenzen in Bewegung. Wie viel Konservativismus in der Weinbereitung sollten wir uns als Winzer leisten? Wenn die anderen alles dürfen, welchen Sinn hat dann das Handwerkliche noch? Vielleicht gibt es bald die erste Studie, die den fraktionierten Weinen eine höhere Gesundheitswirkung zuspricht. Sie sind ja im richtigen Verhältnis komponiert."

Bach schüttelte den Kopf und schnaufte. „Dann ist sie weg, mit den beiden Flaschen Spätburgunder, die ich ihr noch aufgedrängt habe. Es war ihr anzusehen, dass sie nicht zufrieden war mit dem, was sie bei mir erreicht hatte."

Bach schwieg und Kendzierski wusste nicht, was er sagen und denken sollte. Ruhe, einfach nur Ruhe. Mehr hatte er doch nicht gewollt hier unten in diesem Keller. Eine halbe Stunde andere Gedanken, beschwingt von ein paar Schluck Wein. Eine halbe Stunde nur, bevor ihn zu Hause und an diesem Wochenende die Trauer und die Abscheu wieder einholten. Die roten Augen Klaras, ihre Tränen, ihr Schluchzen, das sie bei der leidenden Braut nicht zeigen konnte. Stark dort und sie haltend, tröstend. Sie war für Simone das, was anscheinend ihr frisch vermählter Ehemann nicht war. Eine harte Bewährungsprobe schon in der ersten Ehewoche.

War Claudia auch aus diesem Grund am Hochzeitstag zu spät gewesen? Simone hatte so etwas erwähnt oder Klara, er war sich nicht mehr ganz sicher. Simone war es gewesen, am Telefon, als sie ihm vom Streit bei der Entführung der

Braut erzählt hatte. Sie hat mich sitzen gelassen am Tag der Hochzeit. Ein weiterer Termin bei einem Winzer, einer der ihr vielleicht mehr erzählen konnte und wollte als der Bach. Sie mit dem schmackhaften Köder lockend, dass sie ein Portrait verfassen wollte für die Berliner Gourmet-Zeitschrift. Vielleicht löste das die eine oder andere Zunge. Aber wo waren dann ihre Aufzeichnungen? Zettel, ein Laptop, ein Block für Notizen, Wolf hatte von all dem nichts erzählt. In seinem Kopf fuhren die Gedanken Achterbahn. Wirre Verbindungen, die alle nicht passten, nicht zu diesem Fall, zur verschwundenen Trauzeugin, zum Stefan. Zum Täter, der seine Tat durch den Selbstmord eingestanden hatte. Kein Ausweg mehr, verfolgt von dem, was er getan hatte. Rasende Bilder in seinem Kopf, während er alleine in der Zelle saß. Sein Licht am Ende des Tunnels war der Tod. Weiter kam er mit seinen Gedanken nicht. Es war der Bach, der ihm das Glas aus der Hand nahm und ihm auf die Schulter klopfte.

„Lassen wir das mit dem Wein für heute. Mir ist auch die Lust vergangen."

Beide machten sie sich auf den Weg die Stufen hinauf, zurück in die Scheune. „Meine Frau müsste jetzt zurückkommen von der Beerdigung. Lassen Sie uns noch eine Tasse Kaffee zusammen trinken. Sie hat frischen Hefekuchen mit Sauerkirschen gebacken. Das bringt uns auf andere, bessere Gedanken." Er schluckte. „Sie wird doch nicht wieder lebendig vom Stochern in den Erinnerungen der letzten Woche."

Bach sah ihn an, während sie durch die wärmere Scheune gingen. „Mit der Kirche habe ich nie viel am Hut gehabt, aber in einem solchen Fall wünsche ich mir doch so etwas wie ein höheres Gericht. Einer, vor dem der Stefan Kesselschmidt jetzt Rede und Antwort stehen muss. Auch wenn ein solcher Gedanke nur dazu dient, dass man hier unten besser damit zurechtkommt."

Bach schob im Gehen die Tür zum Hof auf. Die gleißende Helligkeit und die Hitze, die sie empfingen, waren wie ein Schlag, der Kendzierski unvorbereitet traf. Er drückte die Augen fest zu. Es waren doch nur ein paar kleine Schlückchen Wein gewesen. Das leichte Schwanken seines Oberkörpers konnte also nicht daher kommen. Alleine die brennende Sonne musste es sein, die sie hier draußen erwartet hatte. Langsam nur gewöhnte sich sein Körper daran. Am geöffneten Hoftor des Weingutes zogen schwarz gekleidete Menschen vorbei. Die Beerdigung schien zu Ende zu sein.

Bachs Frau kam über das Pflaster der Durchfahrt gelaufen. Das klappernde Geräusch ihrer Absätze überlagerte für einen kurzen Moment die Laute seines Telefons. In Kendzierskis Hosentasche knurrte es leise, dann lauter und deutlich hörbar. Klara, Freitag, 15.07 Uhr. Sie musste auf dem Heimweg sein, aus dem Büro. Wenn sie das Rathaus nicht zusammen verließen, dann meldete sie sich fast immer von der Straße. Er hatte den Klang ihrer Stimme schon im Ohr, wenn sie zu Fuß unterwegs war. Ihr Atem war dann deutlich zu hören, wenn sie den Anstieg hinauf musste, zu ihrer Wohnung ins Neubaugebiet zwischen den Weinbergen. Was machen wir heute Abend, zum Grass oder an die Selz und viel Ruhe?

„Paul, wo bist du? Ich weiß nicht, was ich machen soll!"

Es war nicht die Stimme, die er von ihr gewöhnt war. Flehende Worte fast, die da schnell aus ihrem Mund gekommen waren. Unsicherheit klang durch, Angst vielleicht.

„Ich bin hier oben in Essenheim bei Bachs. Was ist passiert?"

Er spürte den Schlag seines Herzens hier in der Hitze. Den Schweiß, der ihm den Rücken hinunterlief. Kleine feine Rinnsale, die kitzelten. Er nahm dies kaum wahr. Zu viele Gedanken schossen durch seinen Kopf. Claudia war der erste. Die Blumen ihres Kleides. Sein Kopf ließ bewegte Bilder aufflackern, für einen kurzen Moment nur. Die Erinnerung an den vergangenen Samstag, die Hochzeit. Schnell waren sie verschwunden. Die Farben um sie herum und die Bewegung. Sie lag da, tot in ihrem bunten Kleid. Aufgerissene Augen starrten ihn an, bevor sein Kopf die nächsten wackelnden Bilder schickte. Simone, die Braut, in ihrem Blut. Er drückte die Augen fest zu, um diesem Spuk dort oben in seinem Kopf ein Ende zu bereiten. Für einen Moment waren die hektischen Bilder dadurch noch klarer zu sehen. Immer noch Simone im ausladenden Reifrock.

Klaras Stimme holte ihn zurück in den Hof, auf das blaue Pflaster und unter die brennende Sonne.

„Paul, hier war eine Frau, die zu dir wollte. Sie hat die Claudia am Samstag an der Bushaltestelle auf dem Lerchenberg gesehen!"

In Kendzierskis Brust hämmerte ein überfordertes Herz. Nahe daran, zu bersten, schlug es gegen seinen Brustkorb. Schnelle, heftige Schläge, die ihn beben ließen. Mehrmals öffnete sich sein Mund, um Worte herauszulassen. Aber es standen keine bereit. Sein Kopf war nicht in der Lage dazu. Sekunden, die ihm wie eine Ewigkeit vorkamen.

„Paul, sie hat sie gesehen. Nicht weit von der Tankstelle entfernt hat sie auf den Bus in Richtung Hauptbahnhof gewartet. Sie hat sie wiedererkannt auf dem Flugblatt der Polizei."

Klaras Stimme wurde lauter, sie überschlug sich fast.

„Das Blumenkleid hat sie wiedererkannt. Sie hatte sich umgezogen und an der Haltestelle versucht, das Kleid in ihre Tasche zu stopfen. Die Frau ist mit ihr in den Bus eingestiegen. Wann und wo sie dann ausgestiegen ist, wusste sie nicht mehr."

„Warum erst jetzt!"

Es war wie ein Schrei aus ihm herausgekommen. Der Bach und seine Frau, die dicht beieinander in der Hofeinfahrt standen, drehten sich um. Aufgeschreckt von ihm und der Lautstärke seiner Worte, die wie ein Hilferuf geklungen hatten.

„Sie wohnt nur zeitweise hier in ihrer Wohnung auf dem Lerchenberg. Ihr Lebensgefährte arbeitet in München und da ist sie jede zweite Woche. Am Samstag war sie auf dem Weg zum Bahnhof und heute ist sie zurückgekommen. Deswegen hat sie den Zettel erst jetzt in die Hände bekommen. Auf dem stand, dass man sich bei allen Polizeidienststellen melden kann. Sie hatte hier in Nieder-Olm zu tun und ist deswegen vor deiner Tür gewesen."

Klara schluchzte. Für einen kurzen Moment war es still in der Leitung.

„Ich dachte, du bist das, und da bin ich raus aus meinem Büro. Ich habe alles aufgeschrieben, was sie mir gesagt hat, und sie nach Mainz zur Kripo geschickt." Wieder unterbrach ein Schluchzen ihre Worte. Wie ein Gewittergrollen erfüllte ihr Atmen sein Ohr. Er war unfähig, einen klaren Gedanken zu fassen. Nicht hier in dieser Hitze und so schnell.

„Paul, heißt das ..."

Weiter kam sie nicht, ein ersticktes Gurgeln war zu hören.

Kendzierski spürte, wie sich ihm der Magen zusammenzog. Claudia alleine an der Bushaltestelle. Umgezogen. Das Kleid verstaut. Wie passte da der Stefan noch dazu? Ihm war schlecht bei diesem Gedanken. Er versuchte ihn beiseitezuschieben. Eine Verwechslung, vielleicht. Das bunte

Kleid machte eine Verwechslung unmöglich. Er hatte sie wieder aufgegabelt. An irgendeiner Bushaltestelle, an der sie ausgestiegen ist. Unwahrscheinlich das! Kendzierski musste husten. Ein trockenes Würgen, das da aus seinem Hals gekommen war. Der Täter passte nicht mehr, verdammt! Es musste eine einfache Erklärung geben. Eine andere Frau, auch ein Blumenkleid, ein dummer Zufall. Die Zeugin, eine Verrückte, die sich aufspielen wollte, die Polizei an der Nase herumführen. Warum denn erst jetzt das alles?

Kendzierski spürte, dass sein Bild einen großen Riss bekommen hatte. Quer durch das farbige Gemälde ging ein Schnitt, ein tiefer. Irgendetwas stimmte nicht. Es passte nicht mehr. Dieses Bild vom schwitzenden roten Gesicht und der Trauzeugin im Blumenkleid, die sein Opfer wurde. Kendzierski hielt sich den Kopf mit beiden Händen, er schmerzte. Sein Schädel, der zu bersten drohte.

30.

Es stand wieder vor ihr. Ein flimmerndes Bild in Grau, wackelnd, wie von unruhiger Hand gefilmt. Die Seitenscheibe seines Geländewagens hatte er heruntergefahren und sich über den Beifahrersitz gebeugt. Seine großen Augen sahen sie fragend an. Wie an diesem Abend. Das Bild verlor langsam an Kontrast. Das Grau wurde schwächer und das Weiß greller. Hektisch blitzende Bilder eines vergammelten Stummfilmes, der die Gesichtszüge der Schauspieler übergroß ins Bild nahm. Sein Blick, der sie aufforderte, einzusteigen. Es war nichts Böses in diesem Blick. Ganz im Gegenteil! Das, was sie dazu bewog nach dem Türgriff zu fassen, sah nach einem Eingeständnis aus. Einem Eingeständnis seiner Schuld und einem letzten Versuch, die ganze Sache irgendwie zu retten. Sie konnte sich beim besten Willen nicht mehr an ein Wort erinnern. Alle Geräusche waren ausgelöscht. Einmal gesprochen und für immer verklungen. Ihr Kopf hatte die Tonspur zu den Aufnahmen getilgt. Lass uns reden und alles klären. Vielleicht hatte er so angefangen. Vielleicht aber auch ganz anders. Steig ein, ich erzähle dir alles von Anfang an. Sie spürte das weiche Leder des Sitzes jetzt wieder an ihren nackten Beinen. Es kühlte für einen Moment. Dann der sanfte Druck auf ihrem Oberkörper, als er beschleunigte und aus der Stadt hinausfuhr. Weg von der Bushaltestelle am Bahnhof, an der sie gerade erst ausgestiegen war. Der Endpunkt ihrer Flucht vor Stefan. Der wollte sie erst trösten und war dann immer zudringlicher geworden. Gar nicht loslassen mochte er sie. Gefangen in seiner Umklammerung. Das Blut aus ihrer Nase, als sie an der Tankstelle anhielten. Sie wollte einfach nur weg, hinaus aus diesem Auto, weg von diesem Kerl, der nach Schweiß roch und sie die ganze Fahrt immer wieder angestarrt hatte. Sie hatte so viel Angst gespürt in diesem Moment, dass sie sogar ihren Koffer zurückgelassen hatte.

Er musste mit seinem Geländewagen ihr und dem Stefan die ganze Zeit gefolgt sein. Sie hatte das nicht gemerkt, auch später nicht, als sie dem Stefan entkommen war und im Bus zum Mainzer Hauptbahnhof saß. Ein Geräusch in seinem Geländewagen war in ihrem Kopf erhalten geblieben. Zu fest eingebrannt war es dort oben, nicht zu löschen. Ein leises mechanisches Geräusch, das sie auch während der Fahrt mehrmals gehört haben musste, verbunden mit einem kurzen Surren. Die automatische Türverriegelung, die sich bei jedem Anfahren meldete, und noch einmal, als er auf dem

Parkplatz am Wald angehalten hatte und der Motor längst schwieg. Sie war ganz ruhig geblieben in diesem Moment. Alles war schon geklärt. Ganz sicher, sonst hätte sie sich zur Wehr gesetzt. Geschrien und gebrüllt. Als er näher an sie herankam, riss der Film. Die Hitze der Lampe schien ihn zu verdampfen. Es blieb das gleißende Licht, eine schmerzende Helligkeit, die ihre Augen blendete, auch hier unten tief in der Erde.

31.

Er kann sie gar nicht umgebracht haben!"
Bachs Frau hielt sich beide Hände vors Gesicht. Ihr Körper bebte, sie weinte still vor sich hin. Bach starrte ihn aus weit geöffneten Augen an. Schweigend standen sie zusammen, mitten im großen Innenhof der Bachs unter der brennenden Sonne eines frühen Nachmittags im August.

„Dann haben wir vorhin einen Unschuldigen beerdigt."
Eva Bach hatte die Hände vom Gesicht genommen. Ihre Augen waren rot und ihre Wangen feucht.

Kendzierski versuchte mit den Schultern zu zucken. Seinem Körper gelang es nicht, die Anweisung von oben sichtbar auszuführen. Nur eine leichte Bewegung seines gesamten Oberkörpers war daraus geworden.

„Vielleicht irrt sich die Zeugin und sie hat nur jemanden gesehen, der Claudia ähnlich ist. Am Kleid mit den Blumen will sie sie erkannt haben. Sie soll in der Nähe der Tankstelle auf dem Lerchenberg auf den Bus gewartet haben und damit beschäftigt gewesen sein, das Kleid in ihrer Tasche zu verstauen."

Kendzierski hielt kurz inne und bewegte den Kopf hin und her. Es war der hoffnungslose Versuch, seine wirren Gedanken da drinnen zu ordnen. Klar zu sehen, wie diese Stunden abgelaufen waren und die beteiligten Gesichter, die dazugehörten. Der rote Kopf von Stefan, schwitzend, kleine Tropfen auf seiner Oberlippe. Der wollte da nicht mehr hineinpassen. Warum machte sich Claudia aus dem Staub? Das sah wie eine Flucht aus. Das auffällige Kleid gegen Jeans und T-Shirt getauscht. Den Koffer musste sie dann bewusst in seinem Wagen zurückgelassen haben. Was hatte sie zu einer so überstürzten Flucht getrieben? Nur der Streit mit ihrer besten Freundin? Nichts wie weg und zurück nach Hause. Aber da war sie niemals angekommen und das erklärte auch nicht, warum sie ihren Koffer zurückließ. Hätte sie nur schnell weg gewollt, dann wäre sie bei Stefan im Auto geblieben. Der hätte sie ganz sicher zum Bahnhof gefahren. Das machte alles keinen Sinn. Nicht wirklich. Nur mit dem Stefan gab das ein stimmiges Bild. Farbig, bis ins Detail. Hatte er Claudia später wieder aufgegabelt? Dem Bus folgend, in den er sie hatte einsteigen sehen. Haltestelle für Haltestelle weiter, bis sie endlich ausstieg und er sie in sein Auto zerren konnte. Das Blut auf dem Sitz, das von ihr stammte, als Beweis für die Gewalt, den Zwang, den er anwenden musste. Die schnell beendete Flucht der Trauzeugin vor ihrem Mörder. Nur so ergab das alles einen Sinn. Sie war ihm wieder in die Arme gelaufen. Irgendwo auf der Strecke in Richtung Mainz. Die Stationen des Stadtbusses bis zum Bahnhof. Sie musste dort ausgestiegen sein und er musste sie zurück in sein Auto gezwungen haben. Dafür gab es aber bisher keine Zeugen. Auch das wollte einfach nicht zusammenpassen.

„Aber man nimmt sich doch nicht das Leben, wenn man

unschuldig ist!" Bachs Stimme klang dunkler als sonst. Rau fast, so als ob er heiser wäre. „Wenn er sie nicht umgebracht hat, dann braucht er das in der Vernehmung doch nur zu sagen." Bach stockte. „Und er muss das nur lange genug durchhalten. Irgendwann findet sich doch etwas, was ihn entlastet." Er sah Kendzierski fragend an.

„Die Beweislage war erdrückend. Der Koffer, den er verschwinden lassen wollte, die Spuren im Auto von ihr und auch an ihm. Er hat schon einmal eine junge Frau belästigt. Die Vorgeschichte und die konkrete Situation. Das passte alles."

Kendzierski schüttelte den Kopf. Der Versuch, den wirren Gedanken in seinem Kopf Einhalt zu gebieten. Den Gedanken, die den Stefan selbst zum Opfer machten. Ihr seht das falsch! Er ist der Täter! Er muss es gewesen sein und keiner sonst! Die Zeugin, die irrt. Die hat eine andere Frau gesehen. Sie ist der Schwachpunkt. Die Kripo muss ihre Aussage genau prüfen. Nur so geht es weiter. Vielleicht will sie sich auch nur wichtigmachen. Von dieser Sorte Zeugen gab es immer mehr als genug. Leute, die alles gesehen haben wollten. Wenn man dann nachfragte, blieb meist nichts davon übrig, spätestens wenn man ihnen Fotos vorlegte. Ähnliche Personen, gleiche Haarfarbe und schon war es um die Erinnerung geschehen. Die oder die oder vielleicht doch die. Ich weiß es nicht mehr genau, ich stand doch zu weit weg. Eine von denen kann es gewesen sein, vielleicht aber auch nicht. Kendzierski wollte gerade das Karussell in seinem Kopf anhalten, irgendetwas antworten auf Bachs Frage, die noch immer heiß und drückend in der Luft hing, als ein silberner Kombi auf den Hof fuhr. Bach drehte sich weg, um dem Auto ein paar Schritte entgegenzugehen.

„Bleiben Sie noch auf eine Tasse Kaffee und Kuchen. Ich

habe einen frischen Streuselkuchen mit Kirschen in der Küche stehen. Ich denke wir können alle ein wenig Abwechslung gut gebrauchen."

Eva Bach seufzte. Ihr Blick folgte ihrem Mann, der dem groß gewachsenen Fahrer des Kombis zur Begrüßung die Hand schüttelte. Kendzierskis Blick blieb an den geschwungenen leuchtend roten Buchstaben hängen, die sich über die gesamte Seite des Wagens zogen. Karl Neumayer Erben, Ihr Kellereibedarf in Mainz.

„Das kann ein wenig dauern. Der Westenberger will meinem Mann eine neue Kelter verkaufen."

In ihrer Stimme schwang deutlich hörbar mit, was sie davon zu halten schien. „Das ist die Berufskrankheit der Winzer und vor allem die meines Mannes. Wenn er ein wenig Geld gespart hat, dann steckt er das gleich in ein neues Spielzeug. Das Problem ist nur, dass seine Lieblingsspielzeuge alle erst ab 10.000 Euro anfangen." Sie schüttelte resigniert den Kopf. Ihre dunkelbraunen Haare bewegten sich leicht. „Da habe ich keine Chance mit meinen Argumenten."

„Seien Sie mir nicht böse, aber ich muss aus diesen Klamotten raus."

Kendzierski sah an sich hinunter. Er fühlte sich unwohl in seinem alten schwarzen Anzug. Klara brauchte ihn und sein Kopf hatte eine Ruhepause dringend nötig.

32.

Er hatte sich per Handy mit Klara vor dem Rathaus verabredet. Sie war fertig im Büro und er würde sie dann mitnehmen. Eine kurze Zeit für sich, ein paar Stunden nur des beginnenden Wochenendes. Klara wollte dann wieder zu Simone. Schon als er seinen Wagen an der Seite des Rathauses abstellte, erkannte er die beiden Menschen, die bei Klara standen. Er hatte sie noch nie gesehen, trotzdem stellte etwas in seinem Kopf eine Verbindung her. Kendzierski atmete tief durch, bevor er ausstieg und sich auf den Weg zum Rathauseingang machte. Die Sonne brannte hell auf die flimmernd grauen Pflastersteine. Tief in ihm rumorte es, ein drückendes Gefühl in der Magengegend, das sich zwischen Übelkeit und Hunger einpendelte. Seit dem Frühstück hatte er nichts mehr gegessen, vor der Beerdigung nicht und auch bei den Bachs hatte er das Kuchenangebot ausgeschlagen. Die Signale, die ihm sein eigener Magen schickte, eine sich schnell steigernde Übelkeit, die mit jedem Schritt wuchs, sprachen gegen den Hunger als Ursache. Klara hatte ihn gesehen und mit ihr wanderten auch die Blicke der beiden anderen Personen in seine Richtung. Traurige Augen, die er jetzt erkennen konnte, dunkelgrau umrandet.

„Hallo, Paul, das sind Claudias Eltern." Klaras Stimme stockte. Das Beben ihrer Unterlippe verriet, dass sie nur unter äußerster Kraftanstrengung die eigenen Tränen zurückhalten konnte. „Sie möchten kurz mit dir sprechen."

Klaras tiefes Ein- und Ausatmen war deutlich zu hören. Es klang fast erleichtert. Sie hatte es geschafft, ohne unter erstickten Tränen abbrechen zu müssen.

„Herr Kendzierski, wir möchten Ihnen dafür danken, was Sie bisher für unsere Tochter und für uns getan haben."

Die gefasste Stimme von Claudias Mutter. Eine Frau von knapp sechzig Jahren. Sie war einen Kopf kleiner als Kendzierski und trug wie ihr Mann dunkle Kleidung. Es war bei beiden kein Schwarz. Ganz sicher hatten sie sich bewusst gegen Trauerkleidung entschieden. Die Hoffnung bis zum letzten Moment, solange sie nicht gefunden worden war. Vielleicht lebt sie ja doch noch. Wir dürfen sie doch nicht aufgeben, müssen hoffen bis zuletzt. Ein dunkles Braun bei ihr und Dunkelblau bei ihm. Sie hatte graue Haare und eine Gesichtsfarbe, die sich kaum vom Farbton ihrer Haare unterschied. Ihre Augen leuchteten mitgenommen rot. Während sie sprach, hielt er den Kopf gesenkt, still den Blick nach unten gerichtet, die eigenen Schuhe und das Pflaster fixierend. Die dunkelbraunen Haare auf seinem Kopf und die kreisrunde lichte Stelle, die er in dieser Haltung zeigte, mehr war nicht zu erkennen. Das Schweigen kam Kendzierski endlos vor. Er nickte und verband damit die Hoffnung, dass sie etwas sagen würde. Er wusste doch auch nicht, was jetzt angebracht gewesen wäre.

„Wir haben sie noch nicht aufgegeben." Ihre Stimme zitterte ganz leicht. Sie schluckte hörbar. „Auch wenn uns die Polizei wenig Hoffnung macht." Aus trockenen roten Augen sah sie ihn an. Fragend irgendwie, auf Widerspruch wartend, den er nicht geben konnte. Wir finden Ihre Tochter lebend, versprochen. Der Strohhalm, ein zerbrechlicher Halt, den er nicht zu bieten vermochte. Sie war tot. Daran zweifelte er keinen Moment, egal was an diesem Hochzeitsabend passiert war.

Mit der Rechten zog sie einen großen braunen Karton aus dem Stoffbeutel, der zwischen ihr und ihrem Mann stand. Schlaff lag der Beutel da, während sie einen kleinen Schritt näher an ihn herankam. Das Gewicht des Kartons schien sie leicht nach vorne zu drücken. Kendzierski griff danach, um ihr die Last abzunehmen. Ein Reflex, mehr nicht. „Vorsicht Glas!" war auf den Versandkarton in großen dunklen Buchstaben aufgedruckt. Drei Pfeile zeigten an, wo oben und unten war. Mit den nun freien Händen öffnete sie den Karton oben und zog eine der drei Flaschen heraus. Direkt vor Kendzierskis Augen erschien das Etikett. Ein großer Schriftzug über die gesamte Breite; ohne ihn zu lesen, wusste er schon, von wem die Flasche war. Bachs Spätburgunder. So schnell, wie die Flasche erschienen war, verschwand sie auch wieder im Karton. Kendzierski spürte das Kartongewicht schwerer und dann wieder leichter werden, als die nächste Flasche vor seiner Nase erschien. Die Braut und der Bräutigam lächelten ihn an. Riesling feinherb Simone. Wieder war die Flasche verschwunden und die letzte erschien vor seinem Gesicht. Wieder die zwei, wieder lächelnd, wieder Riesling feinherb, Jörg diesmal.

Mit den Flaschen und den Bildern meldete sich die Erinnerung zurück. Die Farben, die Gerüche und die Töne des Samstags. Fast eine Woche war das jetzt her. Samantas Stimme klang in seinem Kopf. Er spürte ihren Arm auf seinem und konnte sehen, wie sie ihm nachschenkte. Das fast geleerte Glas nun wieder randvoll. Sie hatte immer bis zur Oberkante eingeschenkt so ganz anders, als er es sonst hier gewohnt war. Riesige Gläser, die höchstens halb gefüllt wurden, Raum lassend zum Schwenken. Sie hatte dabei gelacht, sonst müssen wir uns ja andauernd nachgießen. Wir sind doch zum Trinken und Feiern hier und nicht zum Einschenken. Er hatte nicht einmal gemerkt, dass es zwei unterschiedliche Weine gegeben hatte. Riesling Braut und Riesling Bräutigam. Die brüchige Stimme der Mutter holte ihn aus seinen farbigen Erinnerungsfetzen zurück.

„Es ist das letzte, was wir von unserer Tochter bekommen haben."

Sie stockte kurz, atmete aus. Kendzierski hielt die Kiste mit den drei Flaschen weiter vor sich, unschlüssig, was er damit machen sollte. Von dem Rotwein, den ihr der Bach aufgedrängt hatte, war wohl nur noch eine Flasche heil. Dann zwei Flaschen Hochzeitswein zur Erinnerung. „Der Karton hat länger gebraucht, weil beim Transport eine Flasche kaputt gegangen ist. Er ist von der Post neu verpackt worden. Sie hat die Flaschen schon am letzten Freitag losgeschickt. An uns, obwohl sie doch wusste, dass wir keinen Alkohol trinken. Mein Mann darf das nicht mehr."

Sie machte einen kleinen Schritt zurück und stand nun wieder neben ihrem Mann, der weiterhin nach unten sah. Gebeugt und starr. Er hatte sich die ganze Zeit nicht gerührt. „Bitte behalten Sie die Flaschen."

Sie griff mit ihrer Rechten nach der Hand ihres Mannes. Ihre roten Augen fixierten Kendzierski. Ganz leise sprach sie weiter mit erstickter Stimme.

„Und bitte finden Sie unser Kind. Wir möchten uns von ihr verabschieden."

Sie drehte sich weg und zog ihren Mann mit sich.

Der helle Stoffbeutel lag vor Kendzierski auf dem heißen Pflaster.

33.

Das Messer bewegte sich in seiner Hand. Sie zitterte, obwohl er sich angestrengt darauf konzentrierte ruhig einzuatmen. Ablenkung für einen klaren Kopf, den er in den nächsten Tagen ganz dringend gebrauchen konnte. Sie war doch selbst schuld, dass es so weit gekommen war. Sofort war es wieder da, vor seinen Augen, dieses Bild, das ihn ständig begleitete. Ihre weit aufgerissenen Augen, als er den Elektroschocker auf sie richtete. Den hatte er im Auto seit sie ihn in Frankfurt bedroht hatten. Vor gut zwei Jahren, tief in der Nacht auf dem Heimweg von der Disco. Es waren zu viele gewesen und sie standen um ihn herum. Mit den gezückten Messern machten sie kleine Kunststückchen, ließen sie mutig zwischen den Fingern wandern, klappen und blitzen. An diesem Abend hatte er sich geschworen, nie wieder unbewaffnet aus dem Haus zu gehen. Die Elektropistole reichte aus, um einen Menschen für einige Zeit in einen tiefen Schlaf zu befördern. Er schüttelte den Kopf heftig hin und her. Weg mit diesen Erinnerungen, weit weg. Sie mussten raus aus seinem Kopf oder ganz nach hinten gedrängt werden. In den hintersten Winkel seines Schädels, um dort still zu ruhen. Ansonsten kam er aus dieser Geschichte nicht mehr heil hinaus.

Bis gestern war alles perfekt gelaufen. So perfekt, wie es nie zu planen gewesen wäre. Es war der Zufall, der seinen heißen Kopf gerettet hatte. Das war sein Fehler, sein großes Problem, das er selbst nur zu gut kannte. Seitdem er denken konnte ähnelten sich diese Situationen. Er hatte alles unter Kontrolle bis zu einem Punkt. Er kündigte sich mit einem Brummen in seinem Schädel an. Ein gleichmäßiger, fast mechanischer Ton, der vom Stampfen seines Herzens begleitet wurde. Wenn es dort oben in seinem Kopf so weit war, war es eigentlich auch schon zu spät. Er verlor die Kontrolle über sich selbst und sein Handeln. In die Enge getrieben, wie ein Tier, reagierte er auch genauso. Wild und ohne Beherrschung. Und ohne Rücksicht auf den, der ihn so weit getrieben hatte. Als kleiner Junge schon hatte er so lange zugeschlagen, bis man ihn wegzerrte von seinem blutigen Opfer. Seine Eltern waren oft in Kindergarten und Schule zitiert worden. Ihr Sohn besitzt keine natürliche Grenze bei körperlicher Gewalt. Er schlägt auch dann noch zu, wenn der

Gegner wehrlos am Boden liegt, wenn er längst schon blutet und fleht. Er ist wie in einem Rauschzustand gewesen.

Am Samstag hatte er sich unter Kontrolle bekommen. Als sie dalag, vor ihm auf dem Boden. Alles an ihm hatte gezittert. Seine Fingernägel hatten sich tief in seine Handflächen gebohrt. Weiße geballte Fäuste, aus denen er das Blut mit aller Kraft herauspresste, bis er sie kaum noch spürte. Eine Zeitlang hatte er so dagestanden und dann alles richtig gemacht. Erst einmal Zeit gewinnen. Sie musste weg, irgendwohin, wo sie keiner finden konnte. Er brauchte Ruhe, um zur Besinnung zu kommen und um sich darüber klar zu werden, wie das alles weitergehen sollte. Irgendein Ausweg aus dieser verfahrenen Geschichte, in die sie ihn getrieben hatte mit ihrer nimmermüden Neugier. Geschnüffelt hatte sie vom ersten Tag, an dem sie hierhergekommen war. Sie wusste viel, viel zu viel, und sie stellte Fragen, die nur jemandem in den Sinn kamen, der gut informiert war. Nicht zum ersten Mal in den Tagen, seitdem es passiert war, mündeten seine Gedanken in genau diesem Punkt. Auf ihn konnte sie nur gekommen sein, weil einer der anderen das Maul aufgemacht hatte. Und jetzt, wo die Sache vollständig aus dem Ruder lief, würde der ganz sicher wieder quatschen. Bloß um die eigene Haut zu retten. Sie trieben ihn wieder in die Enge. Du bist verantwortlich, wenn sie Dummheiten macht. Halte sie unter Kontrolle, rede mit ihr. Sie kann schreiben, aber nicht über uns und unser Geschäft, sonst ist alles hin. Das ist deine Baustelle, also sieh zu, dass da alles glatt läuft. Bei dem Gedanken bebte sein ganzer Körper. Er hatte alles in Ordnung gebracht. Den Stefan hatten sie dafür dranbekommen, ein genialer Zufall. Er selbst hätte sie niemals töten können, aber es hatte ihm nichts ausgemacht, sie in dieses Loch zu werfen und sie still sterben zu lassen. Das hatte sie sich selbst zuzuschreiben.

Sollte er sie jetzt aus ihrem Loch holen? Wahrscheinlich war sie längst tot. Und die Polizei musste ihn erst einmal bekommen. Vielleicht half ihm wieder ein genialer Zufall. Die Zeugin, die den toten Stefan entlastete. Wenn sie sich in Widersprüche verstrickte, nach einer Woche. Woher wollte sie denn wissen, dass sie die Claudia wirklich gesehen hatte. Es war besser Ruhe zu bewahren und ganz still zu bleiben. Die größten Probleme lösten sich doch von selbst, wenn bloß die anderen keine kalten Füße bekamen und ihr Maul hielten.

Er rammte sein Messer tief in die Bauchdecke der Wildsau, die vor ihm an den Hinterläufen hing. Mit einem glatten Schnitt öffnete er den Bauch über die gesamte Länge.

34.

Das leise Plätschern der Selz war deutlich zu hören. Langsam floss sie neben ihnen dahin. Kendzierski hielt Klara ganz fest im Arm, um ihr Halt zu geben. Sie brauchte das ganz dringend. Das Zittern ihres Körpers spürte er deutlich. Heftig frierend kam sie ihm vor, obwohl es um kurz nach sechs noch immer drückend heiß war. Gerne hätte er sie jetzt nicht mehr losgelassen. Den ganzen Abend und die Nacht auch noch in seinen Armen behalten. Schutz für sie vor all dem. Es sollte nichts mehr an sie herankommen. Abprallen sollte es an seinem Körper. Und wenn es nur für den Rest des Tages und die eine Nacht war.

Aber Kendzierski wusste ganz genau, dass Klara nicht bleiben konnte. Sie atmete schluchzend ein und schwieg weiter.

Sie sammelte Kraft und Energie für später. Morgen war es genau eine Woche her, seit Claudia verschwunden war. Wie lange sollte das alles noch so weitergehen? Diese schreckliche Ungewissheit, was passiert war. Der letzte Hoffnungsschimmer, der so lange fortbestand, wie keine Leiche auftauchte. Wie lange noch? Das konnte vielleicht noch Tage, Wochen oder Monate dauern. Vielleicht fand man sie nie. Einrichten im Ungewissen. Immer so weiter und Klara ginge kaputt daran. Für die Braut war sie die wichtigste Person geworden. In guten wie in schlechten Zeiten. Jörg, der Bräutigam, bemühe sich zwar, aber du weißt doch wie Männer sind. Sie hatte ihn dabei angesehen aus großen Augen, die zu einem blassen Gesicht gehörten. Der Grund, warum sie gleich wieder nach Essenheim zu Simone musste.

Dort nahm Klara Simone als Erstes in den Arm, gab ihr Halt, spürte ihr Schluchzen. Meist schwiegen sie in Gedanken versunken, stundenlang. Klaras Versuche, für Ablenkung zu sorgen, waren immer nur von kurzer Dauer. Kindheitserinnerungen, die sie mühsam zusammensuchte, um sie aus dem kreisenden Strudel der Vorwürfe zu holen. Weißt du noch damals. Wie alt waren wir da, als wir uns in der Scheune deiner Eltern versteckt haben, damit meine Mutter mich nicht abholen konnte? Das muss oben unter dem Dach gewesen sein. Gehacktes Brennholz lag da. Als sie uns entdeckten, haben wir Scheite nach unten geworfen, um zu verhindern, dass einer die Leiter hochkam. Das gab Ärger! Ich habe zwei Tage Hausarrest bekommen. Meiner Mutter war es vor allem peinlich, dass ich nicht mitwollte. Was sollen denn die Leute von uns denken, wenn du dich weigerst nach Hause zu gehen. Ist es denn so schlimm bei uns, sind wir so schlimme Eltern? Das denken die von uns. Ich will das nie wieder erleben. Ich kann den Druck ihrer

Hand noch fühlen, wie sie mich hinter sich hergezogen hat, bis zum Auto.

Ein kurzes Lächeln vielleicht von Simone und ein Nicken. Sie kam da nicht heraus. Noch immer hing sie fest in dem Gedanken, dass alleine sie Schuld hatte an all dem, was passiert war. Hätte ich sie nicht mit Vorwürfen überhäuft, dann wäre ihr nichts zugestoßen. Wir wären beide zurück zur Hochzeit gekommen, hätten gefeiert bis in die Nacht und auch am nächsten Tag noch. Sie wäre jetzt wieder gesund in Berlin und nicht – Ende.

„Klara, sie braucht Hilfe. Du musst mit ihr reden. Sie soll den Polizeipsychologen nicht wieder wegschicken. Es muss ihr jemand helfen, der ihr Auswege aufzeigt. Meinetwegen kann das ja auch der Pfarrer sein, der sie getraut hat. Sie muss doch wieder in ihr bisheriges Leben zurückfinden, auch wenn das schwer ist. Das kannst du alleine nicht leisten."

„Paul, sie will niemanden sonst haben!" Das klang scharf. Worte, die Klara wahrscheinlich genau so auch von ihr gehört hatte. Ich will niemanden sehen. „Das hat für sie etwas Endgültiges. Trauerarbeit, das Beweinen einer Toten und Simone klammert sich noch immer an die Hoffnung, dass sie plötzlich vor ihrer Tür steht. Sie braucht Ruhe, eine Auszeit." Sie schwieg kurz. „Ich weiß auch, dass das unwahrscheinlich ist. Aber sie hängt an diesem Strohhalm, weil sie die Wirklichkeit nicht zu verkraften glaubt."

„Aber wie soll das weitergehen? Die nächsten Tage, vielleicht Wochen. Wer weiß, wann sie gefunden wird."

Er stockte für einen Moment. Der Versuch, die Worte aufzuhalten, die schon auf dem Weg zu seinem Mund waren. Zu spät und irgendwann musste es heraus.

„Sie ist ganz sicher tot und Simone muss sich mit dieser

Realität auseinandersetzen. Die Eltern von Claudia tun das doch auch!"

„Mir brauchst du das nicht zu sagen." Sie wurde lauter. „Und an ihr prallt das alles ab. Für sie lebt sie noch immer. So lange, wie man sie nicht gefunden hat. So lange, wie sie die Claudia nicht tot vor sich gesehen hat, lebt sie weiter. Paul, was soll ich denn da machen?" Es klang fast wie ein Flehen. „Lass uns noch bis übermorgen warten. Morgen ist Samstag. Der Hochzeitstag. Das wird noch einmal ganz schwer für sie. Danach werde ich sie zwingen, Hilfe anzunehmen."

Er drückte sie weiter fest und bereute, dass er mit diesem Thema angefangen hatte. So wenig Zeit hatten sie in den letzten Tagen füreinander gehabt und dann musste er Klara auch noch Vorhaltungen machen. Mit geschlossenen Augen sog er die Luft in sich ein. Eine warme Luft, die nach getrocknetem Gras roch. Die Stille hier draußen an der Selz. Der schmale Bach war nur ein paar Meter entfernt, aber hier kaum zu hören. Ruhig und gleichmäßig floss er an dieser Stelle vorbei. Die Wiesen um sie herum waren frisch gemäht. Das trocknende Heu ruhte zusammengeschoben und bereit für die Presse, die es in große Rundballen verwandelte. Am Ortsrand hatten schon die ersten fertigen gelegen.

Das Knurren seines Handys riss ihn aus seinen Gedanken und aus der Stille. Klara löste sich aus seiner Umarmung. Sie sah ihn mit glasigen Augen an. Die Anspannung bei jedem Anruf, die Hitze, das pochende Herz, die Angst, dass es endgültig sein würde. Wir haben sie gefunden. Kendzierski erschrak bei dem Gedanken, dass er diese Nachricht herbeiwünschte.

„Ja."

„Sind Sie Kendzierski?"

Die dunkle Stimme eines Mannes.

„Ja, wer ist da?"

„Ich möchte meinen Namen vorerst nicht nennen. Bitte haben Sie dafür Verständnis. Kann ich mich mit Ihnen treffen und reden, ohne dass gleich ein ganzes Polizeiaufgebot mit dabei ist?"

Ein Knacken in der Leitung und Stille. Die Verbindung war nicht besonders gut. Es rauschte sehr stark in seinem Ohr und auch in seinem Kopf.

Klaras fragender Blick, ein Flehen lag darin. Bitte sag, was passiert ist. Haben sie sie gefunden? Ist es vorbei?

„Wann und wo?"

Klara schluchzte laut auf und vergrub ihr Gesicht in den Händen. Ihr Körper zuckte.

„In einer halben Stunde im Ober-Olmer Wald an den ehemaligen Raketenbunkern. Da sind wir um diese Uhrzeit ungestört. Wissen Sie wo das ist?"

„Ja, ich komme."

Die Leitung war wieder stumm.

„Es ist nichts, Klara, bitte beruhige dich. Keine neuen Entwicklungen." Kendzierski überlegte kurz. „Soll ich dich bei Simone absetzen? Ich muss noch kurz nach Essenheim zum Karl Bach. Dann kann ich dich auf dem Rückweg auch wieder mitnehmen."

Klaras Augen verrieten, dass sie ihm nicht glaubte.

„Ich fahre selbst. Ich weiß nicht, wie lange sie mich braucht. Setz mich zu Hause ab." Schweigend gingen sie den Weg zurück zu seinem Auto.

35.

Von jetzt an würde es schnell gehen. Das meiste war überstanden und alles, was jetzt noch kommen mochte, erschien leicht. Federleicht. Es waren schöne Bilder vor ihren Augen, in ihrem Kopf, leichte, beschwingte Momente. War sie schon heraus aus ihrem Körper, der sie gefangen gehalten hatte, so lange? Angekettet fühlte sie sich durch ihn, unsichtbare Fesseln überall, die sie hinderten, loszukommen. Es ging einfach nicht. Sie spürte keine Angst mehr, wie noch am Anfang. Die Wärme, das Licht, die feinen Farben, sie zogen sie an. Machten ihr Komplimente, lockten sie. Ihr Körper konnte nicht folgen. Regungslos lag sie da auf dem harten Boden. Wollte weg, aber konnte nicht. Die Last der beschädigten Hülle. Zu schwach, um mitzukommen und noch zu stark, um sie einfach freizugeben. Irgendwo dazwischen hing sie fest im schmerzlosen Dunkel, das nicht mehr hier und noch nicht dort bedeutete.

Eben hatte sie die Stimme ihrer Mutter hören können. Komm her, wir pusten ihn gemeinsam weg, den bösen Schmerz. Das aufgeschlagene Knie, immer wieder auf dieselbe Stelle, wenn die Beine schneller sind als die Füße. Der geschotterte Weg in der Schrebergartensiedlung. Was hatte sie dort an Blut gelassen. Die Tränen liefen über ihre roten Wangen, wenn Mama die spitzen Steinchen aus der Wunde wusch. Sie sang dabei. Lieder, die sie aber hier nicht hören konnte. Sie sah nur, dass sie die Lippen bewegte. Langsam und zart. Die Töne damals lenkten ab, ihre schöne Stimme, die leichte Melodie. Gerne würde sie die hier auch hören. Sicher später, wenn sie dort ankam. Den Geruch hatte sie schon in der Nase. Es war ein warmer Geruch dort zwischen den Holzzäunen. Weiße Pfosten und dunkelgrüne Latten,

so schön ordentlich. Die Welt eines kleinen Mädchens an jedem Wochenende. Es roch nach Gras, Blüten und immer ein wenig nach Feuer. Grillzeiten gab es zwar, aber niemand hielt sich so recht daran. Das war eigentlich der Geruch ihrer Kindheit. Jetzt konnte sie es auch hören. Das Knistern des Feuers hier unten in der Erde. An ihrem Ohr knisterte es. Das Knacken und ein zartes Rauschen. Es war ein schönes Geräusch, das warmes Licht und die Stimme ihrer Mutter mitbrachte. Sie sang für sie:
> Es wollen zwei auf Reisen gehen
> Und sich die weite Welt besehn.
> Der Koffer macht den Rachen breit,
> Komm mit, es ist soweit.

36.

Wahrscheinlich war er nur hierhergekommen, um nicht wieder alleine zu Hause zu sitzen. Klara war jetzt bestimmt schon bei Jörg und Simone. Er wäre unruhig in seiner viel zu kleinen Wohnung herumgeirrt. Ruhe hätte er ja doch nicht gefunden, ohne sie. Den Kopf hätte er sich zermartert, darüber, wie das alles an diesem späten Nachmittag des vergangenen Samstags abgelaufen war. Während sie in der Scheune feierten, wurde die Trauzeugin weggeschafft. Vielleicht litt sie unsagbar oder war schon längst tot, als er sich das Glas immer wieder von der dicken Samanta vollschütten ließ, Riesling feinherb Simone oder Jörg, um nicht ans Heiraten erinnert zu werden. Die Angst, dass Klara ihn weiter mit verklärtem Blick ansah und ihn irgendwann selbst fragen würde. Du traust dich doch nicht, also muss ich es ja selbst in die Hand nehmen. Willst du mich heiraten? Überlegt wird nicht! Wer darüber nachdenken muss, der sucht schon Ausflüchte und ein verständliches Nein, das nicht zu sehr schmerzt. Oder besser noch einen Aufschub auf unbestimmte Zeit: Gib mir doch ein wenig Bedenkzeit. So etwas kann man nicht überstürzt entscheiden. Von solcher Tragweite der Entschluss, bindend für ein ganzes Leben, meistens. Wer so anfängt, der möchte es nicht wirklich. Beim besten Willen konnte er sich das nicht vorstellen. Er selbst im schwarzen Frack vor dem Altar. Willst du, Paul Kendzierski, bis dass der Tod euch scheidet? Was gäbe er bloß dafür, wenn sie ihn jetzt so ansehen würde. Hier direkt neben ihm laufend. Dieser Blick, der sein Herz spürbar fester schlagen ließ. Warum sehnte er sich immer nach dem, was er gerade nicht haben konnte? Das, was weit weg lag, unerreichbar erschien. Er musste den Kopf schütteln. Das war sein großes Problem schon immer gewesen. Das nahe Glück wusste er nicht zu schätzen, das machte ihm mehr Angst als Freude.

Das laute Zirpen der Grillen holte ihn zurück in den Wald, durch den er marschierte. Sein Kopf brauchte sogar einen kleinen Moment, bis er sich wieder zurechtfand und sich erinnern konnte, wozu er hierhergekommen war. Zu tief hing er in diesen Gedanken fest. Das alles nahm auch ihn mit, allerdings anders als Klara.

Sein Auto hatte er beim Förster abgestellt. Von dem großen Parkplatz führte ein gerader, breiter Weg in den Wald hinein. Mittlerweile akzeptierte er diese Ansammlung von Bäumen als Wald. Die Jahre hier in Rheinhessen hatten seine Wahrnehmung verändert. Er dachte schon fast wie die Eingeborenen. Kendziäke, alles was größer ist als ein Obstfeld, ist ein Wald. Wenn es kein Weinberg ist. Die Erklärung von Erbes, grinsend und wippend hatte er ihm das auseinandergesetzt. Bei gutem Wetter waren hier im Ober-Olmer Wald am Wochenende mehr Walking-Stöcke zu sehen, als Bäume. Und das, obwohl man in strammem Schritt nach einer guten halben Stunde den Wald in einer Richtung durchquert hatte. Für die andere Richtung brauchte man nicht viel länger, weil der Flecken Wald annähernd quadratisch in den ihn umgebenden Feldern lag. Wie ein richtiger Wald hatte er aber immerhin einen Förster, der reichlich geschossene Wildschweine verkaufte, und ein dazugehörendes Forsthaus. Bis weit in die Neunziger war ein Teil des Waldes militärisches Sperrgebiet der amerikanischen Truppen gewesen, die auch einen eigenen kleinen Flugplatz am Waldrand unterhielten. Hinter hohem Stacheldraht und von Raketen geschützt waren sie immer wieder mit ihren Panzern in den umliegenden Ortschaften unterwegs. Erbes hatte vielsagend dreingeschaut, als er ihm davon berichtete. Kendziäke, da bin ich morgens mit dem Auto unterwegs zwischen Stadecken und Elsheim und komme mir vor wie in einem Kriegsfilm. Sandsäcke am Brückenkopf über die Selz. Ein ausgewachsener Panzer zur Absicherung. Sein verklärter Blick und das geseufzte Das-waren-Zeiten-damals.

Heute erinnerte nicht mehr viel daran. Aus den nicht gesprengten Raketenbunkern waren begrünte Hügel mitten im Wald geworden. Aussichtspunkte auf einer großen Lichtung.

Warum sich der Anrufer gerade diesen Ort für ein konspiratives Treffen ausgesucht hatte, leuchtete ihm nicht wirklich ein. Egal wie lange sie sich dort unterhielten. Die Anzahl derer, die während dieser Zeit an ihnen vorbeikamen, würden sie kaum beziffern können. Auf dem kurzen Stück bis an den Rand der Lichtung waren ihm alleine drei große, vor sich hin stöckelnde Gruppen begegnet. Alles Frauen über sechzig. Bis es in drei Stunden, gegen 9 Uhr, langsam dunkel werden würde, war hier noch die Hölle los, zumal an einem Freitag.

Er hatte den Anrufer nicht einmal gefragt, worum es eigentlich gehen sollte. Klaras Blick in diesem Moment, ließ keine weiteren Worte zu. Der Name war ihm egal, sollte er sich hinter seiner Anonymität verstecken. Aber bevor er sich irgendwohin bestellen ließ, wollte er doch zumindest wissen weshalb. Mein Nachbar baut die Scheune aus, ohne Genehmigung. Da müssen Sie mal vorbeischauen. Vier Wohnungen werden das, wenn es erst einmal fertig ist. Wir haben ja so kaum noch Parkplätze in der Straße. Alle müssen sich eine Baugenehmigung einholen, das mussten wir doch auch damals. Und was hat das gedauert. Nur der feine Herr von nebenan, der macht, was er will. Die freundliche Dame am Telefon war sogar so anonym geblieben, dass sie nicht einmal den Ort bekannt gab, in dem sie und ihr Nachbar wohnten. Wahrscheinlich baute der noch immer munter vor sich hin und sie wartete darauf, dass der Verdelsbutze endlich nach dem Rechten sah. Zwischenzeitlich hatte sie ganz sicher schon allen im Dorf erzählt, dass der zuständige Bezirksbeamte nicht einmal auf eine Anzeige reagiere. Machtlos ist man als kleiner Mann!

Jeder konnte es sein. Kendzierski drehte sich einmal langsam im Kreis. Die Steine unter seinen Füßen knirschten. Bei Nummer zwanzig hörte er auf zu zählen, auch wenn er erst eine knappe Hälfte absolviert hatte. Radfahrer, Spaziergänger und Jogger. Einzeln viele, zu zweit wenige und drei größere Gruppen von mehr als vier Personen. Absolut anonym das alles hier. Mehr los war um diese Uhrzeit wahrscheinlich nur am Mainzer Hauptbahnhof. Einen sinnloseren

Ort gab es anscheinend gar nicht für ein Treffen. Brisante Informationen ohne Zeugen ausgetauscht. Er war wirklich bescheuert, sich auf dieses Spielchen eingelassen zu haben. Sein Blick wanderte jetzt schnell hin und her. Das war ein verdammt guter Ort, mit Bedacht ausgewählt. Nirgends ließ sich so gut erkennen, ob er wirklich alleine gekommen war. Ganz unauffällig war er zu beobachten. Der musste sich nur als Spaziergänger, Radfahrer, Walker oder Jogger verkleiden und ihn ein paarmal umrunden. Wenn er sich einem anderen Läufer für ein Stück anschloss, war er nicht mal mehr als Einzelläufer verdächtig. Er würde ihn so lange aus der Nähe und der Ferne in den Blick nehmen können, bis er sich seiner Sache sicher war. Keine Gefahr mehr, der ist alleine. Ein paar Worte und schon konnte er wieder im Schutz der Massen verschwinden. Er musste grinsen, über sich selbst. Über sein Herz, das in trauter Übereinstimmung mit seinem hektisch suchenden Rundumblick spürbar die Schlagfrequenz erhöht hatte. Und er hätte jetzt eigentlich gerne laut losgelacht über das Pärchen, das ihm auf dem geraden Weg entgegenkam. Zweimal drückte er seine Augen mit aller Gewalt zu, um aus diesem Traum aufzuwachen. Vollkommen unmöglich! In leuchtend roter langer Trainingshose und kurzem gelben T-Shirt kam er ihm entgegen. In Gesellschaft seiner Frau, die in identischer Bekleidung steckte und wie er schwungvoll Beine und Stöcke nach vorne warf. Ein weißes Stirnband trug nur er. Kendziäke, kein Wort zu irgendjemand, sonst lerne Sie mich kenne! Hastig drehte er sich um. Ein Moment mehr Zeit noch für eine Entscheidung. Erbes' Gesicht, er hätte es zu gerne gesehen, wenn er ihn erkannte. Der war hier nur deswegen unterwegs, weil seine Frau ihn dazu zwang. Eine andere Möglichkeit gab es nicht. Ein kurzer Gruß, vielleicht blieb sein Chef bei ihm stehen.

Kendziäke, verstehen Sie das nicht falsch hier. Meine Frau braucht die Bewegung und ich kann sie ja nicht alleine laufen lassen. Sie verstehen mich. Wenn der anonyme Anrufer ihn genau in diesem Moment beobachtete, dann schöpfte er sicher Verdacht. Seine Beine entschieden die Situation. Kendzierski trabte los. Erst schneller, um Abstand zu schaffen. Dann ganz gemütlich, eine kleine Runde, um fünf Minuten später wieder am Fuß des Erdhügels zu stehen. Er sah auf die Uhr. Eine Dreiviertelstunde war fast vergangen seit dem Anruf. Alles nur ein dummer Scherz. Weiter kam er nicht mehr mit seinen Gedanken. Er spürte eine Hand auf seiner rechten Schulter, für einen kleinen Moment nur, und dann die Stimme.

„Ich dachte schon, Sie kommen gar nicht mehr!"

37.

„Heinrich-Otto, war das nicht eben dein Kendziäke?"
Die Worte kamen abgehackt aus ihrem Mund. Sie waren schon seit einer guten halben Stunde unterwegs, immer im Kreis um die Lichtung. Ihr Kopf glühte, eine unerträgliche Hitze dort oben. Nur schwer konnte ihre Atmung Schritt halten mit dem Tempo, das ihr Mann vorgab.

Sie hatte ihm zu Weihnachten die Stöcke unter den Baum gelegt. Bei dem Gedanken daran stieg die gefühlte Temperatur in ihrem Schädel um etliche Grad an, war nahe am Siedepunkt, ein paar Minuten noch und sie würde zu pfeifen beginnen wie ein Teekessel auf der Herdplatte.

Sie war nicht ganz bei Sinnen gewesen, als sie die Stöcke kaufte. Im Grunde genommen hatte der Verkäufer Schuld, der sie so lange bearbeitete, bis sie die Dinger nahm. Das Alter, die Konstitution ihres Mannes, das zunehmende Gewicht und der Bauchumfang. All das ließ sein Risiko für einen Herzinfarkt steigen. Für den Besuch im einzigen Sportgeschäft in Nieder-Olm kurz vor Weihnachten hatte sie sich also mit Bedacht entschieden, wenn auch mit etwas anders gearteten Vorstellungen. Erst im Laufe des knapp einstündigen Aufenthaltes dort bekam alles eine Wendung, die sich ihr erst einige Tage später voll erschließen sollte.

Sie hatte einen Trainingsanzug für ihren Mann und dazu passende Schuhe kaufen wollen. In einem zweiten Schritt sollte dann die Schnuppermitgliedschaft im örtlichen Fitnessstudio folgen. Wie es der Zufall wollte, war diese im lokalen Veranstaltungsblatt als Super-Angebot groß und farbig beworben worden. Dadurch war sie erst auf diese Idee gekommen. Die Schnuppermitgliedschaft war auf drei Monate begrenzt und auf zwei Abende in der Woche fest fixiert. Da ihr Mann nichts so sehr verachtete, wie unnütz ausgegebenes Geld, würde er von Januar bis einschließlich März keinen der durch seine Schnupper-Mitgliedschaft bereits bezahlten Termine auslassen. Da ihre beiden Freundinnen sich im Hinblick auf ihre jeweiligen Gatten für das gleiche Geschenk entschieden hatten, versprachen die drei Monate einige Abende, die sie gemeinsam ungezwungen bei dem einen oder anderen Glas Prosecco würden verbringen können.

Soweit die Idee, die durch das Beratungsgeschick des sportlichen Verkäufers leicht abgeändert in ihr Verderben geführt hatte. Schuld waren nur die beiden Stöcke, über deren Erwerb sie sich zunächst noch sehr gefreut hatte. Zumindest so lange, bis sie zum Klang von „Stille Nacht, Heilige Nacht" sein Geschenk, einen Trainingsanzug in der gleichen Farbe, auspackte, samt passendem Schuhwerk und praktischen Stöcken.

Sie hasste den Verkäufer jetzt in diesem Moment gerade wieder einmal abgrundtief dafür. Und da der natürlich wie immer nicht in der Nähe war, um ihn ihren Hass spüren zu lassen, musste ihr Mann daran glauben.

„Heinrich-Otto", japste sie noch einmal, jetzt aber lauter, damit er es deutlich hören konnte.

„Was ist denn?" Er drehte sich kurz zur Seite, um ebenso schnell wieder den Blick starr nach vorne zu richten. Sein Lauftempo verlangsamte er nicht, ein gleichmäßiger, klappernder Takt.

„War das nicht eben dein Bezirkspolizist?"

„Wo?"

Der verschreckte Blick in seinem Gesicht und die weit aufgerissenen Augen linderten ihre eigenen Qualen schlagartig.

„Da vorne läuft er."

Sie bewegte den Kopf sacht in die Richtung, in die sie beide liefen. Mit letzter Kraft gelang es ihr sogar das Tempo leicht zu erhöhen. Neben ihr wurde deutlich lauter geatmet.

„Der muss uns gesehen haben. Eben ist er uns noch entgegengekommen." Bloß zur Kontrolle sah sie noch einmal kurz neben sich. „Soll ich ihn rufen?"

Abrupt blieb ihr Mann stehen und sah sie aus großen Augen an.

„Bloß nicht!" Hektisch atmete er und drehte seinen Rücken vorsichtig in die Richtung, in der sie Kendzierski gesehen haben wollte. Das fehlte jetzt gerade noch. Er fuhr extra hierher, damit ihn nicht jeder erkannte.

„Lass uns zurückgehen, zum Auto. Es war in den letzten

Tagen etwas viel mit dem Laufen. Mein rechtes Kniegelenk meldet sich wieder."

Um dies zu unterstreichen verzog er sein Gesicht. Sie lächelte verständnisvoll und nickte. Sie spürte einen leichten Windhauch, der die Hitze zu lindern vermochte.

38.

Kendzierski hatte sich zu schnell umgedreht und wahrscheinlich erschrocken dreingeblickt. Zumindest vermittelte ihm der Gesichtsausdruck seines Gegenübers genau diesen Eindruck. Dem Selztal-Schimanski habe ich aber einen ganz schönen Schrecken eingejagt. Große Augen, weit aufgerissen, nur wegen meiner Hand, die ich ihm auf die Schulter gelegt habe. Den Blick hättet ihr mal sehen müssen. Das Gelächter konnte er sich gut vorstellen.

„Das ist meine dritte Runde um die Lichtung."

Im Stehen trabte er unaufhörlich weiter. Der süßliche Geruch eines schwitzenden Oberkörpers. Kendzierskis Gedanken waren schon wieder unterwegs. Nicole Uphoff auf Rembrandt, einem der besten Hengste des deutschen Dressursportes. Direkt hier vor ihm, auf der Stelle tänzelnd, ganz gleichmäßig.

„Ich dachte schon, Sie hätten kein Interesse an meinen Informationen."

Ein gequältes Grinsen, um der Situation hier die Spannung zu nehmen.

Der andere sah sich kurz um. „Lassen Sie uns auf den Bunker steigen. Die Aussicht ist ganz ordentlich und außerdem sind wir da unter uns."

Ohne eine Antwort abzuwarten, drehte er sich um und trabte los. Mit langsamen Schritten folgte Kendzierski. Sein Laufpensum für den heutigen Tag und auch einen Großteil der nächsten hatte er längst absolviert, auf der Flucht vor Erbes, seiner Frau und den klappernden Stöcken.

Als er die ersten von mindestens einhundert Stufen auf den dicht bewachsenen Bunkerhügel nahm, war der andere schon oben. Er sah wie ein erfahrener Dauerläufer aus, zumindest die Kleidung vermittelte diesen Eindruck. Eng anliegende, lange, schwarze Laufhosen, die jede Körperkontur durchscheinen ließen. Fast ebenso eng bedeckte ein blaues Trägerhemd notdürftig seinen schwitzenden Oberkörper. Weiße Laufschuhe und ein Gürtel, an dem eine Kunststoff-Trinkflasche festhing, vervollständigten die Ausstattung des ambitionierten Feierabendläufers. Den Kopf frei machen vom Arbeitstag, etwas für die Fitness tun, abschalten und mal so richtig ans Limit gehen. Wie neugeboren fühlte man sich danach. Er war sich nicht mehr sicher, wer ihm dieses Loblied auf das monotone Rundenlaufen gesungen hatte.

Die Hälfte der Treppen musste er zurückgelegt haben. Sein Puls schwoll mit jedem weiteren Schritt hörbar an.

Alles an seinem Informanten wirkte sehr sportlich. Die nackten Arme und die eng umhüllten Beine sahen drahtig muskulös aus. Er war einen Kopf größer als Kendzierski und ein paar Jahre älter, schwer zu schätzen, aber schon deutlich über vierzig. Blonde dünne Haare, kurz gehalten, die kahle Stirn reichte schon bis auf den halben Kopf hinauf. Er sah gut gebräunt aus, viel draußen oder frisch aus den Sommerferien. Aktivurlaub im Hochgebirge oder Surfen, eher Letzteres. Geölt in der Sonne, den Oberkörper drapiert auf einem großen Badetuch. Surfbrett und Segel links und rechts neben ihm. Schnorchel und Profibrille für die unauffällige

Annäherung an den FKK-Bereich von der Seeseite aus. Kendzierskis mit Sauerstoff unterversorgter Kopf produzierte die passenden Bilder dazu. Unsympathisch hatte er nicht gewirkt auf den ersten Blick. Nicht ganz so selbstsicher, wie er sich sonst zu präsentieren gewohnt war. Das Anschwärzen des Nachbarn traute er ihm eigentlich nicht zu. Mit Lockerheit und Traben überspielte er die eigene Anspannung in dieser ungewohnten Situation. Eine Situation, deren Verlauf er nicht bis ins Detail vorauszuplanen imstande war.

Geschafft! Endlich war er oben. Sein Herz hämmerte. Warum war ihm der Weg hier hoch so viel schwerer gefallen, als die Runde um den Block vorhin? Der andere trabte immer noch. Bloß nicht aufhören.

„Zu viel versprochen?" Mit einer ausladenden Geste seines rechten Armes präsentierte er ihm die Sicht auf starre Baumkronen. „Hier oben ist man ein wenig heraus aus dem Massenlaufen dort unten. Das ist am Wochenende schon belastend. Unter der Woche und bei Regen sind Sie hier fast alleine. Da trifft man immer dieselben. Ganzjahresläufer, die machen alle den Marathon unter 3:30. Sobald der erste Sonnenstrahl zu sehen ist, kommen die ganzen Eintagsfliegen aus ihren Löchern. Neue Schuhe, neue Laufhosen und Muskelkater."

Er grinste und trabte jetzt direkt vor ihm. Das Gehüpfe machte Kendzierski nervös. Es war schlimmer als Erbes hektisches Wippen, wenn er gewichtig vor ihm stand. Kendziäke!

„Was wollen Sie von mir?"

Die Worte waren scharf aus ihm herausgekommen. Das Gelaber übers Rumrennen ging ihm ganz gehörig gegen den Strich. Es interessierte ihn einfach nicht! Er würde sich nie in so enge Hosen zwängen. Blutwurst im Naturdarm. Und schon gar nicht mit Klara zusammen im gleichen roten Anzug Laufstöcke schwingen.

„Und hören Sie auf mit dem Herumgehüpfe!"

Kendzierski wunderte sich selbst über seinen schroffen Ton, der aber seine Wirkung nicht verfehlte. Der andere stand plötzlich still und sah ihn aus erstaunten Augen an. Unsicher. Dann ließ er den Kopf sinken, sein Blick wanderte nach unten, sodass seine Augen nicht mehr zu sehen waren. Das ertappte Kind, die ganze Tafel Schokolade alleine aufgegessen, Strafe und Bauchschmerzen vor Augen.

Jetzt erkannte Kendzierski erst, wer da vor ihm stand. Das Gesicht. Er hatte den schon einmal gesehen. In seinem Kopf raste es. Grelle Bilder schossen dort oben quer. Der ohne enge Laufklamotten. Er sah ihn direkt an. Die Schweißperlen auf seiner eigenen Stirn. So viele jetzt, obwohl er sich nicht mehr bewegte. Wir haben uns heute Nachmittag beim Bach gesehen."

Ein gezwungenes Lächeln, dem der andere versuchte einen Hauch Vertrautheit beizumischen. Wir kennen uns doch, haben gemeinsame Freunde. Jetzt fehlte nur der kumpelhafte Klaps auf die Schulter und das Weißt-du-noch-damals-Gerede. Er räusperte sich und schluckte. Dabei atmete er ein und streckte sich. Die sichtbare Vorbereitung auf das, was er ihm sagen wollte. In Kendzierkis Magen rumorte es ganz deutlich. Er spürte den festen Schlag seines Herzens. Gleichmäßige Hiebe in seiner Brust. Sie folgten nicht schnell aufeinander, kein hektisches Hämmern. Sein Kopf wusste dies zu unterbinden. Was wollte der ihm schon sagen?

„Der Bach hat mir erzählt, wie sich die Dinge in der Angelegenheit der verschwundenen Trauzeugin entwickelt haben."

Zusammengekramte Worte, umständlich hintereinandergereiht. Er hielt inne und sah sich kurz um.

„Nachdem sie den Tatverdächtigen verhaftet hatten und der sich das Leben nahm, war die Sache doch klar. In der Zeitung stand, dass er der Mörder ist. Nur die Leiche fehlte noch."

Der andere schnaufte und sah ihn fragend an. Er schien auf seine Reaktion zu warten. Eine Äußerung, die ihm signalisierte, dass er recht hatte mit seiner Einschätzung. Dass sein Gegenüber ihn verstand, seine Gedanken und seine Argumente. Kendzierski spürte die Hitze hier oben. Keine Luftbewegung und sein Körper, der ihm damit deutlich zeigte, dass sich seine Anspannung steigerte.

„Ich hätte mich ansonsten früher gemeldet. Das müssen Sie mir glauben."

Wieder sah er ihn an. Große, weit geöffnete Augen und ein Blick, der in Kendzierskis Gesicht nach einer Antwort suchte. Einem Entgegenkommen, das versöhnlich klang. Um Verständnis für seine Worte flehend. Kendzierski hatte keine Lust, ihm diesen Gefallen zu tun. Vorhin beim Bach auf dem Hof. Der silberne Kombi, Karl Neumayer Erben, Ihr Kellereibedarf in Mainz. Das war er gewesen. Der Westenberger, der dem Bach eine neue Kelter verkaufen wollte. Angesehen hatte er ihn vorhin schon. Für einen kurzen Moment, irritiert. Ertappt, wie jetzt wieder.

„Ich weiß gar nicht, wo ich anfangen soll."

Er lachte gequält auf. Ganz kurz nur, um Zeit zu gewinnen und notdürftig Ordnung zu schaffen in seinem Kopf. „Ich will nicht in einen Mord hineingezogen werden."

Er schnaufte laut. Warmer Atem traf Kendzierski.

„Sie war bei mir, letzte Woche." Seine Stimme wirkte jetzt etwas gefasster. Er schien seinen roten Faden gefunden zu haben. Der Einstieg in seine Geschichte, die er sich für diesen Moment zurechtgelegt hatte. Wahrscheinlich hatte er das geprobt, vor dem Spiegel. Seinen Gesichtsausdruck kontrollierend. Kendzierski spürte die Schweißperlen, die sich an seinen Schläfen kitzelnd einen Weg durch die feinen Haare bahnten. Er war nicht in der Lage, sie mit einer kurzen Bewegung wegzuwischen. Starr stand er da auf dem grünen Bunker und sah gebannt auf die sich bewegenden Lippen seines Gegenübers.

„Wir haben für einen Kunden in Spanien eine Spinning Cone Column vermittelt. Das wird Ihnen nicht viel sagen. Vor einigen Jahren gab es um diese Geräte einen ordentlichen Wirbel, aber mehr unter den Weinfachleuten. Knapp gesagt, ist die Schleuderkegelkolonne ein Gerät, mit dem sie Flüssigkeiten fragmentieren können. Sie können einen Wein in seine Einzelteile zerlegen. Das Gerät ist ganz unscheinbar. Es sieht wie ein schmales, stehendes Edelstahlfass aus. Oben schicken Sie den Wein hinein. Er läuft dann über Kegel nach unten. Dabei wechseln sich an der Außenwand fest montierte Kegel und sich um eine Mittelachse drehende ab. Durch die Rotation wird ein dünner Weinfilm erzeugt. Schmale Rippen auf der Unterseite der rotierenden Kegel wirbeln den Wein auf. Zusätzlich wird von unten der gleiche Wein als Dampf eingeleitet. Auf dem Weg nach oben nimmt er aus dem verwirbelten Wein die flüchtigen Aromastoffe mit, die man dann am oberen Ausgang des Gerätes aufnehmen kann."

Kendzierski hatte den Ausführungen nicht wirklich folgen können. Ein Edelstahlfass konnte er sich gerade noch vorstellen. Beim Bach standen die runden glänzenden Dinger in langen Reihen im Keller. Alles andere klang wie eine Fremdsprache, die er nicht verstand. Und auch sein Kopf war nicht in der Lage Bilder zu entwerfen, die das verdeutlichen, was der da erzählte. Zeit ließ er ihm keine. Er redete ohne Pause weiter. „Das Prinzip ist ähnlich der Destillation. Durch unterschiedliche Siedepunkte können Sie einer Flüssigkeit unterschiedliche Stoffe entziehen. Wenn Sie also jetzt einen Wein in zwei Durchgängen durch ein solches Gerät schicken, dann haben Sie am Ende seine Einzelteile als eigenständige Fraktionen. Im ersten Durchgang entziehen Sie dem Wein das gesamte Aroma und sammeln dies in einem Behälter. Übrig bleibt ein entaromatisierter Wein, den sie erneut durch die Schleuderkegelkolonne schicken. Dabei wird ihm der Alkohol entzogen, den sie wieder separat auffangen. Am Ende haben sie also drei verschiedene Teile: das Aroma aus dem ersten Durchgang, den Alkohol sowie einen entaromatisierten und entalkoholisierten Rest aus dem zweiten. Aus diesen Bausteinen können Sie dann wieder einen Wein zusammensetzen, ganz nach Ihren Wünschen."

Ein Hauch Zufriedenheit huschte über sein Gesicht. Der stolze Vertreter, der sein Produkt sicher präsentiert hatte.

„Die Vorzüge des Gerätes liegen in der überaus schonenden Behandlung des Weines. Erst wird das Aroma entzogen und danach erst der Alkohol. Und es ist eine ganz saubere Angelegenheit. Dem Wein wird nichts zugesetzt. Das Verfahren wurde in Australien und den USA entwickelt, um Weinen Alkohol zu entziehen. Bei den dortigen heißen Temperaturen entwickeln die Trauben zu viel Zucker. Das Resultat sind Weine mit mehr als sechzehn Prozent Alkohol. Solch hohe Alkoholgehalte sind in unseren Zeiten den Kunden nur schwer zu vermitteln, außerdem überlagert der viele Alkohol das Aroma des Weines. Je mehr Alkohol ein Wein hat, desto neutraler nimmt ihn der Weintrinker wahr. In Vorversuchen wird so lange ausgetestet, bis man den idealen Alkoholgehalt gefunden hat. Danach stellt man die gesamte Weinmenge auf diesen Alkohol ein. Der Patentinhaber, die amerikanische IFM – International Flavour Management – ist mit den Geräten sehr erfolgreich. Kleinere Geräte werden hergestellt und weltweit verkauft. Eine riesige Anlage hat man vor Ort und bietet den Weingütern die Alkohol- und Aroma-Einstellung ihrer Weine als Dienstleistung an. Eine festgelegte Teilmenge wird hinsichtlich Alkohol und Aroma bei IFM behandelt und dann dem ursprünglichen Wein wieder zugeführt. Er wird dadurch im Alkohol um ein bis zwei Prozent reduziert und erhält seinen aromatischen Feinschliff durch das aus der Teilmenge gewonnene Aromakonzentrat. Eine ganz saubere Sache, mit Zukunft. IFM hat in Kalifornien alleine 600 Kunden."

Er sah ihn an und nickte mehrmals. Ende der Produktpräsentation. Noch Fragen? Oder wollen Sie gleich ein Gerät bestellen?

Was sollte das alles? Kendzierskis Gesicht war klatschnass. Er schwitzte hier oben ohne Unterlass. Die Hitze, die sein hämmerndes Herz produzierte. Heißes Blut in seinem Kopf, das sein arbeitendes Gehirn zu benötigen schien, um die Einzelteile zusammenzusetzen. Entalkoholisierung von Wein, Aromakonzentration.

„Was wollte sie bei Ihnen?" Wie gehetzt hatte seine Stimme geklungen. Außer Atem, obwohl er hier nur herumstand.

„Die Spinning Cone Column ist hier ein heißes Thema gewesen, zumindest in der öffentlichen Wahrnehmung vor zwei, drei Jahren. Es ging damals um den Zusatz von Aromastoffen zum Wein, die Frage der Holzchips, um dem Wein ein Holzfassaroma zu geben und so weiter. Heute ist es zum Glück wieder ruhiger geworden um dieses Thema. In Europa ist das Gerät mittlerweile sogar zugelassen zur Reduzierung des Alkohols im Wein. Deshalb haben wir ja auch für einen Kunden in Spanien eine solche Anlage besorgt."

„Und was wollte sie von Ihnen?"

Kendzierski war ihm ungeduldig ins Wort gefallen.

„Sie wusste von unserem Geschäft mit dem Spanier."

Er stockte. Etwas hielt ihn davon ab, weiterzureden. Sie schwiegen. Kendzierski konnte im Gesicht des anderen deutlich erkennen, dass viel in ihm vorging. Er rang mit sich, ein Kampf in seinem Kopf, das Abwägen, was er preiszugeben bereit war.

„Was wollte sie!"

Ein Befehl aus Kendzierskis Mund, scharf und lauter als zuvor.

„Sie wollte darüber schreiben."

Er sank ein Stück weit in sich zusammen. Etwas in ihm hatte eben gerade aufgegeben. Der Widerstand war zusammengebrochen.

„Über den Verkauf dieser Schleuder?"

„Nein, über den Verbleib des zweiten Gerätes."

„Was?"

Kendzierskis Puls raste. Die Hitze war kaum mehr auszuhalten. Am liebsten hätte er ihn mit beiden Händen gepackt und geschüttelt. Eine Woche hatte der gewartet. Eine lange Woche. Kein Wort gesagt. Der Täter war ja gefasst. Der Rest ging keinen etwas an.

„Ich habe für meinen Arbeitgeber die Abwicklung des Geschäfts betreut."

Kendzierski musste einen halben Schritt näher an ihn heran. Der flüsterte. Ganz leise, fast gehauchte Worte, die nur langsam aus seinem Mund kamen, die Beichte, die ihm Schmerzen und Qualen bereitete. Vergeben Sie mir, ein Fehler das alles, aber ich konnte ja nicht wissen, dass es mal soweit kommen würde. Ich bin doch eigentlich unschuldig, vollkommen unschuldig.

Warum kannte er die letzten Worte jetzt schon? Weil sie eigentlich immer gleich waren. Er hatte das schon zu oft gehört. Glauben Sie mir doch bitte. Ich kann eigentlich gar nichts dafür. Ich bin doch nur so hineingerutscht. Schuld haben die anderen. Oder das Opfer, das zu viel gefragt hat.

„Dafür bin ich in die USA zu IFM geflogen und habe mir vor Ort kleine Geräte angesehen. Der Kellermeister des spanischen Kunden war auch mit dort. Ein paar Tage wurden wir herumgeführt und eingewiesen in den Betrieb der Geräte. Wir durften sogar an der großen Anlage mit dabei sein. Faszinierend, was da täglich geschafft werden kann."

Kendzierski spürte die wachsende Ungeduld in sich. Der redete sich um die Sache herum, in kleinen Bögen zuerst und dann in weiteren, bis er die eigene Selbstsicherheit wiedergefunden hatte. Der brauchte Druck und Widerspruch.

„Verdammt noch mal, kommen Sie zum Punkt! Hier ist eine Frau verschwunden. Es geht vielleicht um Mord!"

Verstört sah der ihn an. Die Farbe war aus seinem Gesicht gewichen. Kalkweiß stand er da und schwitzte vor sich hin. Kleine Rinnsale liefen an Wangen und Hals hinunter, weiter über seinen Oberkörper, die nackten Arme und gut sichtbar auf den Teilen der Brust, die nicht vom Trägerhemd bedeckt wurden. Flüsternd setzte er seine Ausführungen fort.

„Der Anstoß kam von den Amerikanern, das müssen Sie mir glauben."

Wieder sah er ihn an, fast flehend.

„Der Vertriebsdirektor hatte mich zum Abendessen eingeladen. Sterneküche vom Feinsten, dazu passende Spitzenweine. Ein Dutzend und alle waren durch ihre Anlage gegangen. Im Alkohol reduziert und aromatisch verfeinert, um größtmögliche Harmonie und Intensität zu erzielen. Ich war tief beeindruckt." Er bewegte seinen schwitzenden Kopf ganz leicht hin und her.

„Der entspannte Umgang dort mit einem ganz einfachen Verfahren, dass nur ein Ziel hat: den Wein zu verbessern. Und bei uns werden darüber hysterische Diskussionen geführt. Voller Unwahrheiten. Einige Journalisten haben sogar behauptet, dass die Anlage die Aromen des Weines einzeln abspalten könne. Hier die Sauerkirsche, im nächsten Behälter die Brombeere, ein wenig Erdbeere und dann den Rest der Beerenfrüchte. Das ist doch alles Mist. Es war überhaupt keine normale Diskussion mehr über die Spinning Cone Column und das Flavour Management möglich. Alle schrieben sie über künstliche Aromatisierung. Das Ende unseres Kulturgutes Wein. Die ätzende Diskussion auf einer einsamen Insel, um die herum längst alle anderen mit diesen Anlagen arbeiten."

Er sah ihn einen kurzen Moment an. Seine Worte waren lauter geworden. Er flüsterte nur noch einzelne Satzstücke, sprach dann wieder normal dazwischen. Die Erregung trieb ihn an.

„Die IFM hat schon mehrere hundert Anlagen verkauft. Es gibt eigene Büros in Südamerika, Südafrika, Neuseeland und seit einem halben Jahr sogar in China. Um uns herum wächst ein Markt für diese Geräte und wir verteidigen unseren Elfenbeinturm. Die eitlen Bewahrer des Heiligen Grals der Weinkultur. Das ist lächerlich!"

Kendzierski bebte. Nur unter äußerster Anstrengung gelang es ihm, sich zurückzuhalten.

„Was wollten die Amerikaner von Ihnen?"

Für einen Moment schweigen sie beide. Er suchte seinen roten Faden für einen Wiedereinstieg. „Der Anstoß kam von den Amerikanern! Da geht es weiter!"

„Ja. Sie haben mir die Alleinvertretung für Deutschland, Österreich und die Schweiz angeboten."

Mit großen Augen sah er ihn wieder an. Ein Blick, der nach Verständnis gierte für seine Position. Verständnis dafür, wie er reagiert hatte und für das, was dann passiert war. Aber was war denn passiert? Ein zweites Gerät, eine zweite Schleuder zum Entfernen von Alkohol und Aroma aus Weinen. Technische Details, die er nicht recht verstand. Den Bach bräuchte er jetzt hier neben sich, als Dolmetscher für das Fachchinesisch, das aus dem Mund ihm gegenüber kam. Claudia, die der ganzen Story auf den Fersen gewesen war.

„Sie können nicht ermessen, was das für mich bedeutete. Für die Entalkoholisierung sind die Geräte schon zugelassen in der EU. Für die Herstellung von Wein-Aromakonzentraten ist das nur eine Frage der Zeit. Der Druck von außen wächst. Wenn das überall auf der Welt gemacht wird, dann können wir uns dem nicht verschließen. Höchstens eine Zeit lang. Aber nicht für immer. Wir hinken wieder einmal beim technischen Fortschritt hinterher. Der Klimawandel, die steigenden Temperaturen. Unsere deutschen Weißweine verlieren in der Hitze einen Teil ihrer Fruchtigkeit. Mit dem Aroma-Management können sie die Fruchtigkeit in den Weinen wieder herstellen. Die Nachfrage wächst also auch bei uns und damit der Druck im Innern. Die ersten Forderungen nach einer Freigabe der Geräte und aller damit einhergehenden technischen Möglichkeiten sind schon deutlich zu hören."

Er atmete kurz durch und fuhr dann fort. Schnelle Worte und klare Argumente, die er sich selbst schon hunderte Mal aufgesagt zu haben schien. Mein Businessplan. Klar strukturiert, mein Markt für meine Geschäftsidee.

„Sie können sich nicht vorstellen, was das für mich bedeutet."

Diesen Satz hatte er eben doch schon einmal gehört. Sein Schürfen nach Verständnis. Verdammt, rede doch einfach Klartext!

„Das ist der Traum jedes Verkäufers. Eine Alleinvertretung für ein Produkt, das nur von einer einzigen Firma hergestellt wird. Sicher werden da Nachahmer auf den fahrenden Zug aufzuspringen versuchen. Aber der technologische Vorsprung von IFM ist in absehbarer Zeit nicht einzuholen und die Patente sind eindeutig. Der Markt wird explodieren. Und ich werde die Alleinvertretung für den gesamten deutschsprachigen Raum innehaben. Die Lizenz zum Gelddrucken. Der Markt hier ist gut für ein paar Tausend Geräte. Die kleinen kosten ab 150.000 Euro. Rechnen sie sich das mal hoch. Meine Marge liegt bei mindestens 15 Prozent. Da kommt schon einiges zusammen."

Er rieb sich die Hände.

„Sie können sich vorstellen, dass ich mich da nicht in eine Mordsache hineinziehen lassen möchte. Ich habe nur das Gerät nach Kundenwunsch besorgt. Das ist alles ganz sauber. Was die Herren damit anstellen, dafür kann ich natürlich keine Verantwortung übernehmen."

„Was–hat–das–mit–ihr–zu–tun?"

Ganz langsam hatte Kendzierski diesen Satz ausgesprochen, jedes einzelne Wort betonend. Seine Geduld war jetzt zu Ende. Ein Mensch war verschwunden und der redete von Märkten und Margen. Er sah wieder vor sich nach unten auf den Boden.

„Die Lieferung nach Spanien bestand aus zwei Geräten. Eines für den Kunden dort und eines für einen Kunden hier in Deutschland."

„Warum nach Spanien und nicht gleich hierher?"

„Sie verstehen das immer noch nicht!"

Er schüttelte den Kopf und sah ihn an wie ein frustrierter Mathelehrer. Die Formel stand an der Tafel und musste nur noch mit den Zahlen des konkreten Falls gefüttert werden. Nicht einmal das bekam er hin.

„Wenn Sie eine Spinning Cone Column hierher liefern lassen, dann haben Sie die Meute sofort vor der Tür. Die Presse zerrt Sie in die Öffentlichkeit. Die staatliche Weinkontrolle und der Zoll legen Ihnen die Anlage lahm. Sie können mit der Anlage fast reinen Alkohol herstellen, wie bei der Destillation. Die verstehen da keinen Spaß. Sie könnten durch die Hintertür das staatliche Brandweinmonopol aushebeln. Die Anlage wird verplombt. An das Gerät kommen Sie dann nur noch unter Aufsicht. Das wird dann so heiß, dass Sie für Ihre Investition keinen Kunden finden werden. Das Geschäft ist schon tot, noch bevor Sie den ersten Liter Wein in der Anlage haben."

Einen Moment hielt er inne. Sah in Kendzierskis Gesicht. Dann fuhr er fort.

„Das haben die alles gemacht. Ich war zu diesem Zeitpunkt schon nicht mehr in Spanien. Sie wollten die Anlage auf drei Lieferungen verteilen. Zerlegt ist das ein Haufen Edelstahlrohre und eine Zentrifuge."

„Und Sie haben Claudia von dem zweiten Gerät erzählt?"

Er atmete laut aus. Ein Schnaufen, das fast wie ein Seufzen geklungen hatte.

„Sie ahnte davon. Sie war auch für ihre Recherchen bei IFM gewesen. Die Amerikaner gehen mit der ganzen Sache sehr offen um. Unsere Bedenken und Ängste verstehen sie gar nicht. Als ich damit angefangen habe, wurde ich ausgelacht. Old Europe. Vielleicht haben die ihr erzählt, dass sie zwei Geräte nach Spanien geliefert haben. Dann musste sie nur noch einmal nachdenken und hatte ihre Spur."

„Und Sie haben ihr dann den Namen des Abnehmers hier in Deutschland gegeben?"

Kendzierski spürte den Druck in seinem Brustkorb. Eine Anspannung dort drinnen, die seinen Oberkörper fast bersten ließ. Der Westenberger schwieg zustimmend.

„Warum?"

Kendzierski konnte das schubweise Rauschen des Blutes in seinen Ohren hören.

„Bis heute warte ich auf mein Geld!" Seine Lippen vibrierten, als er schwieg. „Die Amerikaner sitzen mir im Nacken, weil die hier nicht bezahlen. Und ich warte auf meine Provision."

Kendzierski konnte nicht mehr anders. Der Druck in ihm war zu groß geworden. Er musste heraus und es gab nur diese eine Möglichkeit. Seine Hände langten nach den Trägern des Laufshirts. Er zerrte an ihm und zog ihn zu sich heran. Das Material hielt dem nicht stand. Deutlich war das Reißen zu hören. Aus weit aufgerissenen Augen sah der Andere ihn an, erschrocken und voller Angst. Erstarrt ließ er seine Arme hängen, sich dem ergebend, was hier vorging.

„Wer ist es?"

Stille, die von ihrem Atmen unterbrochen wurde. Er schwieg und sah ihn einfach nur an. Kendzierski spürte am nachgebenden Material in seinen Händen, dass das Hemd gerissen war.

„Wer hat das zweite Gerät bekommen? Ich will den Namen!"

Ein gezischter Befehl, den er durch seine Schneidezähne gepresst hatte.

„Vinocare, Joachim Baumgarten in Mainz-Mombach."

Kendzierski ließ ihn los. Er konnte noch sehen, wie das zerrissene Laufhemd am Westenberger hinunterglitt und erst auf seinen Hüftknochen neuen Halt fand. Mit entblößtem Oberkörper stand der regungslos da.

39.

„Meinst du sie kann noch am Leben sein?"
Simone sah sie nicht an. Ihr Blick war nach vorne gerichtet auf den ausgefahrenen Feldweg, den sie gemeinsam entlanggingen.
Klara hatte es als gutes Zeichen gewertet, dass sie nach draußen wollte. Zum ersten Mal seit das alles passiert war, hatte sie sie gebeten mit ihr das Haus zu verlassen. Hinaus aus der gewohnten Umgebung und den schützenden Mauern. Möglichst direkt ins Grüne hatte sie gewollt, nicht durchs Dorf. Ich ertrage die Blicke noch nicht, die Fragen und das Getuschel. Ich fühle mich noch immer schuldig, vielleicht ein bisschen weniger, aber es ist noch immer da.

Klara hatte ihr erzählt, was sie von Kendzierski wusste. Von der Zeugin, die ihre Freundin an der Bushaltestelle gesehen haben wollte. Das Blumenkleid, das sie in ihrer Tasche zu verstauen versucht hatte. Stefan? Wenn das alles stimmte, dann hatte er nichts mit dem Verschwinden zu tun. Aber warum bringt er sich dann um? Das ist doch so sinnlos. Der Druck auf ihn war vielleicht zu groß. Alle haben ihn schon als Täter abgestempelt, damit ist er nicht klargekommen. Die Finger, die auf ihn zeigten. Die Vorwürfe im Blick, die Verdächtigungen. Zerbrochen an der Last ist er, dass ihm keiner mehr glauben wollte, nicht einmal mehr seine wenigen Freunde. Der Tod als letzter Ausweg.

Simone war sehr gefasst gewesen, stabiler als in den letzten Tagen. Sie weinte nicht mehr, nickte stumm oder fragte nach. Auch als Klara ihr andeutete, dass vieles nur Vermutungen waren. Die Zeugin konnte sich auch geirrt haben. Vielleicht bildete sie sich etwas ein, was sie gar nicht gesehen hatte.

„Jörg ist mir eine große Hilfe, auch wenn es auf dich nicht so wirkt."

Simone suchte Klaras Hand. Sie fand sie und hielt sie. Ein sanfter Druck, den Klara deutlich spürte. Er tat gut. Ein Dank, ohne dass ein Wort über ihre Lippen gekommen war. „Er kann nicht so aus sich heraus. Es ist für ihn schon schwer, mich in den Arm zu nehmen, wenn ich weine. Es kostet ihn Überwindung. Hilflos ist er wie ein kleines Kind. Er muss das erst lernen. Seine Mutter scheint ihn nicht oft in den Arm genommen zu haben."

Schweigend gingen sie langsam weiter durch die tiefen Spuren, die die Traktoren in den Weg gedrückt hatten; nach reichlich Regen mussten sie hier entlanggefahren sein. Jetzt war der Boden hart und staubig. Wochenlange Trockenheit in diesem heißen Sommer hatte selbst das spärliche Gras auf dem Weg verdorren lassen. Alleine die Rebzeilen, die links und rechts abzweigten, waren noch grün. In der Ferne war der kreischende Laut eines Vogels deutlich zu hören. Mehrere heisere Schreie, die ebenso schnell wieder verstummten. Klara genoss die Stille. Sie freute sich, dass es Simone ein wenig besser ging. Ein Durchatmen, vielleicht auch mehr. Sie zwang sich, daran zu glauben, dass es die ersten Schritte zurück in ein normales Leben waren. Nur ein wenig Alltag, den sie sich wünschte. Auch wenn ihr klar war, dass sie das Hoffen noch weiter begleiten würde. Ruhig, aber bedrückend, bis die Gewissheit einkehrte. Irgendwann würden sie die herbeisehnen, ganz sicher. Loslassen und Abschied nehmen von der verzehrenden Ungewissheit. Einem Restchen Hoffnung, das sich ganz hinten im Kopf immer hielt, auch wenn der Verstand es zu verdrängen suchte. Es gelang nicht, auch ihr nicht.

Als sie vor einer Viertelstunde in den Feldweg eingebogen waren, hatte sie Claudias Kleid vor Augen gehabt: die Gärten der letzten Häuser. Nur für einen kurzen Moment aus den Augenwinkeln; das Farbenspiel der Blüten war das vom vergangenen Samstag gewesen, groß und bunt und wieder erloschen.

40.

Kendzierski raste in Richtung Autobahn. In seinem Kopf schwirrende Gedanken und ein hämmerndes Herz in seiner Brust. Das Gesicht des Joggers flimmerte noch vor seinen Augen, schwitzend und blass. Sein schönes Geschäft in Scherben. Mit der schnüffelnden Journalistin hatte er den Baumgarten unter Druck gesetzt. Wahrscheinlich tauchte sein eigener Name in keiner der Unterlagen auf. Alles ganz diskret, per Handschlag. Die Provision sollte er sicher in bar bekommen, ohne Beleg, wenn die gezahlt hatten. Wenn du die Anlage nicht bezahlst, dann schicke ich dir die neugierige Journalistin mal vorbei. Dann bist du ganz schnell dran. Hatte er seine Drohung wahr gemacht und unterschätzt, dass ihr Auftauchen den Baumgarten in rasende Panik versetzte? Die große Angst vor dem Polizeiaufgebot. Die staatliche Weinkontrolle und der Zoll, die ihm den Laden dichtmachten. Das Risiko schien er unterschätzt zu haben. Oder er hatte es ganz bewusst in Kauf genommen. Die Aussicht auf die Alleinvertretung für die Geräte war dadurch kaum in Gefahr aber das Thema wieder im Gespräch. Ein Versuchsballon, wie alle reagierten. Die Weinkontrolle, die Öffentlichkeit, die Fachpresse. Vielleicht erhoffte er sich dadurch, dass die Zulassung der Geräte für das Aroma-Management in Gang kam, beschleunigt durch Tatsachen. Die Anschaffung der Geräte war nur schwer zu verhindern. Zur Not schlug man eben den Weg über das europäische Ausland ein. Über Staaten, die weniger strikt in ihren Kontrollen waren, weil die Geräte dort in den heißen Weinregionen längst intensiv genutzt wurden. Wer weiß, ob die Anreicherung der Weine mit eigens gewonnenem Aromakonzentrat überhaupt zu kontrollieren war. Man musste also den Politikern nur noch verdeutlichen, dass es bei ihrer Entscheidung um die Legalisierung einer längst verbreiteten Praxis ging. Hatte er Claudia absichtlich dem Baumgarten auf den Hals gehetzt? Das also ganz gezielt in die Wege geleitet? War der so eiskalt kalkulierend? Und durch die Aussicht auf riesige Geschäfte zu allem entschlossen, auch wenn das eine Nummer zu groß wirkte für einen Verkäufer von Weinkeltern und Kellereibedarf?

Kendzierski fuhr in hohem Tempo auf die Autobahn in Richtung Wiesbaden auf, um sofort in die äußere linke Spur zu wechseln. Egal, wer an dem Verschwinden Claudias Schuld hatte, die Zeit lief. Eine Woche war seither vergangen, mehr als genug Tage, um die Anlage wieder abbauen zu lassen. Das rechtfertigte die gut 50 Stundenkilometer, die er auf diesem Abschnitt des Mainzer Ringes zu schnell unterwegs war. Die Dauerbaustelle, an der nie ein Arbeiter zu sehen war. Tempo achtzig auf zwei Spuren, kaum etwas los um diese Uhrzeit, Freitag kurz nach sieben. Alle waren schon ins Wochenende verschwunden und er raste mal wieder den Ereignissen hinterher. Ein spitzer Schmerz in seinem Kopf ließ ihn zusammenzucken. Mist! Seine linke Hand wanderte tastend an sich hinunter. Er befühlte die beiden vorderen Hosentaschen. Sein Wohnungsschlüssel und nichts weiter. Er blickte kurz nach unten. Die blaue Jeans hatte er heute Morgen frisch angezogen, ungebügelt aber trocken war sie gewesen. Quer über die beiden Oberschenkel verliefen mehrere knittrige Wellen. Heute morgen nach dem Duschen war ihm das nicht so extrem aufgefallen. Eine wirkliche Alternative hatte es ja auch nicht gegeben. Die zweite schwarze Jeans lag zusammengeknüllt im Wäschekorb. Sie war zwar auch sauber, aber in einem noch faltigeren Zustand. Auf Klaras Kommentar hatte er keine Lust gehabt. Paul, du musst mit der Hose in den Trockner, dann ist sie gleich richtig aufgespannt und knittert weniger. Dann kannst du dir das Bügeln auf jeden Fall sparen. Dabei grinste sie ihn an und erfreute sich sichtlich an seinem faltigen Aufzug. Seine zweite blaue Jeans war wo gelandet? Seinem Kopf schien es schwer zu fallen, den unwichtigen Weg der Hose zu rekonstruieren. Was sollte das denn? Er musste möglichst schnell nach Mombach zum Baumgarten, Vinocare, und dabei fiel ihm nichts Besseres ein, als sich über den Verbleib eines Kleidungsstückes Gedanken zu machen. Die Hose lag in der Wäschekiste im Bad, wo denn bitte sonst. Zusammen mit ihren beiden Artgenossen, die er vor ihr getragen hatte, und noch ein paar T-Shirts, Polohemden, Unterhosen und sicherlich auch Socken.

Heiterer Erfahrungsaustausch in der dunklen Stille. Geht er mit dir auch immer so ruppig um? Mich zerrt er dermaßen am Hosenbund. Mein Knopfloch kann nicht mehr. Es liegt an ihm, er hat zugelegt, am Bauch, und ich bin bald am

Ende mit meiner Dehnbarkeit. Lange mache ich das nicht mehr mit.

Wirre Gedanken, verirrt in seinem Kopf unterwegs. Klatschend schlug er sich mit seiner freien linken Hand an die Stirn. Die Hosen waren alle in der Waschmaschine. Heute Morgen hatte er selbst noch alle bunten Klamotten dort hineingestopft. Er war so ein Idiot! Keinen Gedanken hatte er an die Hosentaschen verschwendet, wie meistens.

Der Zettel aus der Pension, aus Claudias geräumtem Zimmer, war noch immer darin. Im 60 Grad warmen Waschprogramm und reichlich Pulver löste er sich gerade in weichen weißen Flaum auf, bevor ihn das Schleudern bei viertausend Umdrehungen nachher in kleine harte Kügelchen formte. Mutwillige Zerstörung von Beweismitteln, Wolf würde kochen vor Wut. Ein paar Buchstaben doch nur, notiert in gehetzter Schrift. Er hatte nur kurz drauf gesehen. Die Buchstaben nicht verstanden und den Zettel daher schnell weggesteckt. SCC. Ganz sicher! Deutlich hatte er das Bild jetzt vor seinen Augen. Spinning Cone Column. Das hatte sie aufgeschrieben, die Spur stimmte also. Was noch? Er befahl seinem pochenden Schädel weitere Zeichen auf dem Zettel erscheinen zu lassen. An die Bögen beim „S" konnte er sich genau erinnern. Aber der Rest wollte einfach nicht wiederkommen. Zahlen, vielleicht eine Typennummer oder ein Datum oder beides. Punkte oder Striche dazwischen? In seinem Kopf kapitulierte etwas. Keine Ahnung! Was musst du auch den Zettel in der Hosentasche lassen! Man kann ja mal etwas vergessen! Vorwürfe, die in seinem Schädel waberten.

Das Geräusch seines Blinkers riss ihn heraus aus diesen Gedanken. Er verließ die Autobahn kurz vor der Brücke über den Rhein. Durch die Lüftung kam der charakteristische Geruch dieses Gewerbegebietes herein. Ein Kaffeeröster hatte hier seine Produktion. Rösten, mahlen, überbrühen und zu Kaffepulver trocknen. Meistens roch es nach einer zu starken Tasse Kaffee, manchmal auch gleich nach fertigem Cappuccino. Der Firmenwegweiser nach der Autobahnabfahrt schickte ihn ein Stück weit auf die parallel zum Rhein verlaufende Straße, durch das Gewerbegebiet, bevor er links in Richtung Fluss abbiegen musste. Eingezäunte große Lagerhallen, Laderampen für LKW. Zu einigen Hallen gehörten gläserne Verkaufsräume. Vinocare, eine der letzten Hallen bevor die Straße am Rhein endet. Es war nur ein schmaler Seitenarm des Flusses, der zum Industriehafen führte. Die Gebäude am anderen Ufer waren deutlich zu erkennen und erst hinter ihnen musste der wirkliche Fluss sein. Die Schilder am offen stehenden Tor verrieten, dass sich mehrere Firmen die Lagerhalle zu teilen schienen, ein buntes Durcheinander unterschiedlicher Formen und Größen der Schilder.

Kendzierski fuhr ein Stück weiter, um seinen Wagen abzustellen. Vor dem Fliesengeschäft auf der anderen Straßenseite war genügend Platz. Er drehte seinen Wagen und parkte ihn in Fahrtrichtung. Die Lagerhalle und die Zufahrt hatte er jetzt gut im Blick. Etwas hielt ihn ab, sofort auszusteigen. Was wollte er hier eigentlich? Sein hämmerndes Herz trieb ihn zur Eile. Schnell rein zu ihm, dem Baumgarten. Den packen und ihn zur Not so lange schütteln, bis er redet. Bis er verriet, wo er sie hingebracht und was er ihr angetan hatte. Keine Zeit mehr verlieren, Tempo! Sein Kopf war es, der ihn bremste. Irgendetwas dort oben drinnen, das zur Ruhe mahnte. Erst einmal überlegen, nachdenken, was er von ihm wollte. Und wie er ihn zum Reden bringen konnte. Alles leugnen würde er, sich wehren, dicht machen und kein Wort mehr sagen. Das Gerät gut verstaut und zerlegt in seine Einzelteile. Genug Zeit war vergangen, um noch die kleinste Spur zu beseitigen.

Der Jogger war der Ansatzpunkt. Der hatte geredet und er wusste alles. Das war die Strategie. Sie beide gegeneinander ausspielen. Der hat munter geplappert und sich damit Strafmilderung erkauft. Und was ist mit Ihnen? Gehen Sie für die ganze Geschichte alleine ins Gefängnis? Vielleicht hat er Sie ja angestiftet, die Journalistin zum Schweigen zu bringen. Sie unter Druck gesetzt, erpresst. Wir kriegen Sie dran. Jetzt geht es für Sie nur noch darum, das Strafmaß zu mindern. Und das geht ausschleßlich über die Kooperation mit uns. Mit seiner Aussage haben wir Sie und er ist fein raus. Eine Geldstrafe vielleicht, aber nicht einmal die ist sicher, so sauber hat er das angestellt. An Ihnen ganz alleine wird der Mord hängen bleiben.

Viel weiter kam er mit seinen Gedanken nicht. Das Knurren seines Handys riss ihn heraus. Klara. Ihr Name war auf dem Display zu sehen. 19.37 Uhr.

41.

Er wartete noch einen kleinen Moment ab, um zu kontrollieren, ob sich der Rechner wirklich sauber ausschaltete. Gestern hatte das nicht richtig funktioniert. Er war irgendwo auf halbem Weg hängen geblieben und die ganze Nacht gelaufen. Eine schwarze Seite mit ein paar Zeilen unverständlicher Fehlermeldungen und Zahlenkombinationen hatten ihn heute Morgen empfangen, als er das Büro betrat. Er mochte es nicht, wenn Elektrogeräte unbeaufsichtigt im

Dauerbetrieb liefen. Bei einem Kühlschrank ging das oder beim Fax. Die waren ja schließlich dafür gemacht. Aber alle anderen Geräte kontrollierte er, bevor er seine Firma verließ. Ein kurzer Blick noch in die vier leeren Räume, die wie sein Büro von dem dunklen Flur abgingen und ihm als Lager für empfindliche Materialien dienten. Die Lichter waren dort immer aus, weil nur er in diese Räume ging und grundsätzlich sofort beim Verlassen das Licht ausschaltete. Trotzdem brauchte er dieses tägliche Prozedere beim Verlassen seiner Firma, um den Arbeitstag beruhigt beschließen zu können. Die Stauräume lagen auf dem Weg hinaus und er musste ohnehin an ihnen vorbei.

Ein Knacken und die plötzliche Stille signalisierten ihm, dass der Computer endgültig aus war. Es war nur ein kurzer Moment der Stille, der vom schrillen Klingeln eines Telefons zerrissen wurde. Ein blecherner Ton, den er nur selten zu hören bekam. Sein Gehirn brauchte daher immer etwas länger, um die Verbindung herzustellen. Beim zweiten Klingelton wusste er, das es das alte Handy in der Brusttasche seiner Jacke war, das diesen Lärm verursachte. Er fühlte, wie seine Handflächen augenblicklich feucht wurden. Er atmete laut stöhnend aus, während er die drei Schritte zum Garderobenständer zurücklegte. Das Telefon klingelte ein drittes Mal. Die Nummer kannten nur er und zwei weitere Personen. Er hatte sich das Telefon extra für dieses Geschäft angeschafft. Ein gebrauchtes altes Gerät aus einem türkischen An- & Verkauf sowie eine Prepaid-Karte von einem Discounter. 10 Euro Guthaben waren genug. Es ging ja nur darum, so für die anderen erreichbar zu sein, dass es nicht mit einfachsten Ermittlungsmethoden nachzuweisen war.

„Ja?"

„Joachim?"

„Wer denn sonst! Was willst du?"

„Ich habe sie beide gesehen!"

Hektische Worte, die alle auf einmal herauswollten. Ein knisterndes Rauschen war in der Leitung deutlich zu hören begleitet von einem aufbrausenden Donnern. Rannte er?

„Wen hast du gesehen?"

Er hatte das viel zu laut gesagt.

„Den Westenberger und den Bullen!"

Er flüsterte fast.

„Wo?"

„Im Wald. Ich wollte auf den Hochsitz. Da kamen sie mir entgegen. Erst der Bulle und kurz danach er."

„Bist du dir ganz sicher?"

„Ja, verdammt! Der hat dem alles erzählt!"

Fast hysterisch klang seine Stimme jetzt, obwohl er sich noch immer mühte, zu flüstern. Bevor er etwas Beruhigendes erwidern konnte, war wieder das Donnern in der Leitung zu hören und dann seine nächsten schnellen Worte.

„Wir müssen sie sofort wegschaffen. Die werden hier alles auf den Kopf stellen!"

„Wo bist du?"

„Im Hochsitz."

„Bleib dort. Ich komme vorbei!"

Er drückte das Gespräch weg, ohne eine Antwort und ein weiteres donnerndes Atmen aus dessen Mund abzuwarten. Langsam aber sicher drehte der durch. Das Handy schob er zurück in die Innentasche, während er sich die dünne Sommerjacke überzog. Auf dem Handy war noch die kleine Textnachricht vom Westenberger, mit der er damals die Lieferung der Spinning Cone Column angekündigt hatte. Er war zwar ein vorsichtiger Mensch, zumindest tat er so, wenn es um seine eigene Person ging. Aber anscheinend nicht vorsichtig und bedacht genug, um ihn auszutricksen. Der kurze Text und der deutlich mitgeschickte Name des Versenders der Nachricht sollten ausreichen, um ihn nicht ganz aus dieser Geschichte herauszulassen. Genau das würde er ihm später auch noch klarmachen müssen.

Schnell beförderte er ein paar dünne Mappen aus seiner Aktentasche hervor und schleuderte sie auf den Schreibtisch. Auf dem Weg zur Tür griff er nach dem Ordner, der mit der Aufschrift „Prospekte/Seminare/Weiterbildung" beschriftet war und steckte ihn stattdessen in seine Tasche. Er drehte sich einmal kurz um und sah zurück. Die Daten auf der mobilen Festplatte hatte er schon vor ein paar Tagen gelöscht. Er überlegte einen Moment und ging dann zurück zum Computer, um das Verbindungskabel herauszuziehen und mit der kleinen Festplatte zusammen in seiner Tasche verschwinden zu lassen. Es war höchste Zeit das alles fein säuberlich zu entsorgen. Dann konnte das Arschloch behaupten, was es wollte.

Er hatte das dumpfe Gefühl, dass die ganze Sache gewaltig aus dem Ruder lief. Zumindest seine Hausaufgaben waren gemacht.

Er würde für den ganz sicherlich nicht in den Knast gehen.

42.

„Es geht ihr schon viel besser."
Er konnte selbst am Handy deutlich hören, wie erleichtert Klara war.

„Wir waren sogar für eine halbe Stunde draußen in den Weinbergen. Sie ist auf einem guten Weg."

„Das freut mich." Kendzierskis Blick blieb auf die Zufahrt zur Lagerhalle fixiert.

„Ich denke, wenn der Jörg nachher zurück ist, kann ich sie alleine lassen. Ich will auch mal wieder einen Abend mit dir verbringen, Paul."

Sie schwieg. Anscheinend wartete sie auf seine Antwort. Er hätte sie ihr ja gerne gegeben, aber gegenüber tat sich etwas. Aus einer Tür kam ein Mann. Er hatte eine Aktentasche in der Hand und ging mit schnellen Schritten nach rechts an der Halle entlang, um aus seinem Sichtfeld zu verschwinden.

„Bist du noch dran, Paul?"

„Ja. Es freut mich, dass es ihr besser geht."

Wieder ging die Tür auf und zwei Frauen kamen heraus. Sie gingen in seine Richtung und aus dem Tor. Dann bogen sie nach links ab und liefen auf dem Bürgersteig weiter.

„Was machst du?" Ihre Stimme klang jetzt leicht genervt.

Die Personen, die aus der Halle herausgekommen waren, Freitag kurz nach halb acht. Das sah nach Feierabend aus. Die letzten gingen jetzt und irgendwann würde einer das große Tor verschließen. Wahrscheinlich war der Baumgarten schon längst im ruhigen Wochenende.

„Paul!" Es hatte wie ein Befehl geklungen. Rede endlich mit mir!

Ein massiger schwarzer Geländewagen fuhr in hohem Tempo von rechts kommend an der Halle entlang und auf die Ausfahrt zu. Der Wagen stoppte kurz. Kendzierski konnte erkennen, wie sich der Mann hinter dem Steuer nach vorne beugte und seinen Kopf nach rechts und links drehte. Mit quietschenden Reifen schoss er los und an ihm vorbei. Die Fenster des Wagens schimmerten ebenso schwarz wie der Lack. Auf der Heckscheibe prangte in leuchtend rot geschwungenen Buchstaben ein einziges Wort: Vinocare. Kendzierski hörte Klara atmend an seinem Ohr. Vielleicht war es auch ein ärgerliches Schnaufen.

„Ich hole dich nachher bei Simone ab. Bleib so lange dort. Ich komme, versprochen."

Gehetzt hatte er die wenigen Worte herausgeschleudert. Abgehackte kurze Sätze, ohne dabei den davoneilenden Wagen aus den Augen zu lassen.

„Aber ich bin doch mit meinem Auto hier! Du brauchst mich nicht abzuholen!"

Das hatte er aber schon nicht mehr gehört, da er das Gespräch nach seinem letzten Wort beendet hatte. Sein Handy warf er neben sich auf den Beifahrersitz, startete den Motor und folgte dem Geländewagen.

Mit großem Abstand blieb er an ihm dran. Die zweispurige Hauptstraße durch das Gewerbegiet war übersichtlich um diese Uhrzeit. Kaum ein Fahrzeug war noch unterwegs. Er und sein weißer Skoda als Verfolger direkt hinter Vinocare. Das würde ihm auffallen, auch bei dem Tempo, das der vorlegte. Den Wagen besaß Kendzierski schon länger. Vor acht Jahren gebraucht gekauft, tat er noch immer gute Dienste. Die auffällige Wagenfarbe von damals hatte sich mittlerweile zur regelrechten Tarnfarbe entwickelt. Er konnte sich noch genau daran erinnern, was er von einem sauberen Weiß als Wagenfarbe gehalten hatte. Vollkommen daneben, wer kauft schon so etwas? Er war es gewesen. Die Farbe war als Gebrauchtwagen kaum zu vermitteln und damit der Preis unschlagbar. Lange Jahre wurde er belächelt für das schmutzige Weiß, mit dem er unterwegs war. Jetzt konnte er für sich in Anspruch nehmen, den Trend vorausgeahnt zu haben. Weiße neue Autos waren in Mengen auf den Straßen unterwegs, aber nicht unbedingt weiße Skoda

Stufenheck, Baujahr 1999. Kendzierski und sein Fahrzeug folgten dem schwarzen Geländewagen auf die Autobahn. Die Richtung, aus der er hierhergekommen war. Der schnelle Weg nach Hause oder ins Fitnessstudio. Noch ein wenig Training vor dem Wochenende. Der körperliche Ausgleich zur Bürotätigkeit. Er würde ihn dann dort abfangen und zur Rede stellen. Auf einem Parkplatz? Der Westenberger hat geplaudert, also erzählen Sie mir doch mal Ihre Version, Herr Baumgarten.

Auf der Autobahn war auch nicht mehr viel los. Kendzierski ordnete sich hinter einem kleinen Transporter ein. Durch ihn hindurch hatte er den schwarzen Geländewagen gut im Blick. Die Anspannung meldete sich in ihm. Sein entschlossenes Herz gab den Takt dazu. Gleichmäßige Schläge wie für diese Situation geschaffen. Er hatte alles im Griff. Die Sache lief nach Plan. Aus sicherer Deckung würde er den Verdächtigen nicht mehr aus den Augen lassen. Jeden seiner weiteren Schritte genau beobachtend. Zur Not eben das ganze Wochenende. Das leichte Kribbeln in seiner Magengegend fühlte sich gut an. Er hätte es nie zugegeben, aber diese Situation hier genoss er. Wenn sich auch gerade ein wenig Spott in seinem Kopf regte. Der Selztal-Schimanski in geheimer Mission unterwegs. Wahrscheinlich hatte der dort vorne ihn schon längst bemerkt und wartete nur noch darauf, ihn bei nächster Gelegenheit abhängen zu können.

Sein Telefon knurrte ihn vom Beifahrersitz aus an. Die Dauerbaustelle gab 80 Stundenkilometer vor, an die sich der Geländewagen aber nicht hielt. Er zog ein Stück weit davon. Jetzt musste er aus der Deckung heraus, wollte er ihn nicht verlieren. Sein Wagen wurde nur langsam schneller. Es knurrte wieder neben ihm. Der gleiche Ton zwar, aber doch irgendwie drohender. Er warf einen kurzen Blick nach rechts. Klara leuchtete grollend und knurrend auf. Verdammt, geh endlich dran Paul! Das Geräusch würde ihn noch die nächsten Minuten treu auf seinem Weg begleiten. Er hatte die Mailbox deaktiviert und Klara testete in solchen Situationen gerne aus, ob sie ihn weich bekam oder er sich traute, sie einfach wegzudrücken. Letzteres war die weitaus schlimmere Variante, die ihm später einige Erklärungen abverlangen würde. Er entschied sich daher für ein kontrolliertes Aussitzen. Das Handy hatte ich im Auto vergessen, deswegen bin ich nicht rangegangen. Er konnte ihr jetzt unmöglich alles erzählen. Wenn er später irgendwo auf den Baumgarten warten musste, dann war immer noch ausreichend Zeit, das Telefonat nachzuholen.

Am Lerchenberg verließen sie die Autobahn. Vielleicht wohnte der ja hier. In den Hochhäusern sicherlich nicht oder in dem bunten sozialen Wohnungsbau, der von allen nur die Papageiensiedlung genannt wurde. Eher schon in den netten Flachdachbungalows zwischen alten Tannen und Kiefern. Sie hielten hintereinander an der roten Ampel, die den Verkehr zwischen der kurzen Abfahrt und der Ausfallstraße aus Mainz regelte. Zum Glück war noch ein flacher japanischer Sportwagen mit abgebogen, hinter dem sich Kendzierski eingeordnet hatte. Kein wirklicher Sichtschutz, aber besser als nichts. Von links starteten die Autos, die jetzt gerade Grün bekommen hatten und sich in Richtung Lerchenberg oder Mainzer Hinterland langsam in Bewegung setzten.

Er hatte schon beim Quietschen der Reifen gewusst, was passieren würde. Wahrscheinlich lag diese Variante der Situation in einer vergessenen Schublade seines Kopfes schon bereit. Sie musste nur auf Anfrage herausgeholt werden. Es fehlte jetzt nur noch jemand, der da oben ein gehässiges „Habe ich es nicht gesagt" von sich gab. So ein Mist! Der Geländewagen war über die rote Ampel gefahren und vor den von links kommenden Autos rasend in Richtung Lerchenberg unterwegs. Kendzierski schlug mehrmals mit seiner rechten geballten Faust auf das Lenkrad. So bescheuert war er gewesen, zu glauben, dass der ihn nicht bemerkt hatte. Die Situation ganz gezielt ausgenutzt. Aber da hätte er ihm auch schon auf der Autobahn davonfahren können. Das wäre viel einfacher gewesen. Vielleicht war es nur die Eile gewesen, die ihn angetrieben hatte. Er war vorhin fast gerannt, an der Halle entlang, um zu seinem Wagen zu gelangen. Gehetzt. Der Westenberger! Vielleicht hatte der den Baumgarten angerufen und in solche Aufregung versetzt. Mal schön den Druck erhöhen. Du glaubst nicht, mit wem ich mich gerade getroffen habe. Die Polizei hat sich sehr für deine Anlage interessiert. Ich habe ihr noch keine Details verraten. Du hast also noch genug Zeit, deine Schulden zu bezahlen. Die interessiert mehr, was aus der Journalistin geworden ist.

Passte das zu dem Jogger? Die tänzelnden Schritte vor ihm. Zuzutrauen war ihm das. Ich will mein Geld, egal wie, und nicht in einen Mord verwickelt werden. Vielleicht hatte ihn das so aufgescheucht.

Jetzt durfte auch er los. Die Ampel war grün und der Wagen vor ihm setzte sich langsam in Bewegung. Von dem Baumgarten war nichts mehr zu sehen. Toll!

Kendzierski gab trotzdem Gas und zog seinen aufjaulenden Skoda in jedem einzelnen Gang bis an die Grenze. Vorbei ging es am ZDF und in Richtung Forsthaus. Die Gebäude waren schon zu sehen, aus der Ferne die Scheune, in der sie am vergangenen Samstag noch gefeiert hatten und auch die rote Ampel. Er hatte insgeheim gehofft, ihn dort noch abfangen zu können. Mit ein wenig Glück und wenn er nicht nach rechts in den Ober-Olmer Wald abbog, hätte das klappen können. Warum eigentlich nicht? Der Westenberger hatte den vielleicht wie ihn auch dorthin bestellt. Du kommst vorbei. Das ist deine letzte Chance. Zumindest meine Provision will ich sofort haben. In einer halben Stunde auf dem Bunker.

Das passte nicht wirklich zusammen.

Kendzierski schüttelte den Kopf. Ein deutliches Nein seines Kopfes. Trotzdem bog er nach rechts ab. Die gerade Straße in Richtung Essenheim und die nach links abgehende ebenso gut einschbare Straße nach Ober-Olm waren leer. Kein Auto weit und breit, also musste er nach rechts in den Wald abgebogen sein. So groß war sein Vorsprung nun auch wieder nicht gewesen. Restlos überzeugt war er zwar von seiner Argumentation nicht, aber was blieb ihm denn sonst übrig?

Nach ein paar hundert Metern bog er in die Straße ein, die zum Forsthaus führte. Zum zweiten Mal am heutigen Tag fuhr er auf der Panzerstraße entlang. Hier nannten sie alle so. Wegen der Amerikaner, die sie für ihr schweres Gerät ausgebaut hatten. Die Straße am Wald entlang gab es schon länger und auch militärisch war sie schon vor ihnen genutzt worden. Er hatte vor einiger Zeit etwas darüber in der Zeitung gelesen. Die Überschrift hatte ihn damals neugierig gemacht: die Selzstellung. Vor dem Ersten Weltkrieg schon waren entlang der Selz zahlreiche kleinere Bunker gebaut worden, als Verteidigungslinie in der zweiten Reihe gegenüber Frankreich. Nach 1914 zügig erweitert, sollten hunderte Bunker, Munitionsdepots und Artillerieunterstände im Ernstfall den Brückenkopf über den Rhein halten, um einer sich zurückziehenden Armee den sicheren Weg über den Fluss zu ermöglichen. Neben der Militärstraße, auf der er gerade unterwegs war, verband sogar eine eigens errichtete Festungsbahn die Bunker und Unterstände. Kendzierski hatte sich über den Bericht damals sehr gewundert. Er lebte jetzt schon etliche Jahre hier und hatte noch nie einen alten Bunker zu Gesicht bekommen, nichts, was an eine Festungsanlage aus dem frühen 20. Jahrhundert erinnerte. Die Räumtrupps nach dem verlorenen Ersten Weltkrieg hatten sauber gearbeitet. Die meisten Bunker waren in den frühen Zwanzigerjahren gesprengt und die übrig gebliebenen Reste nach und nach beseitigt worden. Nur die Panzerstraße hier war noch da.

Der Parkplatz beim Förster war mittlerweile weitgehend geräumt. Ein kleines Auto stand da und der schwarze Geländewagen vom Baumgarten. Ein Lächeln huschte über Kendzierskis Gesicht. Der Wald war zwar nicht groß, aber er musste sich beeilen. Allzu weit konnte der noch nicht sein. Schnell war er heraus aus seinem Skoda. Wohin? Nicht die Richtung, aus der er gekommen war. Auf der Straße hätte er ihn schon gesehen. Er lief ein Stück auf der Panzerstraße weiter bis zur leichten Rechtsbiegung, in den Wald hinein. Von da an ging die Straße mehrere Kilometer geradeaus, wie mit dem Lineal gezogen. Sie teilte ein schmales Stück Wald auf der linken Seite vom viel größeren Rest rechts ab.

Da war er! Kendzierski spürte seinen Herzschlag. Es war niemand sonst auf dieser Straße unterwegs. Der Baumgarten lief ein paar hundert Meter entfernt. Schnelle Schritte, fast joggend. Besser war das aus dieser Entfernung nicht zu erkennen. Sollte er sich ins Unterholz schlagen, um ihm auf diese Weise unauffällig zu folgen? Das machte keinen wirklichen Sinn. Das Gebüsch stand auf beiden Seiten der Straße zu dicht. Aber hier auf der Panzerstraße lief er wie auf dem Präsentierteller herum. Gut sichtbar, wenn der sich nur einmal kurz umdrehte. Der Baumgarten selbst nahm ihm die Entscheidung ab. Er verschwand nach links in den Wald hinein. Kendzierski spurtete los. Seine Füße versuchte er möglichst geräuschlos aufzusetzen. Es war so still hier. Ein kreischender Vogel in weiter Ferne und das leise Zirpen von ein paar Grillen. Mehr war nicht zu hören. Und seine Schritte. Der Lärm seiner Schuhe auf dem harten Beton. Er musste versuchen, den Abstand hier auf der Straße zu verringern. Später im Wald würde er ihn ansonsten schnell aus den Augen verlieren. Zu dicht standen die Bäume. Jetzt hatte er die Abzweigung erreicht. Er verlangsamte das Tempo. Seine Lunge schien ihm dafür zu danken. Trotzdem atmete er viel zu laut. Vom Baumgarten war nichts mehr zu sehen. Vorsichtig bog Kendzierski auf den schmalen Waldweg ab. Er hielt kurz an und lauschte. Kein Geräusch, nichts, nicht einmal das Knacken eines Astes. Entweder war der schon zu weit oder er stand in diesem Moment auch. Lauschend. Dieser Gedanke ließ seinen Atem stocken. Konzentriert ging er Schritt für Schritt weiter. Sein Blick wechselte suchend zwischen den Bäumen um ihn herum und den Hindernissen auf dem Weg vor ihm. Das Brechen eines Zweiges würde ihn ganz sicher verraten.

Da war er! Etwas hatte sich bewegt, zwischen den Bäumen, kaum wahrnehmbar. Seine Augen behielten die Stelle im Blick. Das war er wieder gewesen! Schnelle Schritte einer schwarzen Gestalt, die durch den dunklen Wald huschte. Immer wieder von Stämmen verdeckt. Unsichtbar für ein paar Sekunden, bevor er ein Stück weiter wieder auftauchte. Seine Augen konnten ihm aber nun gut folgen. Er blieb im gleichen Tempo dahinter.

Sie hatten schon fast das Ende des schmalen Waldstreifens

erreicht. Die Felder dahinter schimmerten in der Abendsonne zwischen den Bäumen hindurch. Das Grün der Blätter leuchtete heller, Gras wuchs zwischen den Bäumen. Der lichte Rand des Waldes. Bäume und niedrigere Sträucher wechselten sich ab. Der Baumgarten schien jetzt den Trampelpfad verlassen zu haben und durch das Unterholz zu stapfen. Brechende Zweige und das Rascheln des trockenen Laubes unter seinen Füßen verrieten es. Kendzierski kam näher heran. Vielleicht 20 Meter waren sie noch auseinander. Eine Distanz, die nicht ausreichen würde, wenn er nun auch den Weg verließ. Der musste dann nur einmal kurz stehen bleiben und schon würde er ihn hören können. Auf Zehenspitzen tastete er sich vorsichtig weiter. Er behielt ihn dabei im Blick und suchte im Schutz einzelner dicker Bäume langsam weiterzukommen. Es klappte besser, als er sich das vorgestellt hatte. Der weiche Waldboden gab nach, wenn er sein Gewicht mit Bedacht verlagerte. Das gelang fast, ohne dass etwas zu hören war.

Der Baumgarten hatte jetzt eine kleine Lichtung erreicht, die sich nach vorne hin zu den Feldern öffnete. Eine kleine Schneise mit hohem Gras. Er wurde jetzt wieder schneller. Ausladende Schritt auf eine Bretterbude zu, die an der Grenze zu den Feldern stand. Dort drinnen verschwand er.

Kendzierski atmete einmal tief schnaufend durch. Er hatte jetzt auch die kleine Lichtung erreicht und stand unschlüssig hinter einer der letzten großen Buchen. Was hatte das zu bedeuten? Das, worin der Baumgarten verschwunden war, sah wie ein zu kurz geratener Hochstand aus. Eine zusammengenagelte Bretterbude, notdürftig mit schwarzer Dachpappe verkleidet. An mehreren Stellen hing sie in Fetzen herunter. Auf die Hochstände, die er aus seiner Jugend kannte, klettert man über eine ordentliche, grobe und selbst gehauene Leiter hinauf. Dazu war dieses Ding eindeutig zu niedrig. Abgesägt und von den Stelzen befreit stand es eigentlich einige Etagen zu tief für den beabsichtigten Zweck.

Kendzierski schlich im Schutz der Bäume weiter. Langsam umrundete er auf diese Weise die Lichtung, um näher an den kurzen Hochsitz heranzukommen, in dem der Baumgarten saß. Er hatte kein Gewehr dabei gehabt. Wahrscheinlich brauchte er einfach nur die Ruhe hier draußen, um nachzudenken. Oder er wartete auf jemand anderen? Kendzierski spürte sofort, dass dieser Gedanke seinem Magen keine große Freude bereitete. Er war bisher sowieso erstaunlich ruhig geblieben. Meist war ihm unter Anspannung elend zumute. Würgende Übelkeit, die ihn überkam. Es war eindeutig ein flaues Gefühl, dass sich in der Magengegend nun einzustellen schien. Er drehte sich vorsichtig um, nach allen Seiten und kontrollierte den Wald. Bloß keiner, der ihn hinterrücks anfiel.

Der Hochsitz stand auf einem alten landwirtschaftlichen Anhänger. Der transportable Ausguck zum Beschuss der an den Wald angrenzenden Felder. Nach vorne schien er seine Öffnung zu besitzen. Zur Lichtung hin führten wenige Holzstufen auf den Anhänger hinauf. Die Tür war angelehnt. Der Riegel war nicht zugeschoben. Ein geöffnetes Vorhängeschloss hing an ihm. Es war schon vor dem Baumgarten von jemandem geöffnet worden. Er war also nicht alleine dort drinnen!

Kendzierski spürte sein pochendes Herz. Sein Kopf schickte dazu eine passende Botschaft, die nur aus einem einzigen Wort bestand: NEIN! Du bleibst hier stehen. Als stiller Beobachter aus guter Entfernung. Im Schutz dicker Bäume, die ihn unsichtbar machten für jeden, der aus diesem Hochsitz herauskam. Unsichtbar war er auch unter dem Anhänger. Das hohe Gras dort würde ihn noch besser decken, als jeder Baum. Vor allem dann, wenn der noch jemanden erwartete. Und nur so konnte er hören, was dort drinnen gesprochen wurde. Während sein Kopf noch Chancen und Gefahren gegeneinander abwog, waren seine Füße schon weiter. Vorsichtig schlich er von Baum zu Baum, bis er die Waldgrenze fast erreicht hatte. Die letzten und gefährlichsten zehn Meter standen ihm nun bevor. Aus der schützenden Deckung heraus über die offene Lichtung. Sein Nacken war klatschnass. Auch unter den Armen spürte er eine unangenehme Nässe. Das Gras stand so hoch, dass er geduckt so etwas wie Schutz zu empfinden vermochte. Er hastete los. Bereit, sich sofort der Länge nach ins Gras zu werfen. Einzutauchen in die braunen und grünen wogenden Halme, die ihn dann hoffentlich restlos schluckten. Den fahrbaren Hochsitz hatte er erreicht. Neben dem linken hinteren Rad ließ er sich vorsichtig auf die Knie sinken und schob seinen Körper fast lautlos unter den Anhänger. Er zwang sich dazu, ruhig und leise im tiefen Gras durchzuatmen. Alles an ihm klebte. Sein T-Shirt war nass und auch seine Hose hing so an ihm. Reichlich Schweiß für die wenigen Meter geduckter Anspannung.

43.

Manchmal versteh ich ihn nicht. Paul hat echt seine Macken, die mich ganz schön auf die Palme bringen können."

Simone lächelte. „Jörg ist da auch nicht besser. Er ist so bemüht, aber manchmal auch so hölzern. Er kann dann gar nicht so aus sich heraus, wie er das vielleicht möchte."

„Paul war eben am Telefon einfach nur abwesend. Der hat mir gar nicht geantwortet. Mein Vater war früher so, wenn er gelesen hat. Dicke Urlaubsbücher. An eines kann ich mich noch ganz genau erinnern. „Der Ochsenkrieg" von Ludwig Ganghofer. Gefühlte tausend Seiten im Rückblick nach gut zwanzig Jahren. Ich habe ihn etwas gefragt und immer nur vollkommen abwesende Antworten bekommen. Meistens hatten die nicht einmal etwas mit meiner Frage zu tun. Die Gedanken ganz woanders. So war das bei Paul eben."

„Das kenne ich aber auch von", sie stockte kurz, „meinem Mann. An seinen Namen muss ich mich erst noch gewöhnen. Er heißt ja jetzt nicht mehr Jörg. Und in vierzig Jahren nenne ich ihn dann meinen Alten, wenn wir zusammen vor dem Musikantenstadel sitzen." Sie lachten beide. „Jörg ist auch ganz oft abwesend."

Sie schwiegen einen kurzen Moment.

„Klara, ich glaube wir müssen uns öfter mal mit unseren Männern zusammen treffen. Zu viert. Mir scheint, die passen auch ganz gut zueinander." Ihr Lächeln, das so schön aussah, verschwand wieder aus ihrem Gesicht. „Wenn das hier alles vorbei ist, machen wir das."

44.

Kendzierski konnte die Stimmen deutlich hören, wenn er sich bemühte, ganz leise ein- und auszuatmen. Sie drangen durch mehrere Schichten Holzbretter dumpf bis zu ihm hinunter. Es mussten zwei sein, die dort direkt über ihm im Hochsitz saßen, auch wenn ihre Stimmen nur schwer auseinanderzuhalten waren. Sie sprachen nur stockend miteinander. Wenn sie sich bewegten, knarrte die ganze Holzkonstruktion so sehr, dass er kaum noch etwas verstehen konnte.

„Wir müssen Ruhe bewahren. Das wird sich alles wieder legen. Da bin ich mir ganz sicher. Die Anlage ist eine gute Investition in die Zukunft. Du hättest nur mehr Geduld haben müssen. Wir haben einfach zu früh angefangen und zu unvorsichtig." Sie schwiegen einen Moment. Dann sprach derselbe weiter. „Ich hätte noch ein paar Monate abgewartet."

„Aber irgendwie müssen wir doch Geld damit verdienen! Der Westenberger –"

„Der Westenberger gibt schon Ruhe. Dafür sorge ich! Der hängt da tiefer drin, als er es sich ausmalt. Und das werde ich ihm nachher noch klarmachen. Dann ist der wieder still. Wir hätten nicht mit dem Wein anfangen sollen. Noch nicht jetzt und vor allem nicht bei dir! Das hat sie durchschaut und jetzt haben wir den Salat."

„Was schlägst du vor?"

„Wir müssen sie wegschaffen. Die werden den ganzen Wald auf den Kopf stellen, weil sie wissen, dass wir hier zur Jagd gehen. Wenn es dumm läuft, finden sie das Loch."

„Aber die haben hier doch schon alles abgesucht und nichts gefunden."

„Ja, aber jetzt werden sie jeden Stein umdrehen und sie ganz sicher finden." Er stockte kurz. „Meinst du, dass sie noch lebt?"

Beide schwiegen sie.

„Du hättest ihr zumindest einen Kanister Wasser mit reinstellen müssen."

„Ich?"

Er war lauter geworden. Die Stimme kam ihm irgendwie

bekannt vor. Gehört hatte er sie schon. Aber nicht sehr oft.

„Warum hast du das denn nicht übernommen? Du hast dich da fein rausgehalten. Mir die Drecksarbeit überlassen. Ich gehe für das alles am längsten in den Bau. Egal, ob sie tot ist oder noch lebt. Das war deine Idee und das werde ich der Polizei auch erzählen. Da kannst du dich drauf verlassen."

Es knarrte und knackte hölzern über ihm. Die gleiche Stimme fuhr fort und sein Kopf versuchte weiter ein Gesicht dazu zu finden. „Wenn du redest, gehst du mit in den Knast!"

„Ich wollte sie ganz gewiss nicht umbringen!" Leise gezischte Worte. „Ich wollte sie auch nicht entführen. Sie sollte höchstens eine klare Warnung bekommen. Das hatten wir so abgesprochen. Und du wolltest das übernehmen. Eine deutliche Ansage an sie. Der Rest ist auf deinem Mist gewachsen!"

„Aber dir war das auch recht! Es war dir recht, dass ich sie in das alte Bunkerloch geworfen habe. Ein tolles Versteck, das nur wir kannten. Die Trümmer des gesprengten Weltkriegsbunkers. Das Loch tief in ihnen, das sonst keiner kannte. Alles bestens, solange es gut ging. Solange sie den Stefan für den Täter gehalten haben. Das fandest du dann genial. Genau so hast du es genannt. Genial, das Versteck, genial, wie ich sie dorthin geschafft habe in der kurzen Zeit am Samstag. Genial, wie das alles läuft. Dann lassen wir sie einfach in dem Loch liegen. Es findet sie ja doch keiner. Einfacher können wir das ganze Problem nicht loswerden. Und jetzt ist alles im Arsch, nur weil diese Zeugin auftaucht. Der Stefan kann es jetzt nicht mehr gewesen sein. Das weiß schon jeder bei uns; rasend schnell geht das um. Die nächsten werden sich melden, die etwas gesehen haben am letzten Samstag! Immer mehr Zeugen!"

„Du hast das vermasselt. Du bist durchgedreht und nicht ich!"

Kendzierski konnte ein Martinshorn hören. In einiger Entfernung zwar, aber ganz deutlich. Es war sofort still über ihm. Die konnten auf gar keinen Fall hierher wollen. Es klang auch nicht so, als ob sie näher kamen. Mühsam zog er liegend sein Handy aus der Hosentasche. Eine kurze Nachricht per SMS an Klara. Sie sollte den Wolf von der Kripo verständigen. Wenn die sich beeilten, waren sie noch rechtzeitig hier, um die beiden Typen festzunehmen. Mit zitternden Fingern bearbeitete er die viel zu kleinen Tasten. Ein holpriger Text, den sie verstehen musste. Flehend fast schickte er ihn auf den Weg.

„Verdammt, wir müssen weg!"

„Nein. Das Martinshorn ist nicht hier, das ist auf der Landstraße nach Ober-Olm."

„Die kommen hierher. Wo steht dein Wagen? Wir müssen sie wegschaffen."

„Vergiss es. In mein Auto kommt sie nicht!"

„Aber in meins? So stellst du dir das vor!"

Der eine schrie fast.

„Du bist ein Arschloch, wie der Westenberger auch! Ihr versucht euch beide hier herauszuwinden. Keiner will was damit zu tun haben. Bloß nicht. Deswegen musste die Anlage ja auch bei mir stehen und nicht bei dir. Ihr habt euch schön abgesichert und mich die Drecksarbeit machen lassen."

Kendzierski hörte, dass sich über ihm etwas bewegte.

„Ich gehe!"

„Du bleibst!"

Hysterisch klang das, eine Stimme, die sich fast überschlug. Kendzierski hielt die Luft an. Er traute sich nicht zu atmen. Sein Herz hämmerte laut in seiner Brust. Sie würden ihn hier unten sehen. Wenn beide auf der Lichtung vor dem fahrbaren Hochsitz standen. Er war gefangen hier unten in dem viel zu flachen Gras. Schwitzend und außer Atem in rasender Angst, die jeden klaren Gedanken aus seinem Kopf verjagte.

„Lass den Scheiß! Wenn sie uns hier zusammen finden, wissen die gleich was los ist."

„Wenn du gehst, knall ich dich ab! Ich büße nicht alleine für alles. Du bleibst hier!"

„Bist du verrückt geworden! Ich gehe jetzt und du nimmst das Gewehr herunter!"

Kendzierski hörte knarrendes Holz und ein deutliches Quietschen. Das Türchen zum Hochsitz musste aufgeschoben worden sein. Langsam kam jemand die vier Stufen herab vom Anhänger. Vorsichtige Schritte, nicht überstürzt. Unsicher, was hinter ihm passierte. Kendzierskis Kopf dröhnte. In seinen Ohren rauschte das Blut. Er versuchte ganz konzentriert leise zu atmen. Bloß kein Geräusch. Der mit dem Gewehr schien zu allem bereit zu sein. Vollkommen durchgedreht, in Panik, rasend wie ein Tier, das man in die Enge getrieben hatte. Nach einem letzten Ausweg suchend. Das Martinshorn war verstummt. Hoffentlich hatte Klara die Nachricht gleich gelesen und den Wolf erreicht. Aber das konnte dauern. Viel zu lange. Niemals würden sie es schaffen. Es waren höchstens fünf Minuten vergangen seither.

Kendzierski konnte jetzt die Beine erkennen. Der Baumgarten war von der Treppe herunter und schon ein paar Meter weitergegangen. Immer noch langsame Schritte, unsicher. Hatte der dort oben über ihm resigniert? Aufgegeben und sich gefügt. Es bewegte sich etwas im Hochsitz.

„Ich sage es nicht noch einmal: Bleib stehen!"

Die letzten beiden Worte hatte der ganz langsam und betont ausgesprochen, ruhig und nicht geschrien. Die Tür über ihm musste offen stehen. Deutlich hatte er seine Stimme gehört, die Stimme, die er kannte.

Kendzierski schluckte. Die Hitze in seinem Kopf war nicht mehr auszuhalten. Sein Herz pumpte wie wild Blut dort hinein. Er war so blind gewesen! Die Flaschen, die er von Claudias Eltern bekommen hatte. Der Hochzeitswein in zwei Ausführungen. Das waren ihre Beweisstücke gewesen. Die Hochzeitsgäste als Versuchskaninchen. In welcher Aromaausführung kommt der besser an? Gut einhundert willige Testpersonen für den Baumgarten und seinen Kumpanen. Aroma-Management beim Riesling. Die erste Testphase. Samanta und ihm hatte der Hochzeitswein gut geschmeckt. Er hatte plötzlich ihr dunkles Lachen in seinen Ohren. Dumpf und donnernd fast, war es so schnell wieder verschwunden, wie es angeklungen war.

„Jörg, lass das. Du machst es für dich nur noch schlimmer."

Der Baumgarten hatte sich umgedreht und ging rückwärts langsam weiter. Sein Blick blieb auf den Jörg gerichtet. Wie in Zeitlupe versuchte er weiter weg zu kommen. Ganz vorsichtige Schritte, tastend nach hinten. Kendzierski versuchte sich tiefer in das Gras unter dem Hänger zu drücken. Am liebsten hätte er sich eingegraben, unsichtbar gemacht für die nächsten fünf Minuten. Es war das erste Mal, dass er nackte Angst fühlte. Kalter Schweiß, der aus allen Poren seines Körpers kroch und ihn plötzlich frieren ließ. Alles an ihm zitterte, während sein erhitzter Schädel noch immer zu platzen drohte. Sein Blick hing am Gesicht Baumgartens fest. Zehn, fünfzehn Meter war er schon weggekommen. Keine Entfernung für die Kugeln aus Jörgs Jagdgewehr.

Kendzierski sah ganz deutlich, wie Baumgartens Augen nach unten wanderten. Etwas in ihm wollte in diesem Moment schreien und laufen. Weg hier, bloß weg hier. Ihre Blicke trafen sich jetzt. Er erkannte keinen Schrecken in dem Gesicht des anderen, nur ein kurzes angedeutetes Nicken, mehr nicht. Dann drehte er sich vorsichtig um und ging mit gleichmäßigen Schritten weiter. Ein krachender Schuss zerriss die Stille und ersäufte Kendzierski in tiefer schwarzer Dunkelheit.

45.

Kendzierski riss die Augen auf. Gleißende Helligkeit, die ihn blendete. Er hatte das Gefühl blind zu sein, trotz des vielen Lichts, das auf seine Netzhaut strahlte. Ganz langsam nur kamen die Schemen in seinem Kopf an. Die Konturen eines Körpers, der in einiger Entfernung regungslos vor ihm auf dem Boden lag. Und ein Mensch, der aus dieser Richtung auf ihn zugestürmt kam. Er versuchte sich wieder tief in das Gras zu drücken. Ein Reflex aus Angst. Er kam zurück, der Jörg. Um das Gewehr auf ihn zu richten. Außer Kontrolle und in rasender Panik. Hektisch und laut atmete er ein und aus. Es klang fast wie das heisere Hecheln eines Hundes, der an seiner Leine zerrte. Panisch gierend bemüht nach mehr Luft. Er war nicht alleine. Sie kamen aus verschiedenen Richtungen auf ihn zugerannt. Seine Augen sprangen hin und her. Zu schnell, um überhaupt etwas zu erfassen. Es waren nur die schnellen Bewegungen, die er aufnahm. Laufend und springend auf ihn zu. Immer mehr. Schatten, die sich rasend näherten. Keine

Chance mehr zur Flucht für ihn. Zitternd kauerte er sich zusammen.

Es waren Polizisten in blauen Uniformen, die mittlerweile den Baumgarten erreicht hatten. Gezogene Pistolen. Einer beugte sich hinunter zu ihm, während die anderen sicherten. Mit den Pistolen um sich herum in den Wald zielend. Suchende Blicke. Es wurden noch mehr. Wolf war zu erkennen. Auch er mit der Waffe in der Hand. Er sah den, der sich zum Baumgarten hinuntergebückt hatte, fragend an. Der schüttelte den Kopf. Eine langsame Bewegung hin und her.

Der Schuss musste sie hierhergeführt haben. Kendzierski schob sich unter dem Anhänger hervor. Nur mühsam wollte ihm sein zitternder Körper gehorchen.

„Was machen Sie denn hier!"

Wolf stand jetzt direkt vor ihm und sah auf ihn hinunter. Er richtete sich auf. An ihm drängte ein Polizist vorbei die Stufen zum Hochstand hinauf.

„Der Jörg Faller, der Bräutigam. Er ist bewaffnet. Sie ist in den Trümmern eines alten Weltkriegsbunkers hier im Wald. Wissen Sie, wo das sein kann? Warum sind Sie schon hier?"

Wolf sah ihn irritiert an. Er wusste nicht so recht, was er sagen sollte. Es war deutlich zu erkennen, dass es in seinem Gehirn mächtig arbeitete.

„Wir hatten vor zwanzig Minuten einen anonymen Anrufer. Er war am vergangenen Samstag hier zum Joggen und hat dabei einen auffälligen Geländewagen beobachtet. Jetzt ist ihm das wohl wieder eingefallen. Dem wollten wir nachgehen, zumal er uns die Stelle genau beschrieben hat. Als wir dann den Schuss hörten, sind wir sofort hierhergekommen."

Kendzierski fiel ihm ins Wort.

„Wo ist dieser Bunker?"

„Nicht weit von hier sind die Trümmer. Das ist ein Berg gesprengter Betonklötze. Da ist nichts. Kein Raum, nur ein Haufen rostender Stahl und zerfallender Beton. Das kann nicht stimmen."

„Wir müssen dorthin! Wenn es nicht schon zu spät ist!" Sein Blick und die erregten Worte schienen den nötigen Eindruck auf Wolf gemacht zu haben. Mit ein paar stillen Handbewegungen hatte er die Polizisten organisiert. Zwei Mann blieben hier, beim toten Baumgarten und warteten auf den bestellten Krankenwagen. Mit den vier Übrigen machten sie sich auf den Weg, einen schmalen Pfad entlang, der in ein dunkles Stück Wald hineinführte. Die Bäume standen eng beieinander. Aus dem Boden wachsende Wurzeln durchzogen den Trampelpfad und machten das Fortkommen ebenso mühsam, wie die vielen Zweige, die sie zur Seite schieben mussten. Immer wieder riss etwas an Kendzierskis dünnem T-Shirt. Es waren die langen dornigen Ranken der Brombeeren. Wolf eilte im Laufschritt voran. Dicht darauf folgte Kendzierski und hinter ihm die weiteren Polizisten. Sie hielten ihre Pistolen gezogen. Der Jörg war noch irgendwo hier im Wald unterwegs. Auf der Flucht, mit dem Jagdgewehr in der Hand.

„Es kann nicht mehr weit sein."

Wolf war außer Atem.

„Da!"

Kendzierski schrie es heraus, noch bevor sein Kopf die Bilder, die seine Augen geschickt hatten, verarbeiten konnte. Einen Fetzen Farbe hatten sie eingefangen, der nicht in diese grüne Umgebung passte. Zu blau und rechts neben ihnen im Unterholz. Die Polizisten schoben ihn beiseite. In ihrem Schutz, der Deckung, die sie gewährten, folgte er in dünnes, aber dichtes Gehölz. Knackende Äste und ein spitzer Schrei.

„Hände hoch! Keine Bewegung!" Durch die Lücke, die sich in diesem Moment passenderweise zwischen den Körpern vor ihm auftat, konnte er in weit aufgerissene, panische Augen sehen. Sie gehörten zu einer Frau, die sich auch für den spitzen Schrei verantwortlich zeigte. Angst verzerrte ihr Gesicht, zu dem ein nackter Körper gehörte. Kendzierski sah ihren Rücken und einen sehr roten Kopf, den sie nach hinten gedreht hatte. Eine sonderbare Stellung, die sich ihm nicht sofort erschloss. Wohl aber den Polizisten in erster und zweiter Reihe, deren zuckende Oberkörper und bellendes Lachen er deutlich wahrnahm. Kendzierski drängte in die Lücke, um ein Stück weiter nach vorne zu kommen. Die breiten Rücken in blauer Uniform gaben aber kaum nach. Bleib du mal schön da hinten.

„Verpisst euch, ihr Schweine!"

Wieder ihre spitze Stimme.

„Los weiter!"

Der knappe Befehl Wolfs, der die Truppe nicht so recht in Bewegung zu versetzen mochte. Die Rücken vor Kendzierski blieben starr und die Köpfe auf ihnen veränderten kaum die Richtung.

„Bewegt euch endlich!"

Langsam tat sich etwas vor ihm. Scheinbar widerstrebend drehte sich der Polizist direkt vor ihm um. Für einen kurzen Moment gab er das frei, was sie Kendzierski bisher vorenthalten hatten. Eine junge Frau mit langen dunklen Haaren, ihre roten Wangen, ein weißer Rücken, ihre angewinkelten Arme, mit denen sie ein Stück Stoff gegen ihre Brust drückte. Sie saß vollkommen nackt auf einem etwas dunkleren Körper. Auch der war unbekleidet und gehörte zu einem deutlich älteren Mann. Mit beiden Händen bedeckte er sein Gesicht. Der hilflose Versuch eines kleinen Kindes, beim Verstecken nicht entdeckt zu werden. Ich seh dich nicht, du siehst mich nicht!

Kendzierski lief los, um den Abstand zum Rest nicht zu groß werden zu lassen. Er hörte ihre Schritte, obwohl er sie durch das dichte Gestrüpp nicht sehen konnte. Panik befiel ihn. Hitze und Schweiß. Er versuchte schneller zu laufen. Die Äste, die sich ihm in den Weg schoben, mit Wucht zur Seite zu drängen. Sie hielten ihn, rissen an ihm, zerkratzten seine Arme. Er spürte den Schmerz nicht und die blutigen Striemen auf seinen Unterarmen, die die Dornen hinterließen. Er schob und drückte wie wild hinterher. Am liebsten hätte er nach ihnen gerufen. Wartet bitte auf mich! Er schämte sich für diesen Gedanken, trotz der Angst, die in ihm regierte. Jörgs Stimme konnte er hören. Erst dumpf durch das Holz. Dann deutlich und klar, die Worte aus seinem Mund. So wie er sie vorhin schon einmal gehört hatte. Bleib stehen oder ich schieße. Hektisch sah er sich um, zur Seite und auch nach hinten, ohne dabei langsamer zu werden, bloß nicht langsamer. Er musste doch bei ihnen bleiben, sie nicht verlieren in diesem Dickicht, das ihn festhalten wollte. Kendzierski stürzte nach vorne. Im Fallen schloss er die Augen.

„Nicht so überstürzt, Herr Kollege."

Wolf sah ihn an und reichte ihm die Hand. „Wir sind da." Er deutete mit einer kurzen Bewegung seines Kopfes an, in welche Richtung er schauen sollte. „Das sind die Reste des Bunkers. Ein Haufen gesprengter Beton. Riesige Klötze. Hier waren wir schon mal Anfang der Woche. Der ganze Wald mit einer Hundertschaft. Im Zehnmeterabstand sind wir hier durch." Er sah ihn an.

„Der Jörg Faller hat sie hier versteckt. Wir müssen versuchen, ob sie sich bewegen lassen."

Kendzierski war wieder auf den Beinen und schon an den ersten Brocken. Er glaubte in diesem Moment selbst nicht, was er sagte. Es war ein zwei, drei Meter hoher Haufen aus mächtigen grauen Klötzen. Schroffe Kanten und rostiger daumendicker Stahl schimmerten dazwischen hervor. Es war unmöglich auch nur einen dieser riesigen Dinger zu bewegen. Auch dann nicht, wenn sie sich alle zusammen an einem Einzelnen zu schaffen machen würden. Er lief um den Haufen herum. Im Kreis ein gutes Stück, immer weiter, bis er wieder bei Wolf angekommen war. Fragend sah der ihn an.

„Glauben Sie mir jetzt? Es war die Hoffnung, dass ich diesen Betonhaufen doch falsch in Erinnerung hatte."

Kendzierski hörte gar nicht richtig zu. Er lief wieder. Als ob das Laufen um diese Betonhalde die Brocken kleiner machte. Aus den Ritzen wuchs Gras, vereinzelt mickrige Sträucher. Auf der Rückseite war es! Wolf und die anderen konnte es von dort aus nicht sehen. Verdeckt von den angehäuften Trümmern. Das Gras zwischen den Ritzen sah an dieser einen Stelle anders aus. Grün zwar, aber ein anderes Grün. Er kletterte vorsichtig auf den ersten großen Betonklotz. Der war glatt, hing aber leicht schräg nach vorne. Auf den nächsten kam er von da aus gut hinauf. Mit der flachen Hand fuhr er vorsichtig über das dichte Gras in einer großen Ritze. Es war grün, aber vertrocknet. Um den ganzen Block herum, war alles trocken. Er zog daran. Ganz leicht löste sich ein großes Büschel. Trockene Wurzeln reckten sich. Alles nur notdürftig aufgesetzt. Rasen und Moosfetzen, die der Jörg irgendwo zwischen den Bäumen herausgeschnitten hatte, um die Zwischenräume abzudecken, abzudichten. Kendzierski riss an allem, was seine Hände greifen konnten.

Die Büschel flogen durch die Luft. Er schleuderte sie weit hinter sich.

„Haben Sie etwas?"

Der Wolf war herumgekommen. Er stand hinter ihm.

„Hier muss es sein!"

„Warten Sie einen Moment, damit wir auch hochkommen können."

„Gleich, wenn ich den kleinen Brocken frei habe. Wir stehen uns ansonsten hier oben nur im Weg."

Er zerrte und zog weiter. Den kleinen Betonbrocken hatte er schnell freigelegt. Seiner Dichtung beraubt, bewegte er sich leicht hin und her. Es war noch immer unmöglich, ihn zur Seite zu schieben. Er musste ihn nach vorne ziehen, zu sich. Auf die glatte Betonfläche, auf der er gerade stand. Nur so ging es. Seine Hände suchten Halt an den Kanten. Er spannte alle Muskeln in seinem Körper an. Er bewegte sich! Ein kleines Stück. Ein, zwei Zentimeter nur. Aber es ging. Wolf war neben ihm. Zusammen zogen sie. Immer nur wenige Zentimeter weiter. Jetzt war genug Platz für eine Person. Kendzierski kletterte über den Brocken. Noch mehr Gras, vertrocknete Zweige und Blätter lagen in dem Loch. Er bückte sich, griff mit beiden Händen hinein und warf alles zur Seite hinaus. Immer und immer wieder. Massen an Laub und Zweigen. Viele Blätter waren noch weich, nicht verdorrt. Es dauerte einige Zeit, bis er auf Metall stieß. Eine stabile Platte. Er musste sie ganz freilegen, um an den Seiten einen Zwischenraum zu finden, der seinen Fingern einen Ansatzpunkt bot. Das dauerte alles so lange. Der Schweiß rann ihm in feinen Strömen über Wangen und Hals. Sein Rücken war klatschnass. Er spürte das nicht. Alles, was er zu greifen bekam, schleuderte er nach links aus dem Loch hinaus.

„Soll ich helfen?" Wolf sah ihm zu.

Jetzt war genug freigeräumt. Mit seinen Fingern versuchte er sich am Rand der Platte so viel Platz zu verschaffen, dass er ausreichend Ansatzfläche besaß. Er ging in die Knie, tief hinunter und drückte sich dann hoch. Sie bewegte sich und war gar nicht so schwer, wie er es erwartet hatte. Dünner Stahl nur, ein Deckel, den er aufklappen konnte.

Kendzierski blickte in ein tiefes Loch aus dem ihm ein ekelhafter Geruch entgegenschlug. Süßliche Verwesung. Er traute sich nicht, die Augen zu schließen, obwohl sein Kopf sich wehrte, gegen die Bilder, die er bebend erwartete. Sie lag da. Nicht tief, auf dem Boden der Grube. Regungslos, blass und verdreckt. Ein Häuflein Schmutz, an dem noch ein paar Fetzen Stoff hingen. Ihre Augenlider bewegten sich ganz sacht.

„Sie lebt!"

Es war ein Schrei aus seinem Mund, den er selbst nicht hören konnte.

46.

„Ich wollte sie nicht umbringen." Er flüsterte leise. „Ich wollte ihr das nicht antun. Nein."

Sein Körper fühlte sich taub an, in ihm war es ganz leer. In Watte gehüllt, nahm er wenig um sich wahr.

Sie hat mir doch keinen Ausweg gelassen. Sie hat mich gehasst. Sie wollte mich kaputt machen. Uns. Simone erfährt alles von mir. Sie muss doch wissen, was ihr zukünftiger Mann für krumme Geschäfte macht. Wein nachträglich aromatisieren. Zuerst im Testlauf bei der eigenen Hochzeit. Dann im großen Stil. Ein ganz dickes Geschäft. Das Risiko begrenzt, solange keiner wusste, dass sie ein solches Gerät beschafft hatten. Sie hat mich von Anfang an gehasst. Ich wollte mit ihr reden, immer wieder in den Tagen vor der Hochzeit. Sie wollte nicht. Erst recht nicht, nachdem sie die Flaschen gefunden hatte. Ganz stur war sie. Du hältst mich nicht von meinem Bericht zurück. Das ist eine ganz große Geschichte und du wirst die Hauptrolle darin spielen. Der Text steht schon. Und so viele haben geredet. Gelacht hat sie. Mich ausgelacht. Ihr weit offener Mund, ihre weißen Zähne. Den ganzen Weg vom Hauptbahnhof bis hier raus in den Wald. Noch als wir schon auf dem Parkplatz standen. Die halbe Stunde, die ich Zeit hatte. Auf dem Weg, um den Musiker für den Abend abzuholen. Ich wusste ja, dass sie weg wollte, möglichst sofort. Ich musste noch einmal mit ihr reden. Nur wirklich reden, nichts sonst. Und keiner würde es mitbekommen, wenn ich etwas länger weg war.

Sie hat mich ausgelacht. Ganz laut. Du kannst es nicht mehr rückgängig machen. Egal, was du mir bietest. Der Text geht am Montag an die Redaktion. Sie war so sicher, so gehässig, so hinterhältig. Sie hat es genossen, mich auszulachen. Laut, kreischend und hysterisch. Du bist ein Verlierer, ein ganz mieser noch dazu. Und jetzt fahr mich zurück zur Hochzeit, ich will doch noch ein wenig tanzen und feiern mit euch. Mit dir und Simone, die so herrlich ahnungslos ist.

Jeder andere wäre auch durchgedreht.

Er spürte das Gewehr in seiner rechten Hand. Es war nicht kalt, es wärmte ihn. Sein ganzer Körper war jetzt angenehm warm. Die Bewegungen liefen ganz harmonisch ab. Er setzte den hölzernen Schaft auf dem weichen Waldboden auf. Das grüne dichte Moos gab nur ganz wenig nach, trotz des Gewichtes der Waffe. Es war so still jetzt um ihn herum.

Und in ihm. Selbst die Vögel schwiegen, der ganze Wald hielt für einen Moment inne. Verwundert sahen sie ihn an. So viele unsichtbare Augen. Zwei davon blickten direkt zu ihm hinauf. Zwei schwarze Augen. Die dunklen Öffnungen des Doppellaufes. Sie machten ihm keine Angst. Eine sanfte Ruhe ging von ihnen aus. Behutsam beugte er sich hinunter und umschloss mit seinen Lippen das schwarze Metall. Tief atmete er ein und schloss die Augen. Es war besser so.

Ein krachender Schuss zerriss die Stille im Wald.

Vielen Dank!
Für viele nützliche Hinweise und Ratschläge zur Funktionsweise und dem Einsatz der Spinning Cone Column danke ich Jakob Feltes vom DLR Mosel in Bernkastel-Kues, Matthias Gaugler vom DLR Rheinhessen-Nahe-Hunsrück in Oppenheim und Prof. Dr. Rainer Jung vom Fachgebiet Kellerwirtschaft der Forschungsanstalt Geisenheim recht herzlich.

Stefan Mossel aus Essenheim gilt mein Dank für die geduldige Beantwortung aller meiner Fragen zur Selzstellung und den ehemaligen Bunkeranlagen im Ober-Olmer Wald.

Andreas Wagner
Essenheim, im September 2011

Andreas Wagner

Jg. 1974, ist als Winzer Quereinsteiger: Der promovierte Historiker führt das von den Eltern übernommene Weingut in Essenheim seit 2002 zusammen mit seinem Bruder Ulrich. Er ist verheiratet und hat drei Kinder. Mehr zum Autor unter www.wagner-wein.de

Pressestimmen:

Ein Winzer, der schreiben kann? Ja, das gibt es, und wie!
(Simone Hoffmann, Slow & Food, 02/2009)

Gute Weine soll man bekanntlich liegen lassen. Bei guten Weinkrimis ist das anders: Sofort lesen, lautet der Tipp der Redaktion.
(Eva Fauth, AZ Mainz, 22. November 2008)

Wagner erzählt kurzweilig und spannend. Der lakonische Held wächst einem so schnell ans Herz, wie sich dieser vom Bier- zum Weinfreund wandelt. (wein-post.de am 19. Oktober 2007)

Im Leinpfad Verlag sind von ihm erschienen:

HERBSTBLUT. EIN WEINKRIMI (2007, im Leinpfad Verlag vergriffen; jetzt als Piper Taschenbuch)

ABGEFÜLLT. EIN WEINKRIMI (2008)

GEBRANNT. EIN WEINKRIMI AUS RHEINHESSEN (2009)

LETZTER ABSTICH. EIN WEINKRIMI (2010)

AUSLESE FEINHERB. VIER KURZKRIMIS RUND UM DEN WEIN (2010)

**Leinpfad Verlag –
der kleine Verlag mit dem großen regionalen Programm!**
Leinpfad Verlag, Leinpfad 5, 55218 Ingelheim, Tel. 06132/8369, Fax: 896951
www.leinpfadverlag.com, info@leinpfadverlag.de
Wir schicken Ihnen gerne unser Programm!